《金瓶梅》植物景观及其文化研究

仲秋融 著

中国大百科全书出版社

图书在版编目（CIP）数据

《金瓶梅》植物景观及其文化研究 / 仲秋融著. --
北京 ：中国大百科全书出版社，2024. 12. -- ISBN 978-
7-5202-1723-1

Ⅰ. I207.419

中国国家版本馆 CIP 数据核字第 20259CK095 号

责任编辑：马　蕴
装帧设计：张　珊
责任校对：邵桄炜
责任印制：魏　婷
出版发行：中国大百科全书出版社
地　　址：北京市西城区阜成门北大街 17 号
邮政编码：100037
电　　话：010-88390730
网　　址：http://www.ecph.com.cn
印　　刷：北京九天鸿程印刷有限责任公司
开　　本：710mm×1000mm　1/16
印　　张：16.25
字　　数：196 千字
版　　次：2025 年 2 月第 1 版
印　　次：2025 年 2 月第 1 次印刷
书　　号：ISBN 978-7-5202-1723-1
定　　价：88.00 元

目 录

《金瓶梅》植物景观及其文化研究

绪　论

第一章 《金瓶梅》植物景观及其文化研究的价值及研究动态

　　《金瓶梅》是我国古代著名的长篇世情小说，大约成书于明朝隆庆至万历年间，作者署名为兰陵笑笑生。《金瓶梅》以《水浒传》中武松杀嫂故事为引，通过描写"市井英雄"西门庆及其家庭的罪恶生活，揭露出北宋中期社会的黑暗与官场的腐朽，开启了古代文人直接取材现实进行独立创作的先河，清代曹雪芹所著《红楼梦》也受到了它的重要影响。由古至今，《金瓶梅》都被视为一部"奇书"，并由此还形成了专门研究它的"金学"。多年以来，学界从文学、史学诸角度研究《金瓶梅》的论文、专著不断，也已取得斐然的成绩，然而结合多学科背景知识，以植物文化及其景观视角深入研究《金瓶梅》的论著尚未寓见，挖掘空间还很大。可以说，《金瓶梅》本身就与植物息息相关，它不仅以植物题名命篇，回目里穿插数量众多植物元素，而且还以西门府繁花似锦的花园居住者潘金莲、李瓶儿和庞春梅为故事主线之一，描写了西门庆的花样妻妾们。故以植物文化视角研究古典名著《金瓶梅》具有一定的价值，详述如下。

　　首先，从当前发展来看，围绕传统植物及其文化的相关研究适逢国家文化大发展战略提出之良机，与时俱进，不忘传统，取古之精华而因时、因地制宜，成为我们当前文化建设，尤其是"美丽乡村"建设的关键任务之一。2005 年，党的十六届五中全会提出建设社会主义新农村的重大历史任务。2008 年，浙江省安吉县正式提出"中国美丽乡村"计划，而美丽乡村建设当然以美丽景观建设为先行，而植物及其景观便成为重中之重。2011 年，《中共中央关于深化文化体制改革推动社会主义文化大发展大繁荣若干重大问题的决定》发布，文件提出要"建设优秀传统文化传承体系"，包括国家重大文化和自然遗产地、重点文物保护单位、历史文化名城名镇名村建设，以及民族传统节日文化内涵挖掘和非物质文化遗产保护，而植物则是其中不可或缺的要素，植物文化的研究有利于这一目标的实现。2012年，首届"植物·文化·环境国际论坛"在我国召开，会议确定了"植物演化""植物文化""木文化""本草植物""园林植物"和"资源保育"等六个主题，基本涵盖了植物文化研究的各个方面。2023年，第七届园林植物与人居环境建设论坛于兰州举办，大会以"气候变化背景下的人居环境绿化"为主题，就园林植物应用、园林植物行业发展、人居环境生态建设领域的热点、难点问题进行了广泛而深入的分享与交流。其中，传统植物景观及其文化既是非常值得传承的民族文化遗产，而且从中能够发掘出被时间证明是有效的人与植物的共生关系，能够摸索出人类适应自然、管理自然的规律性的东西，这些成果对于解决当前世界所面临的生态危机和全球变化有借鉴意义，而继承优秀的古典名著中的植物景观与文化，便成为今人取传统之精华而因时、因地制宜的有效方法之一。

其次，从历史角度回溯，植物乃是古代士人寄情达意的重要媒介，我国传统植物文化在古代文学作品（诗词、小说、笔记等）中占有很大的比重，它们是以植物为载体对传统文化的一种表达，影响深远。在漫长而复杂的演变历程中，植物文化体系得到了不断完善，并逐步实现从"实用型"向"精神型"的转向，这一文化演变的主要推动者，当属于中国古代士人阶层。正是他们用我国传统文化的思想之链串起花木植物，演绎出不同时期植物景观，书写着具有我国传统话语含义的植物文化。中国最古老的诗歌集《诗经》共305篇，其中有135篇提到植物，种类众多，且在审美上有托物言志的倾向，即把植物与人的品格、行为等联系在一起。而另一部具有浪漫主义情怀的《楚辞》，常以香草、香木来比喻君子，以恶草、恶木比喻奸

佞小人。据后世统计，《全唐诗》《全宋词》中分别有植物250种、163种，诗词中有关植物意象的排布组合，巧妙寄托了作者情感，如庭院观赏植物与传统文士情怀，联系紧密；又如，园林诗词植物竹、杏花、海棠、芭蕉等与闺中情感的表达。它们或映衬背灯香消之孤寂，或烘托屏深枕腻之空虚，或凸显窗帘内外之欢愁，情趣各异。从文化研究的视角看，我国古代植物文化演变是一个极为复杂的问题，植物最初作为自然之物的时候并不具备人格及社会属性，在接受了人们心智的塑造之后，植物开始脱离其自然物象，并同特定的文化意义建立起某种稳固的联系。这一联系经过社会的接受和认同进一步得到强化，渐渐转变为固定的文化符号，故植物的文化意象都是最初成形于古代士人群体，其反过来又作为固定的情感符号或人格范式，塑造着后代的士人们及其生存环境。士人与植物文化之间始终维系着一种持久而密切的互动关系，每个时代都有其自身的心理或精神，士人阶层对此把握最为贴切，他们在植物文化的塑造过程中会自然而然地为之刻上时代的印记，如春秋兰文化、唐代牡丹文化、宋代梅文化等。宋代欧阳修《洛阳牡丹记》、孔武仲《潍扬芍药谱》、沈立《海棠记》以及刘蒙《菊谱》、范成大《梅谱》等都是有名的植物专著，从中可以清楚地看到诸如北宋东京道旁种植设计注重荷、桃、梨、李、杏的搭配，体现了古代栽植运用手法的多样性。从南宋相关笔记中还能发现，其时城市景观已从满足感官审美发展成对植物营造意境和表达文化内涵的追求，表现在植栽的选用与设计不再只强调量的丰富及色彩的绚丽，而更重视植栽的姿态、韵味，如文人咏叹最多的植栽开始从富贵的牡丹转向傲雪挺立的梅花。有关我国古代植物及其文化的研究至今留存有丰富的文本资料，对其深入细致地分析能够极大地还原传统植物文化生成机制、表现特征、影响价值等，对传承民族文化遗产意义重大。

第三，从《金瓶梅》文本分析，这部小说提及的植物数量众多、种类丰富、描写生动，还包含了大量文学、民俗、图像、景观等文化信息与现象，以多学科视角考察其中的植物（尤其是园林植物）及文化，可弥补学界研究空白，带来新的学术研究生长点，具有可行性和创新性。据笔者统计，《金瓶梅》崇祯本一百回中提到的植物约有150种左右（一物多名计为一种），植物数量比《红楼梦》《西游记》略少，然远高于其他古代章回小说。书中植物分布于70余个科中（以蔷薇科最多），可分四大类，即藤蔓类（如木香、荼蘼、葡萄等）、草花类（如鸡冠、芍药、凤仙、玉簪等）、灌木类（如辛夷、木槿、瑞香、桂花等），及乔木类（如银杏、竹、柳、梧桐等），这些植物中既有可食用的时令水果，还有大部分是园林植物，它们在小说中占有很大比重，有的还为故事情节发展搭建了一个舞台，许多围绕西门庆妻妾的悲喜闹剧便以此展开。此外，《金瓶梅》作者为我们描绘了一个既世俗又幻化的园林，从中折射出古典造园设计思想、建筑布局、景点设置、种植设计、装修陈设等。其中的园林植物分布于西门府庭园宅邸和其他官商院落，反映出明代园林植物造景的历史面相，如在西门府花园中，四季如春，繁花似锦，部分园地乃是打通了邻居花子虚府邸而来的，这属于因地制宜的传统造园经验。据明代计成《园冶·兴造》载："故凡造作，必先相地立基，然后定期间进，量其广狭，随曲合方，是在主者，能妙于得体合宜，未可拘率。"[1]也就是说造园时，设计者要先相地，根据园地情况，因地制宜，设计园林。园地主要有山林地、城市地、村庄地、郊野地、傍宅地、江湖地，不同的地形地貌、起伏高低，决定着园林的建造风格。在《园冶》"傍宅地"篇中，计成还专门提及宅傍宅后若有空地，就可以造园。而这一观点反映在西门府造园实践中就是连通两宅以成大园，这样不但便于西门家闲暇时娱乐，而且便于维护住宅优美的环境，西门庆就此开辟池

---

[1] 计成著：《园冶》，南京：江苏凤凰文艺出版社，2015年版，第2页。

塘，疏通沟壑，叠石成峰，积土为山，设边门以待宾客，留小路可通内室，并且栽植竹木花卉，最终形成林密竹茂、柳暗花明的佳境，使得植物世界与园林天地完美地融合在一起。本书主要以张评本《金瓶梅》中的西门府花园为例，进一步重点考察其四季植物景观布局及其造景艺术，同时引入"景区"概念，首次想象还原其花园植物景观，并划分为赏菊区、水生植物区、松柏区、百花区等四大植物景区，借此审视西门庭园四时美景并置的理想造园风格与缤纷多彩的四季季相特征，及其植物配置上表现的私密性、区块性、多样性等特点，进而展现古典文学创作中的植物文化与园林美学内涵。

笔者拟通过多维度透视《金瓶梅》中的植物、植物景观及其文化，考察其中诸如植物古今名演变、典故文化，以及与小说人物、情节等发生多方面关联的植物意象等，探索有民族风格的种植设计，为风景园林学、中国古代小说研究抛砖引玉，提供新的思路。

从历史上看，《金瓶梅》刊刻问世后便震惊文坛，且毁誉不一，当时的笔记、书信、杂著中就开始了对《金瓶梅》的研究。如明代袁宏道给董其昌的信中评论《金瓶梅》"云霞满纸，胜于枚生《七发》多矣"[1]，其后的李渔、张竹坡、文龙等站在文学艺术的制高点上，洋洋洒洒写下了十数万言。张竹坡曾把《金瓶梅》誉为天下"第一奇书"，在评点中往往将各类花卉与金瓶人物进行有机比较，如论："况夫金瓶梅花，已占早春，而玉楼春杏，必不与之争一日之先，然至其时日，亦各自有一番烂熳（烂漫）[2]，到那结果时，梅酸杏甜，则一命名之间，而后文结果皆见……"[3]

---

[1] 袁宏道著，钱伯城笺校：《袁宏道集笺校》，上海：上海古籍出版社，2008年版，第289页。

[2] 本书在尊重引用原文的基础上括注今字（今词），以避免给读者造成误导。
——作者按

[3] 兰陵笑笑生著，刘辉、吴敢辑校：《会评会校〈金瓶梅〉》，香港：天地图书有限公司，1998年版，第177-182页。

短短数语，张氏已将植物特性、行文脉络与小说女性人物命名结合在一起评述，一语中的。

历代有关《金瓶梅》作者、版本、成书年代、美学价值、思想内涵与文学发展史上的地位，以及相关文化方面的研究已积累了相当丰富的成果，有上百部专著和千余篇论文，但有关《金瓶梅》与植物、植物景观及其文化的研究论著不多，非常具有挖掘的潜力，这就需要我们在现有的研究基础上勇于突破、扩大视野。这方面较有代表性的专著是台湾学者潘富俊先生的系列研究成果，潘先生以园林专业知识来探讨文学作品中的花草树木，先后完成了《诗经植物图鉴》《楚辞植物图鉴》《唐诗植物图鉴》《成语故事植物学》《中国文学植物学》等古典文学作品植物辨证工作，开启植物地理学、植物应用学与中国传统文学的交叉研究之路。其《草木缘情：中国古典文学中的植物世界》（商务印书馆 2016 年版），系统地介绍了中国古典文学作品中所引述植物的今名、现状，对古典文学中的"野菜""蔬菜""瓜果""谷物""庭园观赏植物""药用植物"，皆有专章陈述。对于《金瓶梅》中相关名物的考证，还有袁书菲在《小说之物：晚明至清中叶中国文学中的物象》（哥伦比亚大学出版社 2022 年版）中，涉及了小说中的"蟒袍"，辨析了在一般研究视角下，将文学作品之物品与历史文物相匹配（名物学）的研究思路，明确指出《金瓶梅》中"蟒袍"应视为虚构性的标志，而非历史文物的相应例证，这也对笔者研究《金瓶梅》中的植物名物有一定的启发价值。

近年来，若干围绕植物、植物文化与园林景观设计的研究生学位论文值得注意。2010 年浙江农林大学陈琦撰写的《植物的文化内涵及其在园林中的应用》，作者在查阅大量文献资料和实地考察的基础上，深入了解中国植物文化的博大精深，以及其在古典园林和现代园林中的表现形式与载体，并对传统植物文化在现阶段的问题和对未来展望上提出建议。2012 年

浙江农林大学张军的《〈红楼梦〉中的植物与植物景观研究》，以文献查阅为主要研究方法，结合对北京大观园的实地调查，对《红楼梦》中提到的植物和植物景观营造方式进行了研究。作者提出，从研究中汲取经验，因地制宜地应用到现代种植设计中去，创造出有中国民族风格的园林植物景观。2013年中国海洋大学蔡文的《清代小说植物描写研究——以〈红楼梦〉、〈聊斋志异〉、〈镜花缘〉为例》，根据所描写植物对象的不同，将清代小说中所提到的比较重要的植物进行分类，大致分为"实体植物"和"虚拟植物"两类，采用文本分析法，结合各种典籍资料对植物性状等的记载，综合探究植物在清代所具有的文化意义和实际应用情况等。2015年浙江农林大学翟琼慧《〈全唐诗〉植物及植物景观意象研究》，则通过对《全唐诗》中植物进行分析、统计、筛选和分类，对每种（类）植物所出现的频率进行详细统计，除了探讨植物地理分布的变迁之外，还发现不同作者对植物的喜爱程度具有差异性，进而对代表性诗人进行研究。以上论文多与传统文化结合，通过古代文学作品阐发植物景观特点，使读者明晰植物是园林景观中最为基本的元素之一，有着不可替代的作用和地位。

此外，还有值得注意的是以下几部台湾研究生的毕业论文。王佩琴的《说园：从〈金瓶梅〉到〈红楼梦〉》（2004年台湾清华大学中国文学系研究所博士论文），作者以《金瓶梅》《红楼梦》等为例，深入研究文学中人与花园的关系，分析小说中园居的价值意识，其探讨的重点在于小说描写内容与园林问题的关系，惜较少涉及园林植物。范姜玉芬的《明代茶文化之研究——以〈金瓶梅词话〉为中心之探讨》（2012年台湾中央大学历史研究所硕士论文），作者从《金瓶梅词话》中罗列出书中的茶叶品种与饮茶方式，并参考历代茶学专著、饮食谱录、医学宝典与文化史料，以分析明代大众的饮茶习惯与改变。尤其是曾钰婷所著的《说图——崇祯本〈金瓶梅〉绣像研究》（2010年台湾师范大学国文学系硕士论文），以新颖的图像证史研究思路，细致地分析了崇祯本《金瓶梅》绣像以大量留白和多变视角、新增窥视人物等，展现画工阅读态度，并带领读者领会隐藏主旨，也为笔者提供了有益的启迪，拟在本书中亦综合考索《金瓶梅》绣像中所蕴含的植物文化信息，力求在诸家评点外，提供另一种形式的观看角度与阅读态度。其他具有创新意识的研究成果还有美国学者 K.N.卡利茨（K.N.Carlitz）用艺术分析法完成的芝加哥大学博士学位论文《戏剧在〈金瓶梅〉中的作用：从小说与戏剧的关系看一部中国 16 世纪小说》，V.B.卡斯（V.B.Cass）的博士论文《死亡门前的庆典：金瓶梅的象征和结构》等，都是令人耳目一新的研究。

同时，《金瓶梅》植物与民俗方面的单篇小论文有邓克尼《从〈金瓶梅〉论饮茶民俗》（《茶叶通讯》2009 年第 1 期），作者围绕《金瓶梅》对明清时代茶俗的描写，展示出民间"茶礼"内涵。章国超《饮食场面描写在〈金瓶梅〉中的作用》（《明清小说研究》2002 年第 2 期），通过分析《金瓶梅》中宴饮场面，揭示这一文学现象对小说人物形象刻画、故事情节发展、创作宗旨揭示等方面所起的作用。刘桂秋《由〈金瓶梅〉的"斗草"习俗谈其源流——〈《金瓶梅》风俗漫谈〉之三》（《无锡教育学院学报（社会科学版）》1994 年第 3 期），该论文从《金瓶梅》中两次提到过的"斗百草"这一民间习俗出发，分析"斗草"习俗的源流情况。此外，还有对《金瓶梅》中植物进行商榷考证的《再谈〈金瓶梅〉、〈红楼梦〉之瓜子》（李昕升、丁晓蕾《云南农业大学学报》2014 年第 4 期），作者以严谨的科学态度，考证明清小说《金瓶梅》《红楼梦》中多次提到的"瓜子"实际上是西瓜的变种，即"子用西瓜"的子。"子用西瓜"所产瓜子在明清流行程度很高。"子用西瓜"一般被称为打瓜或子瓜，其瓜子今天又被称为黑瓜子。还有将研究视野转向小说花园的论文，如美国学者史梅蕊的《〈金瓶梅〉和〈红楼梦〉里的花园意象》（《金瓶梅名家评解集成》），指出

了这两部名著中的花园意义非凡，它们是外面社会的规章制度和等级统治势力所及不到的地方。另有若干篇关于《金瓶梅》府邸建筑方面的研究文章，很好地启发了笔者对于西门府花园植物景观平面图绘制的想法。如苏文珠《〈金瓶梅〉中的西门府住宅建筑初探》（《河北经贸大学学报》2007年第2期）依据张竹坡评本及词话本二书，初步论证了西门住宅的位置、建筑规模、平面布局，以及其中的更道、人流交叉路线等，并纠正了"张评本"关于该书建筑的个别错误。刘文佼、李树华的《〈金瓶梅〉中"西门府庭园"模型之建立》（分上、下两篇：上篇发表于《华中建筑》2016年第5期，下篇为同刊同年第6期），作者用现代景观设计技术还原"西门府庭园"，绘出模型，并简单提及花园内荼蘼架、葡萄架等园林小品。仲秋融《〈金瓶梅〉中西门府花园植物景观艺术管窥》（《名作欣赏》2023年第21期）一文，分析小说巧构四时之景与四区之境，使得笼罩着悬想虚构的园中景观汇合形成书中人物的活动场所、情节展开的特定舞台与情感所聚的文化空间，也使得西门府花园成为后世小说园林景观布局书写的先驱与典范。

值得注意的是，今人的研究逐渐突显学科交叉，日益成体系。由中国风景园林学会等主编的《〈园冶〉论丛》（中国建筑工业出版社2016年版）一书，收录"《园冶》文化""《园冶》考据""《园冶》实践"三大部分，相关研究论文共计48篇，宏通精深。其中陈望衡《〈园冶〉的环境美学思想》、任康丽《〈园冶〉中"雅"的美学思想及"雅"的景观》以及刘新宇、刘纯青《浅析〈园冶〉中的生态美学思想》等，皆涉及《园冶》中植物景观的营造问题，对笔者分析小说中的园林植物造景具有很好的指导意义。其他单篇论文如李丹《〈陶庵梦忆〉中的江南城市生活》（《华中学术》2012年第2期），杜波、谷健辉《从〈陶庵梦忆〉看张岱的园林思想》（《兰台世界》2015年第12期），谷光灿《〈园冶〉植物全貌以及计成的"减法式植物造园"》（《中国风景园林学会2013年会议论文集·下册》2013 年），王美仙《〈园冶〉〈长物志〉中的植物景观及其思想表达研究》（《建筑与文化》2015 年第 9 期）等，可知，古代园林与植物的关系是当前研究的热点之一，从现代植物景观出发，观照古代论著中的植物研究将成为未来的研究趋势。

概之，《金瓶梅》是一部伟大的世情小说，后启《红楼梦》，其内涵丰厚。然而，目前研究现状远远无法与其价值相符，诸如经济、政治、文学、文化、哲学、民俗、宗教、语言、美学内涵等诸多方面仍有许多可以挖掘的宝贵财富，尤其学界尚缺乏对《金瓶梅》进行多学科交叉立体研究的深入探索。因之，本书试以植物与传统植物文化为视点，借助文学、美学、风景园林学等多学科知识背景，通过对崇祯本《金瓶梅》中植物的梳理考察，分析植物古今名演变、典故等，构建起小说中的园林植物平面图，探索其中的植物造景与文化，为风景园林学以及古代小说等领域的创新型研究提供有益的尝试。

第二章　相关研究版本、内容、方法与创新之处

一、研究版本

《金瓶梅》的版本基本分为两大系统："词话本"与"绣像本"。词话本，又称"万历本"，是早期版本，保留有质朴的民间说唱风貌。绣像本，又称"崇祯本"，因其在明代崇祯年间刻印，且有二百幅木刻插画而得名，是经文人润色、文学色彩浓郁的本子，后经清初张竹坡评点，崇祯本便被张评本取代。这两大版本系统各有特色，无所谓优劣。目前，图书市场上流通、读者较认可的《金瓶梅》版本主要有以下几种：①属于词话本系统

的有梦梅馆梅节校本《金瓶梅词话》（里仁书局 2020 年版），人民文学出版社戴鸿森校点《金瓶梅词话》（1985 年版），香港太平书局影印本《金瓶梅词话》（1993 年版）等；②属于绣像（张评）本系统的有齐鲁书社王汝梅校点《皋鹤堂批评第一奇书金瓶梅》（1987 年版），中华书局秦修容校点《会评会校本金瓶梅》（1998 年版），岳麓书社白维国、卜键校注《金瓶梅词话校注》（1995 年版），香港天地图书有限公司刘辉、吴敢辑校《会评会校金瓶梅》（1998 年版）等。

为兼顾两个版本系统以及书写过程的图像研究，笔者拟选定以刘辉、吴敢辑校的《会评会校金瓶梅》绣像本为主要研究文本。该本无删节，收录各家评语，繁体竖排双色套印，印刷质量上乘，乃最好的会评本之一。同时，考虑到文本相关内容的全面性和历史演变情况，辅以人民文学出版社戴鸿森校点《金瓶梅词话》（又称"词话本""万本""万历本"，1985 年版）这一版本为参考，尽可能在研究过程中对照分析，以免挂一漏万，产生片面的结论。

二、研究内容

本书概分上、下编，主要对晚明世情小说《金瓶梅》（崇祯本）中的植物景观及其文化进行研究。

上编为《金瓶梅》植物统计、考证及其分类研究。本编以原著为基础，统计崇祯本《金瓶梅》一百回中出现的植物，计有 150 种，按科、属对其归类，编制植物名录，分析部分植物出现的频率。同时，查阅大量文献，考证重要植物，再将小说中的园林植物以其出现地点，分为西门府花园植物与其他府院植物，以类相从，进一步划分为藤蔓、草花、灌木和乔木四大类，分析小说环境中各大类植物的特色、景观及相应内涵。如木香、荼蘼等藤蔓类植物，在小说中占有很大比重，它们为故事情节发展搭建了一个舞台，许多围绕西门庆与其妻妾的悲喜闹剧便以半隐秘的花架为背景展开。最后附论《金瓶梅》中的药用植物种类与特点。

下编为《金瓶梅》植物景观、图文及其文化研究。根据原著和物候条件，研究小说中西门府花园等处的植物种植与景观布局情况。从现代植物景观设计的角度，划分西门府植物景观区域，分析其季相特色。同时，直接或间接利用崇祯本《金瓶梅》中 200 幅绣像中的若干幅，对比分析文本内容，图文相参，图史互证，解析诸如白杨、芭蕉景观与各类盆景瓶花等传统文化内涵等。在《金瓶梅》植物文化专题研究中，梳理小说涉及的植物典故与熟语，分类考索这些植物的故事、传说、成语、谚语、惯用语和歇后语。最后选取"石榴"意象进行重点文化解读，分析《金瓶梅》以花喻人的创作手法。

附论，通过对晚明文学除小说外的另一重要代表体裁小品文的解析，进一步论述晚明文人衣食住行与植物文化的深层次关系。

三、研究方法

本课题涉及植物学、中国古代文学、风景园林学等多领域，主要研究方法：

1. 文献梳理基础上详尽的资料考辨与深入的学理阐述相结合。统计崇祯版《金瓶梅》植物，参考《植物名实图考》《植物古汉名图考》《中国植物志》等专著，考证《金瓶梅》中出现的植物古名，并研究其文化内涵等。

2. 现代科技手段下周密的特征解析与完善的模型建构。运用计算机相关软件，统计植物出现频率，并据前人复原的西门府等几处主要场所的植物景观，分析其植物种植特点。

3. 传统书画背景下的细致的绣像对比与合理的意象解读。利用崇祯本绣像，对比分析文本内容，图文相参，图史互证。

四、创新之处

1. 研究视野创新。本课题广泛涉及中国古代文学、园林景观学、植物

生态学、图像学，乃至民俗文化学等领域，学科交叉使得该选题具有一定的创新性。

2. 研究方法之探索。运用多学科研究方法，如通过还原的植物景观平面图等，分析小说文本与绣像中反映的园林及其植物特色，为现代园林的种植设计提供一定借鉴与参考。

3. 提出一系列新见解。如：《金瓶梅》中西府花园若干植物的考证，小说人物性格特征与植物意象的深层关系，基于图文基础的小说植物文化解读。

上　编

《金瓶梅》植物统计、考证及其分类研究

第一章　植物统计

本章主要梳理崇祯本《金瓶梅》提及的植物，计有 150 种（一物多名计为一种），分布于 71 个科 125 属中，其中有六科出现的植物属次最丰富，而有七种植物出现的次数多、频率高。考证《金瓶梅》中出现的相对所指较为模糊的植物，如"藤""葛""青蒲""山核桃""乌木""瓜茄"等这些可能给读者带来阅读障碍的植物，以期进一步厘清小说植物原貌。

第一节　植物种属

据笔者统计，崇祯本《金瓶梅》一百回中提到的植物有 150 种左右，在数量上比《红楼梦》《西游记》略少，然远高于其他古代章回小说。该部小说一百回中每回皆有植物出现，其中出现植物最多的是第十九回"草里蛇逻打蒋竹山，李瓶儿情感西门庆"，计有 40 种。《金瓶梅》中植物种属名录见结语后附表（"《金瓶梅》植物名录"）。据表可知，《金瓶梅》中的植物大致分布于 71 个科 125 属中，可见小说作者对植物的认识种类广泛而又深入。其中，出现次数比较多的科分别为蔷薇科（9 属，13次）、禾本科（6 属，9 次）、菊科（8 属，8 次）、百合科（4 属，6 次）、葫芦科（3 属，5 次）、芸香科（3 属，5 次），科属见表：

《金瓶梅》中出现最多的植物科名表

科名	属名
蔷薇科	桃属、梅属、樱属、杏属、梨属、蔷薇属、苹果属、李属、枇杷属
禾本科	刚竹属、芦苇属、玉蜀黍属、小麦属、狗尾草属、稻属

科名	属名
百合科 [1]	葱属、知母属、藜芦属、百合属
菊科	菊属、艾属、向日葵属、飞蓬属、红花属、蒿属、莴苣属、旋覆花属
葫芦科	葫芦属、西瓜属、冬瓜属
芸香科	柑橘属、黄檗属、芸香属

据原著和上表统计可知，《金瓶梅》中出现次数最多的是蔷薇科植物，该科植物是常见的观赏性植物，且多为西门府花园中的植物，这也从文学创作的角度说明了宋明时期蔷薇科的植物已经广泛应用在私家园林中。禾本科的植物主要是竹类和粮食类的稻、麦等，小说中饮食场景比比皆是，各类米汤糕饼反映出明代市民生活的精细面向，体现出"民以食为天"的传统文化。与之相应，葱、蒜、韭菜等百合科的配料植物也不少。

值得注意的是，菊科植物为小说惯常描写的观赏花卉。九月是《金瓶梅》中每年都有故事情节展开的时段，秋菊自然成为小说故事发展的重要线索之一，如第十三回，花子虚在重阳节唤妓具柬请西门庆赏菊饮酒，诗云："千枝红树妆秋色，三径黄花吐异香。"[2] 第十九回描写月娘携带女眷在新花园中游赏："秋赏叠翠楼，黄菊舒金。"[3] 第三十八回多次提及菊花酒，第六十七回冬日屋内仍供有各种寒菊，以及梅兰竹等"四君子"，作者似有意以书房陈设之雅，反衬房主之俗："冬月间，西门庆只在藏春阁书房中坐。那里烧下地炉暖炕，地平上又放着黄铜火盆，放下油单绢暖帘来。

---

[1] 书中"玉簪"原属百合科玉簪属，今归天门冬科玉簪属，"萱草"亦原属百合科萱草属，今归阿福花科萱草属。

[2] 兰陵笑笑生著，刘辉、吴敢辑校：《会评会校〈金瓶梅〉》，香港：天地图书有限公司，1998年版，第298页。

[3] 兰陵笑笑生著，刘辉、吴敢辑校：《会评会校〈金瓶梅〉》，香港：天地图书有限公司，1998年版，第408-409页。

明间内摆着夹枝桃，各色菊花，清清瘦竹，翠翠幽兰；里面笔砚瓶梅，琴书潇洒。"[1] 由此可以发现，《金瓶梅》中的植物不是随意为之，而是根据书中环境的需要和故事情节发展等，作者进行的巧妙选择。

第二节　高频植物

统计崇祯本《金瓶梅》的一百余种植物，笔者发现有七种植物出现的次数多、频率高，直接反映出作者对它们的喜爱程度，见下表：

植物名	回目（次数）	总次数
茶	全部	942
柳	2；5；6；8；9（2）；10；11；14；19（3）；21；23；24；25；27；45；48；54（3）；58；67（4）；69；71；72；76；77（3）；78；80（2）；81（2）；84；87；89（6）；93（2）；94；97；98	52
桃	1（2）；2；4；9；10；11；14（3）；19（2）；23；27（2）；30；31；39；42（2）；45；48（3）；49；54（2）；62；64；72；76；78（4）；79；82；89（2）；97（2）；98	42
梅	2（2）；19；20；21；22；23；35；52；54（2）；55；60（2）；67（5）；68；71；72（2）；73；76（2）；77（3）；78；86；87；91；97	34
竹	1；6；7；19（3）；20；27；34（2）；37；40；48；52；54；63；63；67（2）；69（2）；72；74；76；77；78（2）；79；82；91；94（2）；100	33
松	1；19（3）；20；28；29（2）；34；35；48（3）；52（7）；54（2）；66；67；69；78；79；82（2）；84；93	31
荷	8（2）；11；15；19（2）；24；27（2）；28；30；34（2）；39；41；42；49；52；53；57；59；60；65；69；73；84（2）；92；97；99	30

[1]　兰陵笑笑生著，刘辉、吴敢辑校：《会评会校〈金瓶梅〉》，香港：天地图书有限公司，1998 年版，第 1342-1343 页。

上列"茶""柳""桃""梅""竹""松""荷"七类植物，分别在《金瓶梅》（崇祯本）各回目中出现了942、52、42、34、33、31，以及30次，突出反映了这些植物之于园林景观的重要性，以及与生活的密切程度。其中，（1）"茶"在小说一百回中都有出现，并且带有以花果、香料等入茶的市井品饮方式，如第七十二回："（潘金莲）点了一盏浓浓艳艳，芝麻、盐笋、栗丝、瓜仁、核桃仁夹春不老海青拿天鹅，木樨玫瑰泼卤，六安雀舌芽茶。"[1] 小说略有夸饰，藉以形容西门庆家富贵无比。（2）全书有三十四回提及"柳树"，而文中的柳一般指垂柳，它是重要的园林绿化树种，树姿优雅，蕴含有依依惜别、留恋不舍的情意。同时还有"寻花问柳"的隐喻之意，如第五十六回："（西门庆）自在花园藏春坞，和吴月娘、孟玉楼、潘金莲、李瓶儿五个，寻花问柳顽（玩）耍，好不快活。"[2]（3）小说中共有二十八回目涉及"桃"这一植物，它不仅入日常饮食、供园林观赏，成桃符民俗，而且还用作人物外表之喻，如第十一回："（潘金莲）花容不整，哭得两眼如桃，躺在床上。"[3] 第七十八回："须臾竹叶穿心，桃花上脸，把一锡瓶酒吃的罄净。"[4]（4）"竹"在中国传统文化中一直象征着谦谦君子，其形挺拔，其质坚韧，《金瓶梅》作者称其为"耐寒君子竹"，小说中多次出现竹子，一般以"竹""翠竹""密竹"等统称，并没有明确划分种类，如第一回："苍松翠竹"等，此外文中的竹类品种还有"湘妃竹"，在第四十九回与八十二回明确点出扇骨用的是

[1] 兰陵笑笑生著，戴鸿森校点：《金瓶梅词话》，北京：人民文学出版社，1985年版，第1031页。

[2] 兰陵笑笑生著，刘辉、吴敢辑校：《会评会校〈金瓶梅〉》，香港：天地图书有限公司，1998年版，第1099页。

[3] 兰陵笑笑生著，刘辉、吴敢辑校：《会评会校〈金瓶梅〉》，香港：天地图书有限公司，1998年版，第257页。

[4] 兰陵笑笑生著，刘辉、吴敢辑校：《会评会校〈金瓶梅〉》，香港：天地图书有限公司，1998年版，第1663页。

湘妃竹；第四十九回出现以"紫竹"为卷轴的画作："两边挂的画都是紫竹杆儿绫边玛瑙轴头"[1]，以及以"毛竹"为原材料的大板，如第九十二回"即令左右雨点般大板打将下来。"[2]古人居有竹，食亦不离竹，可谓"不可食无竹"，第七十七回描写的雪天竹笋："见林间竹笋茆茨，争些被他压倒"[3]，"林间竹笋"即冬笋，也是由毛竹（楠竹是毛竹中最名贵的一种）的地下茎侧芽发育而成的美味佳肴。（5）"松"为松科松属植物的总称，常见的有马尾松、油松、白皮松等，文中的松可能为分布较广的油松或马尾松，松树凌冬不凋，苍劲常青。且在小说中"松"往往统称为"苍松"，与"翠竹"并称，并有"欺雪大夫松"之赞。值得注意的是，《金瓶梅》是以小说中三位重要的女性命名的：潘金莲、李瓶儿和庞春梅，即"莲（荷）""李（瓶）"和"梅"，可以理解为三种植物，也可以解释为两种植物加上插花的瓶器，而"荷"（30 次）与"梅"（34 次）同样频繁地出现在文中，这肯定不是巧合，而是作者有意的安排。（6）"荷"，又名莲、芙蕖、菡萏、水华等，重要的水生蔬菜与观赏植物，小说第八、十九、二十七、三十四、八十四回皆出现不止一次。荷花可观，如第三十回："赏玩荷花，避暑饮酒。"[4]可食，第十一回："早起来等着要吃荷花饼银丝鲊汤。"[5]可饮，如第三十四回："昨日砖厂刘公公送的木樨荷花酒。"[6]

[1] 兰陵笑笑生著，刘辉、吴敢辑校：《会评会校〈金瓶梅〉》，香港：天地图书有限公司，1998 年版，第 973 页。

[2] 兰陵笑笑生著，刘辉、吴敢辑校：《会评会校〈金瓶梅〉》，香港：天地图书有限公司，1998 年版，第 1932 页。

[3] 兰陵笑笑生著，刘辉、吴敢辑校：《会评会校〈金瓶梅〉》，香港：天地图书有限公司，1998 年版，第 1620 页。

[4] 兰陵笑笑生著，刘辉、吴敢辑校：《会评会校〈金瓶梅〉》，香港：天地图书有限公司，1998 年版，第 626 页。

[5] 兰陵笑笑生著，刘辉、吴敢辑校：《会评会校〈金瓶梅〉》，香港：天地图书有限公司，1998 年版，第 253 页。

[6] 兰陵笑笑生著，刘辉、吴敢辑校：《会评会校〈金瓶梅〉》，香港：天地图书有限公司，1998 年版，第 695 页。

（7）"梅"，与松、竹并称"岁寒三友"，在宋朝前，梅以取用果实为主，自唐代起，观赏梅花逐渐盛行。尤其梅花景观常置于亭阁前，四周环绕翠竹，屋后植松，形成风雅的图景。在小说中，梅花不仅是指西门府花园中种的梅，还与器物（瓶）、诗词文句有关，第六十七回中出现五次之多，如文字游戏中的"雪里梅花雪里开"[1]，诗词中的"江边乘兴探梅花，庭中欢赏烧银蜡"[2]与"风飘弱柳平桥晚，雪点寒梅小院春"[3]，结合小说，这些高频词对故事情节的展开也有很大意义，详于后文。

第三节　植物考证

《金瓶梅》中有许多园林植物、蔬菜瓜果以及药用植物等，其古今名基本一致，无需考证。其中，松、竹、柳、莲（藕、荷）、兰（蕙）等五类简称在书中反复出现，皆为常见的传统植物种类，并未给读者带来阅读障碍，而有些植物或所指较为模糊，或作为植物有其独特的实用或文化价值，试考证若干例如次。

（一）"攀藤揽葛"[4]中的"藤""葛"。小说第八十四回："然后领月娘上顶，登四十九盘，攀藤揽葛上去。"[5]作者在此处可能运用了互文的手法，"攀藤揽葛"可理解为攀揽藤葛，而"藤葛"可泛指攀缘植

[1] 兰陵笑笑生著，刘辉、吴敢辑校：《会评会校〈金瓶梅〉》，香港：天地图书有限公司，1998年版，第1353页。

[2] 兰陵笑笑生著，刘辉、吴敢辑校：《会评会校〈金瓶梅〉》，香港：天地图书有限公司，1998年版，第1354页。

[3] 兰陵笑笑生著，刘辉、吴敢辑校：《会评会校〈金瓶梅〉》，香港：天地图书有限公司，1998年版，第1355页。

[4] 兰陵笑笑生著，刘辉、吴敢辑校：《会评会校〈金瓶梅〉》，香港：天地图书有限公司，1998年版，第1778页。

[5] 兰陵笑笑生著，刘辉、吴敢辑校：《会评会校〈金瓶梅〉》，香港：天地图书有限公司，1998年版，第1778页。

物，分指"藤"：白藤或紫藤等藤本植物；"葛"，多年生草本植物。此外，"藤葛"或可作葛藤理解，很可能就是多年生蔓性草本"葛"，又称"葛藤"，豆科，葛属，遍布全国各地，江浙尤多，野葛生于山坡、路边草丛中及较阴湿的地方，卧地蔓生或缠绕其他植物生长，茎节极易生根。古之《尚书·禹贡》言："岛夷卉服"[1]之"卉"指的很可能就是葛藤，它是中国最早利用的纤维植物，可制衣、鞋，茎蔓坚韧，可编制箱笼家具等。

（二）"一种青蒲，半溪流水"[2]中的"青蒲"。小说第八十二回："金莲向袖中取出拆开，却是湘妃竹金扇儿一柄，上面一种青蒲，半溪流水，有《水仙子》一首词儿：'紫竹白纱甚逍遥，绿口青蒲巧制成，金铰银钱十分妙。妙人儿堪用着，遮炎天少把风招。有人处常常袖着，无人处慢慢轻摇，休教那俗人儿见偷了。'"[3]小说中两次提及的"青蒲"，指的是"香蒲"，学名水烛，香蒲科，香蒲属，多年生水生草本，《诗经·陈风·泽陂》云："彼泽之陂，有蒲有荷"[4]，这里的"蒲"即香蒲。《齐民要术》卷九言："蒲，深蒲也。《周礼》以为菹。谓蒲始生，取其中心入地者——蒻，大如匕柄，正白，生噉之，甘脆；又煮，以苦酒浸之，如食笋法，大美。"[5]成熟的蒲叶可供织席，自古即视为经济作物。同时，"蒲"有时指蒲草，即产于华南地区的蔍草，是编制草席、草帽的原料，小说第三十七、九十六回也多次出现"蒲甸"，即蒲草垫子。

[1] 孔颖达疏，阮元校刻：《尚书正义》，北京：中华书局，1980年版，第149页。

[2] 兰陵笑笑生著，刘辉、吴敢辑校：《会评会校〈金瓶梅〉》，香港：天地图书有限公司，1998年版，第1747页。

[3] 兰陵笑笑生著，刘辉、吴敢辑校：《会评会校〈金瓶梅〉》，香港：天地图书有限公司，1998年版，第1748页。

[4] 程俊英、蒋见元著：《诗经注析》，北京：中华书局，1991年版，第383页。

[5] 贾思勰著：《齐民要术校释》，北京：中国农业出版社，1998年版，第658页。

（三）"山核桃差着一槅儿哩"[1]中的"山核桃"。小说第七回："薛嫂道：'相看到不打紧，我且和你老人家计议：如今他家一家子，只是姑娘大，虽是他娘舅张四，山核桃差着一槅儿哩。'"[2]小说作者以这句歇后语比喻亲情间也分亲疏，像舅舅与外甥间，终究隔着一层，有些隔阂的。笔者是浙江杭州临安区人，对家乡土特产之一的山核桃较为了解，它外形圆，外壳坚硬，果仁脆香可口，又名小核桃，落叶乔木，胡桃科，山核桃属，中国山核桃较为著名的产区在浙、皖交界的天目山区，栽培利用已有500多年历史。有关山核桃的传说可以追溯到元朝末年，刘伯温在天目山遇到朱元璋，通过贩卖山核桃充足了招兵买马的钱粮，一举推翻了元朝，建立了大明朝，故山核桃又有大明果之称，这也反映了《金瓶梅》创作有非常多的植物熟语元素。

（四）"乌木春台盛酒器"[3]中的"乌木"。小说第四十九回："堂中放一张蜻蜓腿螳螂肚肥皂色起楞的桌子，桌子上安着绦环样须弥座大理石屏风。周围摆的都是泥鳅头楠木靶肿筋的交椅，两边挂的画都是紫竹杆儿绫边玛瑙轴头。正是：鼍皮画鼓振庭堂，乌木春台盛酒器。'"[4]西门庆府里的"春台"指的是家具饭桌，这在小说中也常出现，如前有元末明初施耐庵《水浒传》第六回记："只见灶边破漆春台，只有些灰尘在面上。"[5]后有清代吴敬梓《儒林外史》第二回载："管家捧上酒饭，鸡、鱼、鸭、肉，

---

[1] 兰陵笑笑生著，刘辉、吴敢辑校：《会评会校〈金瓶梅〉》，香港：天地图书有限公司，1998年版，第184页。

[2] 兰陵笑笑生著，刘辉、吴敢辑校：《会评会校〈金瓶梅〉》，香港：天地图书有限公司，1998年版，第184页。

[3] 兰陵笑笑生著，刘辉、吴敢辑校：《会评会校〈金瓶梅〉》，香港：天地图书有限公司，1998年版，第973页。

[4] 兰陵笑笑生著，刘辉、吴敢辑校：《会评会校〈金瓶梅〉》，香港：天地图书有限公司，1998年版，第973页。

[5] 施耐庵著：《水浒传》，北京：人民文学出版社，2019年版，第193页。

堆满春台。"[1]而这饭桌不是普通的木质家具，乃是用乌木所制，"乌木"，又名乌文木、阴沉木等，属于楠木、麻柳等树木碳化而成。西门府家具材质虽高，而雕饰纹路却很世俗，不是蜻蜓腿、螳螂肚，就是泥鳅头、鼍皮，名贵家具的堆置，没有改变"市侩迷虫豸"的气息。

（五）"十香甜酱瓜茄"[2]中的"瓜茄"。小说中的"瓜茄"共出现四次，指的是两种酱菜，即"菜瓜"和"香茄"，而不是现在市场上售卖的蔬果型植物"香瓜茄"：茄科，茄属，多年生蔬菜、水果兼观赏型草本植物，原产于哥伦比亚和智利安第斯山温带地区、秘鲁及厄瓜多尔等国家，直到20世纪80年代，大陆才开始引入香瓜茄。在《金瓶梅》中，"瓜茄"这种酱菜是与粥饭同食的绝佳配菜了，李瓶儿和西门庆生病时都描写到，第六十二回："然后拿上李瓶儿粥来，一碟十香甜酱瓜茄……"[3]第七十九回："小玉拿粥上来，十香甜酱瓜茄，粳粟米粥儿。这郑月儿跳上炕去……一口口喂他。"[4]"十香瓜茄"，又称"食香瓜茄"，是用全大料、五香粉腌制的"菜瓜"和"香茄"，宋人载录"食香瓜茄"："不拘多少，切作棋子，每斤用盐八钱，食香同瓜拌匀，于缸内腌一、二日取出，控干。日晒，晚复入卤水内，次日又取出晒，凡经三次。勿令太干，装入坛内用。"[5]元人介绍其制法："新嫩者，切三角块。沸汤焯过。稀布包榨干。盐腌一宿。晒干。用姜丝、橘丝、紫苏拌匀。煎滚糖醋泼。晒干收贮。"[6]明代高濂《遵

[1] 吴敬梓著：《儒林外史》，北京：人民文学出版社，2000年版，第25页。

[2] 兰陵笑笑生著，刘辉、吴敢辑校：《会评会校〈金瓶梅〉》，香港：天地图书有限公司，1998年版，第1235页。

[3] 兰陵笑笑生著，刘辉、吴敢辑校：《会评会校〈金瓶梅〉》，香港：天地图书有限公司，1998年版，第1235页。

[4] 兰陵笑笑生著，刘辉、吴敢辑校：《会评会校〈金瓶梅〉》，香港：天地图书有限公司，1998年版，第1694页。

[5] 浦江吴氏，陈达叟撰：《吴氏中馈录》，北京：中国商业出版社，1987年，第22页。

[6] 无名氏：《居家必用事类全集》，明司礼监刊本。

生八笺·饮馔服食笺》称"食香瓜茄"："不拘多少，切作棋子，每斤用盐八钱，食香同瓜拌匀，于缸内腌一二日，取出控干。日晒，晚复入卤水内，次日又取出晒。凡经三次，勿令太干，装入坛内用。"[1] 可见，十香瓜茄这一道传统的小菜，一直继承前代腌制方法，爽口味美，开胃下饭。

此外，据徐复岭编著《〈金瓶梅词话〉语言词典》（上海辞书出版社2018年版），还有些植物是被拿来暗指生殖器官的，如以蘑菇隐喻阴茎："应伯爵山洞戏春娇，潘金莲花园看蘑菇。"（词话本第五十二回）[2] 以蒲棒暗喻阳具："亏你呵，再倘（躺）着筒儿蒲棒剪稻。你再敢不敢？我把你这短命王鸾儿割了，教你直孤到老！"（词话本第八十六回）[3]

概之，考证《金瓶梅》"藤""葛""青蒲""山核桃""乌木""瓜茄"等，可以进一步厘清小说植物原貌，以及阐释部分可能给读者带来阅读障碍的植物所指。

第二章　植物类析

《金瓶梅》中的植物大多出现在园林环境之中，小说中明确提到的园林有十四处左右，而以西门府花园在回目中提及的次数最多，共有十回目直接涉及，并包含35种重要的庭园植物。本章概述小说园林植物基本情况（包括西门府花园植物与其他府院植物），同时对草花、藤蔓、灌木、乔木等四大类小说园林植物展开辨析。

---

[1] 高濂著：《遵生八笺》，北京：人民卫生出版社，2016年版，第369页。

[2] 兰陵笑笑生著，戴鸿森校点：《金瓶梅词话》，北京：人民文学出版社，1985年版，第667页。

[3] 兰陵笑笑生著，戴鸿森校点：《金瓶梅词话》，北京：人民文学出版社，1985年版，第1296页。

第一节　园林植物概况

明清小说中的植物大多伴随园林而出现，这些植物或作为文学性描写的对象，或作为故事发生的环境背景，不仅种类丰富，而且其植物特性、配置等与传统文学艺术、文化底蕴等都具有鲜明的特色。

园林艺术家陈从周先生曾说："中国园林是由建筑、山水、花木等组合而成的一个综合艺术品，富有诗情画意。"[1] 有植物不一定有园林，而有园林必然有植物，据相关研究资料显示，《金瓶梅》中明确提到的园林有十四处左右，其中修竹群花，植物与院落相映成辉，据载，这些园主与宅园分别为：

1. 西门庆，有宅园（包括西门府庭院与花园）与坟园两处私园。

2. 花子虚，太监之侄，为西门庆紧邻，有宅园一所，后被西门庆兼并。

3. 乔五，皇亲，世袭指挥使，在城内有花园一所。

4. 周秀，清河县守备，有书院花亭与城南祖坟花园两所宅园。

5. 夏延龄，山东提刑所掌刑正千户，在清河县任职时，住宅内建有花亭。

6. 何永寿，太监何沂之侄，山东提刑所副千户，到清河县任职即买下夏延龄房舍，并扩建花亭。

7. 王寀，招宣府王逸轩之子，武学肄业。家在清河县城内，有书院一所。

8. 王宣，清河城内开解当铺的商人，家有后园，因园中有两株杏树，故取道号"杏庵居士"。

9. 内相花园，位于清河县城外二十里。

10. 周台官，西门庆妻吴月娘的娘家邻居，有宅园一所。

11. 何沂，内匠府作太监，延庆第四宫端妃马娘娘近侍，东京家有后园。

---

[1]　陈从周著：《惟有园林》，天津：百花文艺出版社，2007年版，第2页。

12. 梁中书，蔡京女婿，家有后园。

13. 苗天秀，扬州广陵城内员外，家有后园。

14. 太师，东京天汉桥附近府园，富丽如宝殿仙宫。

《金瓶梅》中的园林主人除有小说主人公西门庆外，还有官宦，如蔡太师、何沂、梁中书、周秀、周台官、夏延陵、何永寿等，以及纨绔子弟和富豪，如王宣、王寀、花子虚、苗天秀、乔五等[1]。在这些园林中，作者对西门庆宅园（尤其是西门府花园）的植物着墨较多，其次为杨家、花家与太师府，故分述西门府花园植物与其他府院植物如下。

一、西门府花园植物

通过小说的描写不难看出西门家花园建筑精巧，规模宏大，植物种类繁多。在建筑布局上，花园山子位于玩花楼之前，玩花楼便是在原来花子虚住宅的基础上盖建，原花子虚房位于西门庆原花园墙西面，因此新建花园定以玩花楼为轴线，于轴线左右盖卷棚、楼阁等，花园是主人公置业的一个重点，山水相连，花木满园，气派非凡，西门庆在其中与潘金莲、孟玉楼等饮酒避暑，寻欢作乐，甚是逍遥，其布置的精巧，风格的奢华，流露出纸醉金迷的奢靡气息，而花园中的植物更是点睛之笔。小说第十九回，作者描写西门府花园落成，以游踪与季相为线索，不吝笔墨地刻画花团锦簇的景致："春赏燕游堂，桃李争艳；夏赏临溪馆，荷叶斗彩；秋赏叠翠楼，黄菊舒金；冬赏藏春阁，白梅横玉。更有那娇花笼浅径，芳树压雕栏；弄风杨柳纵峨眉，带雨海棠陪嫩脸。燕游堂前，灯光花似开不开；藏春阁后，白银杏半放不放。湖山侧，半绽金钱；宝槛边，初生石笋。翩翩紫燕穿帘幕，呖呖黄莺度翠阴。也有那月窗雪洞，也有那水阁风亭。木香棚与荼蘼架相

---

[1] 上述相关园主、宅园及其主人身份，详见孙小力：《从〈金瓶梅〉看明季城镇私园》，《广西师范学院学报》，1992年第2期。

连，千叶桃与三春柳作对。松墙竹径，曲水方池；映阶蕉棕，向日葵榴。"[1]
继而在新盖的玩花楼向下观看："见楼前牡丹花畔芍药圃、海棠轩、蔷薇
架、木香棚，又有耐寒君子竹，欺雪大夫松。端的四时有不卸（谢）之花，
八节有长春之景。"[2]植物园般的植物景观，而这在商人阶层崛起前都是
士大夫们玩赏的，明末钱谦益曾谈到嘉靖、万历年间："士大夫……居处
则园林池馆，泉石花药；鉴赏则法书名画，钟鼎彝器。又以其闲征歌选伎，
博簺蹴鞠，无朝非花，靡夕不月。"[3]清代文人伍绍棠言："有明中叶，
天下承平，士大夫以儒雅相尚，若评书品画，瀹茗焚香，弹琴选石等事，
无一不精，而当时骚人墨客，亦皆工鉴别，善品题，玉敦珠盘。"[4]其时"富
豪竞以湖石筑峙奇峰阴洞，至诸贵占据名岛以凿凿而嵌空妙绝，珍花异木，
错映阑圃，虽闾阎下户，亦饰小小盆岛为玩，以此务为饕贪"[5]。家道正
旺的西门庆不惜大兴土木，修建园圃，效仿名士风流，其花卉消费直追江
南豪族，小说第六十七回载："冬月间，西门庆只在藏春阁书房中坐。那
里烧下地炉暖炕，地平上又放着黄铜火盆，放下油单绢暖帘来。明间内摆
着夹枝桃，各色菊花，清清瘦竹，翠翠幽兰；里面笔砚瓶梅，琴书潇洒。"[6]
西门府藏春阁满是冬季里的生机盎然之景，里面烧着地炉暖炕，兰、菊、竹、
桃等样样具备，文士气十足。小说共有十回目直接提及西门府花园，其中

[1] 兰陵笑笑生著，刘辉、吴敢辑校：《会评会校〈金瓶梅〉》，香港：天地图
书有限公司，1998年版，第408-409页。

[2] 兰陵笑笑生著，刘辉、吴敢辑校：《会评会校〈金瓶梅〉》，香港：天地图
书有限公司，1998年版，第409页。

[3] 钱谦益著：《牧斋初学集》，上海：上海古籍出版社，2009年版，第1690页。

[4] 文震亨著，陈植校注：《长物志校注》录"伍绍棠跋文"，南京：江苏科学
技术出版社，1984年版，第423页。

[5] 黄省曾著：《吴风录》，北京：中华书局，1991年版，第3页。

[6] 兰陵笑笑生著，刘辉、吴敢辑校：《会评会校〈金瓶梅〉》，香港：天地图
书有限公司，1998年版，第1342-1343页。

更是涉及 35 种庭园植物，见表（按先后顺序，相同的标同一序号）：

回目	（序号）花园植物
第十九回	（1）翠竹（2）苍松（3）桃（4）李（5）荷（6）莲（7）黄菊（8）白梅（9）杨柳（10）海棠（11）灯光花（12）白银杏（13）金钱（14）石笋（15）木香（16）荼蘼（17）千叶桃（9）三春柳（2）松墙（1）竹径（18）蕉（19）棕（20）葵（21）榴（22）芍药（23）荔枝（24）草（25）红豆（26）牡丹花（22）芍药（10）海棠（27）蔷薇（15）木香（1）君子竹（2）大夫松（28）梨花
第二十七回	（29）瑞香花
第二十九回	（30）芭蕉（27）蔷薇
第四十八回	（2）松墙（1）竹径（3）桃红（9）柳绿（3）桃花儿
第五十二回	（30）芭蕉（31）紫薇花（2）松墙
第六十一回	（2）松墙（7）菊花（2）松墙（7）菊花（7）大红袍（7）状元红（7）紫袍金带（7）白粉西（7）黄粉西（7）满天星（7）醉杨妃（7）玉牡丹（7）鹅毛菊（7）鸳鸯花
第六十七回	（32）夹枝桃（7）菊花（1）瘦竹（33）幽兰（8）梅
第八十二回	（16）荼蘼（15）木香
第八十三回	（34）木瑾花
第九十六回	（35）青苔（24）碧草

据表，西门府花园较常见的植物及其出现次数依次为菊 15 次、松 7 次、竹 5 次、桃 5 次，上述庭园植物大多数为古典园林常植的品类，在第十九、六十一回中，有些植物诸如"灯光花""金钱"等，由于古今名称不同，"大红袍""状元红""紫袍金带""白粉西""黄粉西""醉杨妃""玉牡丹""鹅毛菊""鸳鸯花"等，或因植物品种相异，它们往往造成读者阅读理解困难，因之，笔者试结合相关文献，考察如次。

第一，"灯光花"与"金钱"。崇祯本第十九回描写花园植物："燕游堂前，灯光花似开不开；藏春阁后，白银杏半放不放。湖山侧，半绽

金钱；宝槛边，初生石笋。"[1]燕游堂前的似开不开的"灯光花"，这种植物或为灯笼树开的花，即吊灯花，花期在春季四、五月，符合吴月娘带众女眷游新花园的游赏描写："四时赏玩，各有风光：春赏燕游堂……"[2]而且它们也会"发光"，这类灯笼树属于杜鹃花科，吊钟花属，其树叶里含有大量磷质，花期时远远望去，树枝上挂的花朵宛若一个个小灯笼，在晴朗的夜晚，燃点低的磷自燃发出冷光，就像一盏盏路灯。灯笼树主要分布在安徽、浙江、江西等地，生长适温为10～25摄氏度，气温低于5摄氏度会冻死，高于30摄氏度进入半休眠状态，也符合其白天"似开不开"的特点。若据《金瓶梅》词话本，"灯光花"便为"金灯花"了，词话本第十九回载："燕游堂前，金灯花似开不开……"[3]金灯花，石蒜科，石蒜属，多年生草本植物，花叶不相见，故又名"无义草"。地下鳞茎广卵形，春季丛生数叶，广线形，带黄绿色。夏秋间，叶枯萎后，从鳞茎挺出一茎，茎顶生出伞形花序，有5～10朵，排列成轮状，侧向开放，花红色。蒴果形似灯笼下垂。据《花镜》载："金灯一名山慈菇……深秋独茎直上，末分数枝，一簇五朵，正红色，光焰如金灯。"[4]金灯花鳞茎有毒，除可提取石蒜碱供药用外，其淀粉可供工业用，性喜荫肥，盆栽可供观赏。

同回目还提及"金钱"："湖山侧，半绽金钱；宝槛边，初生石笋。"[5]文中的"金钱"当为"金钱花"，菊科，旋覆花属，学名旋覆花，又名金佛草、

[1] 兰陵笑笑生著，刘辉、吴敢辑校：《会评会校〈金瓶梅〉》，香港：天地图书有限公司，1998年版，第409页。

[2] 兰陵笑笑生著，刘辉、吴敢辑校：《会评会校〈金瓶梅〉》，香港：天地图书有限公司，1998年版，第408页。

[3] 兰陵笑笑生著，戴鸿森校点：《金瓶梅词话》，北京：人民文学出版社，1985年版，第214页。

[4] 陈淏子辑，伊钦恒校注：《花镜》，北京：农业出版社，1962年版，第354-355页。

[5] 兰陵笑笑生著，刘辉、吴敢辑校：《会评会校〈金瓶梅〉》，香港：天地图书有限公司，1998年版，第409页。

六月菊。多年生草本，花期6～10月，果期9～11月，高30～70厘米。头状花序少数或多数，顶生，呈伞房状排列。瘦果长椭圆形，被白色硬毛，冠毛白色，分布东北、华北、西北及华东等地。小说中用动词"绽"，说明这种植物极有可能为观花植物，金钱花一般生于山坡、路旁、田边或水旁湿地，也与其在小说中出现的地点"湖山侧"，即湖边假山旁相符。

第二，"各样有名的菊花"。小说第六十一回描写西门庆与兄弟应、常二人在自家花园松墙下赏菊之景："且说西门庆到于小卷棚翡翠轩，只见应伯爵与常峙节在松墙下正看菊花。原来松墙两边，摆放二十盆，都是七尺高各样有名的菊花，也有大红袍、状元红、紫袍金带、白粉西、黄粉西、满天星、醉杨妃、玉牡丹、鹅毛菊、鸳鸯花之类。"[1] 文中的"也有"即"有"的意思，其后领起的花卉都属于名贵的菊花品种，在逻辑上属于总分关系。明季菊花品类繁多，王象晋《群芳谱》录菊逾二百种，谈迁说"身洪大者如大小指可杖，单者犹二三尺高，率及人肩眉，菊之最盛者也"[2]，其中诸如绛红袍、红鹅毛、状元红，白鹅毛、银蜂窝、金盏银台，荔枝红，大粉息（西）等品种，与《金瓶梅》中的描写有相似之处，文震亨说："吴中菊盛时，好事家必取数百本，五色相间，高下次列，以供赏玩，此以夸富贵容则可。若真能赏花者，必觅异种，用古盆盎植一枝两枝，茎挺而秀，叶密而肥，至花发时，置几榻间，坐卧把玩，乃为得花之性情。"[3] 西门大官人的这次菊花展，虽落入文人"富贵容"讥讽之窠，里面的门道还是很多的，特别是花盆乃标准的"古盆盎"，如第六十一回，帮闲应伯爵拍

---

[1]　兰陵笑笑生著，刘辉、吴敢辑校：《会评会校〈金瓶梅〉》，香港：天地图书有限公司，1998年版，第1212页。

[2]　谈迁著，罗仲辉、胡明校点校：《枣林杂俎》，北京：中华书局，2006年版，第469页。

[3]　文震亨著：《长物志》，南京：江苏凤凰文艺出版社，2015年版，第103页。

西门庆马屁时就说："花到不打紧，这盆正是官窑双箍邓（澄）浆盆，都是用绢罗打，用脚跐过泥，才烧造这个物儿。"[1]这名贵的皇家花盆，仅仅是人工便费银无数，其中盆泥淘澄要二年，出泥曝过，以稻糠黄牛粪搅之而烧，一伏时用黑蜡、米醋等蒸多次，使澄浆品坚如铁。西门庆一下子就能在"松墙两边，摆放二十盆"，排场颇大。

菊花大概是人为干预形成品种变异最为繁复的花卉，一般而言，菊花依花径大小分类，花朵直径在 18 厘米以上，称为大菊；花径在 6～18 厘米之间的称中菊；花径在 6 厘米以下的称小菊，属满天星型。依开花季节分为夏菊、秋菊和寒菊。依花型则有单瓣型、卷散型、舞环型、球型、莲座型、龙爪型、托桂型、垂珠型、垂丝型、毛刺型等。依花色分白菊、黄菊、红菊、橙菊、青色菊、紫菊、绿菊、墨菊等。菊花花期因品种而不同，"早菊花期 9～10 月，秋菊花期 11 月，寒菊花期 12 月，园艺栽培可全年开花"[2]。小说中"满天星"是花头很小，开花极多的品种；"鹅毛菊"具有毛茸茸的舌状花序；红、紫色的菊花品种是"大红袍""状元红""紫袍金带"；白、粉色的是"白粉西""玉牡丹""醉杨妃"；黄、粉色的为"黄粉西"，以及一花杂红黄二色的为"鸳鸯花"，又名"鸳鸯荷"。小说作者在此如数家珍，列举各菊花名品，事实上都可在明人王象晋的《群芳谱》里检索到，其中大红袍"蓓蕾如泥金，初开朱红，瓣尖细而长，体厚，径可二寸以上"[3]；状元红"花重红，径可二寸，厚半之。瓣阔而短厚，有纹，其末黄"[4]；紫袍金带"一名紫重楼，又一名紫绶金章。蓓蕾有顶，开稍迟，初黑红，

[1] 兰陵笑笑生著，刘辉、吴敢辑校：《会评会校〈金瓶梅〉》，香港：天地图书有限公司，1998 年版，第 1213 页。

[2] 董丽、包志毅著：《园林植物学》，北京：中国建筑工业出版社，2012 年版，第 275 页。

[3] 王象晋著：《御定广群芳谱群芳谱》，钦定四库全书荟要。

[4] 王象晋著：《御定广群芳谱群芳谱》，钦定四库全书荟要。

渐作鲜红。既开，仿佛亚腰葫芦。亚处无瓣，黄蕊绕之"[1]；白粉西（白西施）"花初微红，其中晕红而黄，既则白而莹，径三寸以上，厚二寸许，瓣参差"[2]；满天星"一名蜂铃菊。春苗掇去其颠，歧而又掇，掇而又歧，至秋而一干数千百朵"[3]；醉杨妃"一名醉琼环。其色深桃红，久而不变。其花疏爽而润泽，小径近二寸以上，厚半之。其瓣尖而梗，下覆如脐。花繁而柄弱，其英乃垂"[4]；玉牡丹"一名莲花菊。花千瓣，洁白如玉。径二寸许，中晕青碧"[5]；鹅毛菊"一名鹅儿黄。开以九月，淡黄，纤如细毛，生于花萼上"[6]，后注"近年花也"，即近年才培育出的新品种；鸳鸯花"一名合欢金。千朵小黄花，皆并蒂"[7]。此外，"黄粉西"为同花而色黄者，红的称红粉西，也叫粉西施。可见，小说作者的描写是十分贴近生活实际的，关合场景有其真实缜密之处，菊花之"各样有名"不虚也。

二、其他府院植物

除西门府花园外，小说还涉笔其他几处宅院，如杨家、花家与太师府等。在这些府院中分别出现了竹子、石榴、玉簪、菊花、琼花、昙花、佛桑花等植物，往往花木深秀，一望无际，美妙背景与主人身份遥相点映，更使得行文玲珑有致、摇曳生姿，略举如下。

其一，杨家府院植物。第七回，西门庆前往孟三姐的杨家姑妈家说亲，作者描写了当时所见景象："却是坐南朝北，一间门楼，粉青照壁。薛嫂请西门庆下了马，同进去。里面仪门照墙，竹抢篱影壁，院内摆设榴树盆景，

[1] 王象晋著：《御定广群芳谱群芳谱》，钦定四库全书荟要。

[2] 王象晋著：《御定广群芳谱群芳谱》，钦定四库全书荟要。

[3] 王象晋著：《御定广群芳谱群芳谱》，钦定四库全书荟要。

[4] 王象晋著：《御定广群芳谱群芳谱》，钦定四库全书荟要。

[5] 王象晋著：《御定广群芳谱群芳谱》，钦定四库全书荟要。

[6] 王象晋著：《御定广群芳谱群芳谱》，钦定四库全书荟要。

[7] 王象晋著：《御定广群芳谱群芳谱》，钦定四库全书荟要。

台基上靛缸一溜，打布凳两条。薛嫂推开朱红槅（隔）扇，三间倒坐，客位上下椅桌光鲜。帘栊潇洒。"[1]屋院四周栽有翠竹，十分风雅，院内还摆设有石榴盆景，石榴本就有多子多孙之祥寓，温馨吉利，客厅光鲜潇洒，俨然整洁的正经门户，这也与孟玉楼的富裕背景相照应。

其二，花府植物。第十回，小说有一段写到隔壁花家送"新摘下来鲜玉簪花"[2]给西门府的女眷们戴，玉簪，天门冬科，玉簪属，多年生草本，花果期 8～10 月，生海拔 2200 米以下的林地、草坡或多石区域。玉簪栽培广泛，主要产中国西南、东南、华中和华东，据《长物志》载："（玉簪）洁白如玉，有微香，秋花中亦不恶，但宜墙边连种一带，花时一望成雪，若植盆石中，最俗。紫者名紫萼，不佳。"[3]玉簪花夏秋季开花，叶片娇莹，花苞似簪，色白如玉，芳香怡人。第十三回，作者还提及众人在花子虚府里赏菊："光阴迅速，又早九月重阳。花子虚假着节下，叫了两个妓者，具柬请西门庆过来赏菊。又邀应伯爵、谢希大、祝实念、孙天化四人相陪，传花击鼓，欢乐饮酒。有诗为证：乌兔循环似箭忙，人间佳节又重阳。千枝红树妆秋色，三径黄花吐异香。不见登高乌帽客，还思捧酒绮罗娘。秀帘琐闼私相觑，从此恩情两不忘。"[4]文中"黄花"即指菊花，"千枝红树"，很有可能在描写秋季叶色变化的秋色树，如入秋叶色变黄的栾树、无患子，叶色变红的红枫、槭树。可见，花府不仅栽有玉簪花，还种有秋色树和各色菊花。

---

[1] 兰陵笑笑生著，刘辉、吴敢辑校：《会评会校〈金瓶梅〉》，香港：天地图书有限公司，1998 年版，第 187 页。

[2] 兰陵笑笑生著，刘辉、吴敢辑校：《会评会校〈金瓶梅〉》，香港：天地图书有限公司，1998 年版，第 241 页。

[3] 文震亨著：《长物志》，南京：江苏凤凰文艺出版社，2015 年版，第 75 页。

[4] 兰陵笑笑生著，刘辉、吴敢辑校：《会评会校〈金瓶梅〉》，香港：天地图书有限公司，1998 年版，第 298-299 页。

其三，太师府植物。太师府中的植物品种名贵，与主人身份相得益彰。第五十五回载："转个回廊，只见一座大厅，如宝殿仙宫：厅前仙鹤、孔雀，种种珍禽；又有那琼花、昙花、佛桑花，四时不谢，开的（得）闪闪烁烁，应接不暇。"[1] 文中四时不谢的"琼花""昙花""佛桑花"等都是古代比较名贵的花卉品种。琼花，忍冬科，荚蒾属，每年4、5月间开花，花大如盘，洁白如玉，聚伞花序生于枝端，周边八朵为萼片发育成的不孕花，中间为两性小花，该花分布于江苏南部、安徽西部、浙江、江西西北部、湖北西部及湖南南部。相传琼花是当时扬州独有的名贵花木，连隋炀帝也不远千里，大征民工修凿运河，一心要到扬州来观赏琼花。昙花，仙人掌科，昙花属，喜温暖湿润的半阴、温暖和潮湿的环境，不耐霜冻，忌强光暴晒。昙花享有"月下美人"之誉，当花渐渐展开后，过1～2小时又慢慢地枯萎了，整个过程仅4个小时左右，故有"昙花一现"之说。佛桑花，又名扶桑、朱槿，锦葵科，木槿属，高濂曾言及"佛桑花（四种）"："有大红，有粉红，有黄，有白，四色，自四月开至十月方止。花之可爱，妙莫与比。但无法可令过冬，是大恨也。"[2] 该花花期全年，夏秋最盛，原产中国，分布于福建、广东、广西、云南、四川诸省区。一说扶桑是传说中的"太阳树"，是神木，代表光明和吉祥。

概之，《金瓶梅》作者为我们描绘了一个既世俗又幻化的园林，从中反映出古典造园的景点设置、种植设计、装修陈设等，其中的园林植物分布于西门府庭园宅邸和其他官商院落，仅西门府花园就涉及了35种庭园植物，折射出明代园林植物及其造景的繁荣历史面相。

[1] 兰陵笑笑生著，刘辉、吴敢辑校：《会评会校〈金瓶梅〉》，香港：天地图书有限公司，1998年版，第1086页。

[2] 高濂著：《遵生八笺》，北京：人民卫生出版社，2016年版，第522页。

第二节　园林植物分类

《金瓶梅》中的园林植物可概分为草花、藤蔓、灌木、乔木等四大类，每一类别在小说中都各有特色（详见下文），且功能突出，若以杨鸿勋先生在《江南园林论》一书中的划分，可将植物对于园林的作用归结为九大类[1]：①"隐蔽园墙、拓展空间"；②"笼罩景象、成荫投影"；③"分隔联系、含蓄景深"；④"装点山水、衬托建筑"；⑤"陈列鉴赏、景象点题"；⑥"渲染色彩、突出季相"；⑦"表现风雨、藉听天籁"；⑧"散发芬芳、招蜂引蝶"；⑨"枝叶花果、四时清供"。杨先生将植物对园林的重要性做了充分概括，而无论是草花、藤蔓类，还是灌木、乔木类，《金瓶梅》中植物的功能作用主要表现在后七项上。可以说，《金瓶梅》中出现的草花、藤蔓、灌木、乔木等四大类园林植物以其特殊的光彩吸引着千载而下的读者，令人流连忘返。

一、草花类

草花，常用于美化环境，草花株型低矮，对土壤的生长条件要求较小，其茎干质地柔软，木质部不发达。草花品种较多，色彩丰富，在很大程度上能满足植物造景中色彩变化的要求。而《金瓶梅》中的草花类植物有玉簪、百合、鸡冠花、凤仙花、金灯花、菊花、芍药、蜀葵、金盏花等，品种丰富，色彩多样，主要以白色、红色等为主，分述如次。

其一，白色系草花：玉簪、百合、白鸡冠花。玉簪，又名白萼、白鹤仙，为百合科多年生宿根草本花卉。顶生总状花序，着花 9 ～ 15 朵，花白色，筒状漏斗形，有芳香，花期 7 ～ 9 月。小说第十回载："揭开盒儿看，一盒是朝廷上用的果馅椒盐金饼，一盒是新摘下来鲜玉簪花。"[2] 因其花苞质地娇莹如玉，状似头簪而得名。碧叶莹润，清秀挺拔，花色如玉，幽香

---

[1]　杨鸿勋著：《江南园林论》，上海：上海人民出版社，1994年版，第211-216页。

[2]　兰陵笑笑生著，刘辉、吴敢辑校：《会评会校〈金瓶梅〉》，香港：天地图书有限公司，1998年版，第241页。

四溢，是中国著名的传统香花，深受人们的喜爱。

古代百合以白色系为主，又名倒仙、中庭、百合蒜、夜合花等，百合科，百合属，多年生草本球根植物，原产于中国，主要分布在亚洲东部、欧洲、北美洲等北半球温带地区。第六十二回载："月娘一面看着，教丫头收拾房中干净，伺候净茶净水，焚下百合真香。"[1] 而此回中的"百合"指的是传统的百合香，而非百合花。古时富贵人家会把多种熏香原料混合在一起焚烧，称为百合香。

鸡冠花，又名鸡髻花、老来红，主要分为红、白两色，一年生草本植物，夏秋季开花，呈鸡冠状，故称鸡冠花。该花喜阳光充足、湿热，不耐霜冻、瘠薄，喜疏松肥沃和排水良好的土壤。白鸡冠花淡雅秀逸，北宋王令诗云："谁教移根蓂荚畔，玉鸡知应太平来。"（《白鸡冠花》）小说中则是将其作为药用植物出现，如第六十二回："棕炭与白鸡冠花煎酒服之……"[2] 暖色花在植物中较为常见，而冷色花则相对较少，特别是在夏季，这个季节开花的冷色花卉不多，故园林植物造景中一般会用一些中性的白色花来替代冷色花。

其二，红色系草花：茜草、金灯花、凤仙花。茜，本义是茜草，茜草科，茜草属，可作红色染料，后引申为表示红色调的颜色词。小说中六处含"茜"字，指红色的丝织品，如第九十四回："当厅额挂茜罗，四下帘垂翡翠。"[3] 茜与罗这种丝织品搭配，且作者仅将"茜色"，此类深红用于对周守备衙府布置的描述，突显其地位之尊贵。

---

[1] 兰陵笑笑生著，刘辉、吴敢辑校：《会评会校〈金瓶梅〉》，香港：天地图书有限公司，1998年版，第1246页。

[2] 兰陵笑笑生著，刘辉、吴敢辑校：《会评会校〈金瓶梅〉》，香港：天地图书有限公司，1998年版，第1238页。

[3] 兰陵笑笑生著，刘辉、吴敢辑校：《会评会校〈金瓶梅〉》，香港：天地图书有限公司，1998年版，第1964页。

金灯花（仅见于词话本），兰科，地下鳞茎广卵形，春季丛生数叶，广线形，带黄绿色。夏秋间，叶枯萎后，从鳞茎挺出一茎，茎顶生出伞形花序，有 5～10 朵，排列成轮状，侧向开放，花红色，蒴果形似灯笼下垂，"深秋独茎直上，末分数枝，一簇五朵，正红色，光焰如金灯。"（《花镜》）[1] 词话本第十九回载："燕游堂前，金灯花似开不开……"[2]，其鳞茎有毒，除可提取石蒜碱供药外，其淀粉可供工业用，性喜荫肥，盆栽可供观赏。

凤仙花，又名金凤花、指甲花，凤仙花科，凤仙花属，一年生草本花卉，全株分根、茎、叶子、花、果实和种子等部分。因其花头、翅、尾、足俱翘然如凤状，故又名"金凤花"。小说第八十二回："春梅便叫：'娘不知今日是头伏，你不要些凤仙花染指？……'""只见春梅拔了几颗凤仙花来，整叫秋菊捣了半日。"[3]凤仙花颜色多样，有粉红、大红、紫色、粉紫等多种颜色，以红色最为常见，花瓣或者叶子捣碎，用树叶包在指甲上，能染上鲜艳的红色，非常漂亮，深受女孩子们的喜爱。

其三，彩色系草花：菊花、芍药、蜀葵。菊花，菊科，菊属，多年生宿根草本植物，多于秋季绽放，中国栽培菊花历史已有 3000 多年，最早的野生种是黄色的，后经人工培育，颜色繁多，据《群芳谱》载有黄色 92 个品种、白色 73 个品种、紫色 32 个品种、红色 35 个品种、粉红 22 个品种，以及异品 17 个品种。小说第六十一回载："原来松墙两边，摆放二十盆，都是七尺高各样有名的菊花，也有大红袍、状元红、紫袍金带、白粉西、黄粉西、满天星、醉杨妃、玉牡丹、鹅毛菊、鸳鸯花之类。"[4]文中描写

[1] 陈淏子辑，伊钦恒校注：《花镜》，北京：农业出版社，1962 年版，第 354-355 页。

[2] 兰陵笑笑生著，戴鸿森校点：《金瓶梅词话》，北京：人民文学出版社，1985 年版，第 214 页。

[3] 兰陵笑笑生著，刘辉、吴敢辑校：《会评会校〈金瓶梅〉》，香港：天地图书有限公司，1998 年版，第 1752-1753 页。

[4] 兰陵笑笑生著，刘辉、吴敢辑校：《会评会校〈金瓶梅〉》，香港：天地图书有限公司，1998 年版，第 1212 页。

西门庆与兄弟应、常二人在自家花园松墙下赏菊，提及的都属于名贵的菊花品种。

芍药，又名别离草、花中宰相，毛茛科，芍药属，多年生草本植物。块根由根茎下方生出，肉质，粗壮，呈纺锤形或长柱形。芍药花瓣呈倒卵形，花盘为浅杯状，花期5～6月，花一般着生于茎的顶端或近顶端叶腋处，原种花白色，花瓣5～13枚。芍药在《金瓶梅》中多次出现，如第十九回："芍药展开菩萨面，荔枝擎出鬼王头"[1] "见楼前牡丹花畔芍药圃……"[2] 第八十六回："花容淹淡，犹如西园芍药倚朱栏……"[3] 第九十六回："今早不是俺奶奶使小人往外庄上折取这几朵芍药花儿……"[4] 芍药在我国栽培历史悠久，园艺品种花色丰富，有白、粉、红、紫、黄、绿、黑和复色等，花径10～30厘米，花瓣可达上百枚。果实呈纺锤形，种子呈圆形、长圆形或尖圆形。

蜀葵，锦葵科，蜀葵属，二年生直立草本植物，高达2米，茎枝密被刺毛。花呈总状花序顶生单瓣或重瓣，有紫、粉、红、白等色，花期6～8月，蒴果，种子扁圆，肾脏形。蜀葵原产四川，故名"蜀葵"，又因其可达丈许，花多为红色，故名"一丈红"，还因于6月间麦子成熟时开花而得名"大麦熟"。小说第七十三回载："一枝菡萏瓣儿张，相伴蜀葵花正芳。红榴似火开如锦，不如翠盖芰荷香。"[5] 反映出蜀葵盛放于初夏时节，且花色娇美的特点。

---

[1] 兰陵笑笑生著，刘辉、吴敢辑校：《会评会校〈金瓶梅〉》，香港：天地图书有限公司，1998年版，第409页。

[2] 兰陵笑笑生著，刘辉、吴敢辑校：《会评会校〈金瓶梅〉》，香港：天地图书有限公司，1998年版，第409页。

[3] 兰陵笑笑生著，刘辉、吴敢辑校：《会评会校〈金瓶梅〉》，香港：天地图书有限公司，1998年版，第1815页。

[4] 兰陵笑笑生著，刘辉、吴敢辑校：《会评会校〈金瓶梅〉》，香港：天地图书有限公司，1998年版，第2012页。

[5] 兰陵笑笑生著，戴鸿森校点：《金瓶梅词话》，北京：人民文学出版社，1985年版，第1056页。

概之，草花造景就是应用草本花卉来营造景观，而色彩是重要的一环，如《金瓶梅》第七十二回："西门庆见四盆花草：一盆红梅、一盆白梅、一盆茉莉、一盆辛夷，两坛南酒，满心欢喜。"[1] 作者仅是在简单罗列草花盆栽的同时，就能给读者以视觉上的色彩多样性。事实上，在园林色彩构图中，植物是主要的成分，而植物在园林中想要多发挥其丰富的色彩作用，必须与周围其他建筑、环境等取得良好的关系，如两种色彩配置在一起，最常用的是对比色的应用，如红与绿，在绿色中，浅绿色受光落叶树前，宜栽植大红的花灌木或花卉，带来鲜明的对比。草花，首先以其缤纷的色彩成为植物造景中不可或缺的部分，《金瓶梅》中与草花搭配的既有乔木，如金灯花与银杏树、石笋："燕游堂前，灯光花似开不开；藏春阁后，白银杏半放不放。湖山侧，半绽金钱；宝槛边，初生石笋。"（第十九回）[2] 还有灌木、乔木、藤蔓类："也有那紫丁香，玉马樱，金雀藤，黄刺薇，香茉莉，瑞仙花。"（词话本第十九回）[3] 可见，西门府花园植物造景不仅有季相上的差异，也有植物色彩、质地软硬、体量大小、形态高矮上的对比，作者通过充分发挥草花的特性，配置成一幅美丽动人的画面，供人欣赏。

二、藤蔓类

《金瓶梅》中的藤蔓类植物［藤蔓植物，常指藤本植物、攀缘（援）植物等，攀缘植物多为藤本植物，也包括一些木本植物］种类丰富，主要有木香、荼蘼、蔷薇、葡萄、金银花等，这些植物中有可食用的时令水果，如葡萄等，以及其本身与所形成的花廊、花架等植物空间，空静幽美，不

[1] 兰陵笑笑生著，刘辉、吴敢辑校：《会评会校〈金瓶梅〉》，香港：天地图书有限公司，1998 年版，第 1478 页。

[2] 兰陵笑笑生著，刘辉、吴敢辑校：《会评会校〈金瓶梅〉》，香港：天地图书有限公司，1998 年版，第 409 页。

[3] 兰陵笑笑生著，戴鸿森校点：《金瓶梅词话》，北京：人民文学出版社，1985 年版，第 215 页。

仅在小说中占有很大比重，而且它们为故事情节发展搭建了一个舞台，许多围绕西门庆与其妻妾的悲喜闹剧便以半隐秘的花架为背景展开，具有很高的审美价值与研究意义。

一方面，《金瓶梅》中的藤蔓类植物不仅有时令水果，而且在书写中还进一步突出其传统饮食文化功能。小说中藤蔓类植物诸如葡萄等，可食用可制酒。葡萄，又称蒲陶、草龙珠，葡萄科，葡萄属，落叶木质大藤本，茎长达 20～30 米，茎卷须细长，分枝，与叶片对生。单叶，互生，叶片卵圆形，3～7 浅裂，叶缘具粗锯齿。花小，淡黄绿色，数百朵集生成圆锥花序，与叶对生，花期 5～7 月，葡萄浆果为椭圆球形或球形，绿色、紫红色、红色和黑色等，因品种而异，果熟期 7～10 月。葡萄种子小，通常 1～4 粒，球形。我国葡萄主产于西北、华北、东北南部及安徽省北部等地，长江以南栽培较少。葡萄酸甜多汁，美味可口，是深受喜爱的时令水果，如小说第四十九回中称其为"艳物"："又是两样艳物与梵僧下酒：一碟子癞葡萄、一碟子流心红李子。"[1]古代用葡萄制成的葡萄酒芳香四溢，古人诗句有云"葡萄美酒夜光杯"（唐王翰《凉州词》），可见一斑。在小说中，葡萄美酒反复出现，也是西门大官人的心头所爱，见如：

回目	"葡萄酒"相关段落
第十九回	西门庆分付（吩咐）春梅："把别的菜蔬都收下去，只留下几碟细果子儿，筛一壶**葡萄酒**来我吃。"
第三十五回	月娘分付（吩咐）小玉："屋里还有些**葡萄酒**，筛来与你娘每吃。"金莲快嘴说道："吃螃蟹，得些金华酒吃才好。"
第三十八回	西门庆道："还有那**葡萄酒**，你筛来我吃。今日他家吃的是造的菊花酒，我嫌他般香般气的，我没大好生吃。"

---

[1] 兰陵笑笑生著，刘辉、吴敢辑校：《会评会校〈金瓶梅〉》，香港：天地图书有限公司，1998 年版，第 974 页。

《金瓶梅》植物景观及其文化研究

回目	"葡萄酒"相关段落
第五十三回	西门庆道："晚生已大醉了。临起身，又被刘公公灌了十数杯**葡萄酒**，在马上就要呕，耐得到家，睡到今日，还有些不醒哩。"
第六十一回	等到午后，只见琴童儿先送了一坛**葡萄酒**来，然后西门庆坐着凉轿，玳安、王经跟随，到门首下轿，头戴忠靖冠，身穿青水纬罗直身，粉头皂靴。……打开，碧靛清，喷鼻香。未曾筛，先挽一瓶凉水，以去其蓼辣之性，然后贮于布甄内筛出来，醇厚好吃，又不说**葡萄酒**。
第七十五回	西门庆道："下饭你们吃了罢，只拿几个果碟儿来，我不吃金华酒。"一面教绣春："你打个灯笼往藏春轩（坞）书房内，还有一坛**葡萄酒**，你问王经要了来，筛与我吃。"……还有一壶金华酒，向坛内又打出一壶**葡萄酒**来，午间请了潘姥姥、春梅、郁大姐弹唱着，在房内做一处吃。

《金瓶梅》中有 16 处写到金华酒，并通过小说人物的口比较了葡萄酒和金华酒，说出金华酒与螃蟹是最佳搭档，如第三十五回："月娘分付（吩咐）小玉：'屋里还有些葡萄酒，筛来与你娘每吃。'金莲快嘴说道：'吃螃蟹，得些金华酒吃才好。'"[1] 文中还指出金华酒酒甜性温，可冷饮也可热饮，是南北皆宜的饮品，非常适合与螃蟹这类性寒的食物搭配食用。与金华酒相比，小说中葡萄酒虽相形见绌，然而主人公西门庆对葡萄酒的喜爱程度也不亚于金华酒，小说中九次写到葡萄酒，也是饮用较多的酒。葡萄从西域传来，唐代李颀诗云："年年战骨埋荒外，空见蒲桃入汉家。"（《古从军行》）蒲桃，即葡萄，谢肇淛《五杂俎》把葡萄酒归入北酒，谓："北方有葡萄酒、梨酒、枣酒、马奶酒。"[2] 葡萄、梨、枣皆产自北地，自然不会再运到南方去造酒，当在本土酿制。它的酿造历史悠久，中国从

[1] 兰陵笑笑生著，刘辉、吴敢辑校：《会评会校〈金瓶梅〉》，香港：天地图书有限公司，1998 年版，第 724 页。

[2] 谢肇淛：《五杂俎》，吴航宝树堂藏明刊本。

唐代开始大量酿造葡萄酒，据说古代的葡萄酒兼有清酒和红酒的风味，明代徐光启《农政全书》卷三十中曾记载了我国栽种的葡萄种类，其中有水晶葡萄、紫葡萄、绿葡萄、琐琐葡萄等。西门庆家的葡萄酒有买的、送的，也有自家酿的，西门府花园里还有葡萄架，全书共有三回目提及了九次"葡萄架"，分别是第二十七、二十八、五十二回。葡萄不仅树形优美，果、叶均可观赏，自古以来是一种著名的观赏植物，而且葡萄果实营养价值很高，可食用酿酒，深受人们喜爱。我国人民自古以来喜爱在宅院内种植葡萄，它们既美化了庭院，可蔽阳遮阴，又能生产美味的水果与佳酿，可谓一举数得。

另一方面，藤蔓类植物是古代庭院中一类重要的植物类型，由其搭建的植物棚架在造景、绿化以及推动小说情节发展中发挥重要作用。

中国古典园林美学十分注重虚实相生的景观效果，景观组织中的虚实相隔手法的巧妙运用也离不开诸如花架之类的分隔物，花架既可以成为一条动态游玩中的引导线，也是游人驻足观赏周围景致时或划分空间、或延伸景观的天然取景框，移步换景，忽现忽没，曲径通幽。古代庭园中的植物棚架是一处最接近于自然的园林小品，如《金瓶梅》第八十四回，吴大舅领月娘上顶，文中说："登四十九盘，攀藤揽葛上去。"[1] 藤葛之境即实实在在的郊外之景，而古人以棚架创造适合此类植物生长的条件，其设计也是考虑到所配置植物原产地和生长习性的。

花架花棚可供园主人与来客们歇足休息、欣赏风景，其在组织空间、构成景观、遮阳休息等方面发挥很强的功能性特征。小说中提及的藤本植物棚架主要有荼蘼架、蔷薇架、葡萄架与木香棚，见如：

---

[1] 兰陵笑笑生著，刘辉、吴敢辑校：《会评会校〈金瓶梅〉》，香港：天地图书有限公司，1998年版，第1778页。

（一）荼蘼架

回目	"荼蘼架"相关段落
第十九回	也有那月窗雪洞，也有那水阁风亭。木香棚与**荼蘼架**相连，千叶桃与三春柳作对。
第二十回	词曰：步花径，阑干狭。防人觑，常惊吓。荆刺抓裙钗，倒闪在**荼蘼架**。勾引嫩枝咿哑，讨归路，寻空罅。被旧家巢燕，引人（入）窗纱。
第二十一回	月娘先说："六娘子，醉杨妃，落了八珠环，游丝儿孤（抓）住**荼蘼架**。"
第五十四回	伯爵便引着慢慢的（地）步出回廊，循朱阑，转过垂杨边，一曲**荼蘼架**。踅过太湖石、松风亭，来到奇字亭。
第六十回	郑春唱了请酒，伯爵才饮讫，玳安又连忙斟上。郑春又唱：转过雕栏正见他，斜倚定**荼蘼架**……
第八十二回	夜深灯照的奴影儿孤，休负了夜深潜等**荼蘼架**。敬济见词上约他在**荼蘼架**下等候……
第八十三回	经济（敬济）道："本是我昨日在花园**荼蘼架**下拾的。若哄你，便促死促灭。"（仅见于词话本）[1]

（二）蔷薇架

回目	"蔷薇架"相关段落
第十九回	见楼前牡丹花畔芍药圃、海棠轩、**蔷薇架**、木香棚，又有耐寒君子竹，欺雪大夫松。
第二十四回	谁家院内**白蔷薇**，暗暗偷攀三两枝。罗袖隐藏人不见，馨香惟有蝶先知……
第二十九回	绿树阴浓夏日长，楼台倒影入池塘。水晶帘动微风起，一架**蔷薇**满院香。西门庆坐于椅上，以扇摇凉。
第三十三回	手搭伏**蔷薇花**口吐丁香把我玉簪儿来叫。（仅见于词话本）[2]
第五十四回	伯爵四下看时，只见他走到山子那边，**蔷薇架儿**底下，正打沙窝儿溺尿。
第九十九回	危楼高处眺晴光，满架**蔷薇**霭异香……（仅见于词话本）[3]

[1] 兰陵笑笑生著，戴鸿森校点：《金瓶梅词话》，北京：人民文学出版社，1985 年版，第 1257 页。

[2] 兰陵笑笑生著，戴鸿森校点：《金瓶梅词话》，北京：人民文学出版社，1985 年版，第 401 页。

[3] 兰陵笑笑生著，戴鸿森校点：《金瓶梅词话》，北京：人民文学出版社，1985 年版，第 1463 页。

（三）葡萄架

回目	"葡萄架"相关段落
第二十七回	两个顽了一回，妇人道："咱往**葡萄架**那里投壶耍子儿去。"因把月琴跨在胳膊上，弹着找《梁州序》后半截：……两人并肩而行，须臾转过碧池，抹过木香亭，从翡翠轩前穿过，来到**葡萄架**下观看，端的好一座**葡萄架**。但见……西门庆一面揭开盒，里边攒就的八槅细巧果菜，一小银素儿**葡萄酒**，两个小金莲蓬钟儿，两双牙筯儿，安放一张小凉杌儿上……一面又将妇人红绣花鞋儿摘取下来，戏把他两条脚带解下来，拴其双足，吊在两边**葡萄架儿**上，如金龙探爪相似……不想被西门庆撞见，黑影里拦腰抱住，说道："小油嘴，我却也寻着你了。"遂轻轻抱到**葡萄架**下，笑道："你且吃钟酒着。"
第二十八回	这春梅真个押着他，花园到处并**葡萄架**跟前，寻了一遍儿，那里得来……那猴子笑嘻嘻道："姑夫，我对你说了罢。我昨日在花园里耍子，看见俺爹吊着俺五娘两只腿儿，在**葡萄架儿**底下，摇摇摆摆。落后俺爹进去了，我寻俺春梅姑娘要果子吃，在**葡萄架**底下拾了这只鞋。"
第五十二回	不想应伯爵到各亭儿上寻了一遭，寻不着。打滴翠岩小洞儿里穿过去，到了木香棚，抹过**葡萄架**，到松竹深处藏春坞边，隐隐听见有人笑声，又不知在何处。

（四）木香棚

回目	"木香棚"相关段落
第十二回	这个香囊葫芦儿，你不在家，奴那日同孟三姐在花园里做生活，因从**木香棚**下过，带儿系不牢，就抓落在地。我那里没寻？谁知这奴才拾了，奴不曾与他。
第十九回	**木香棚**与荼蘼架相连，千叶桃与三春柳作对……潘金莲和西门大姐、孙雪娥都在玩花楼，望下观看，见楼前牡丹花畦芍药圃、海棠轩、蔷薇架、**木香棚**，又有耐寒君子竹，欺雪大夫松。端的四时有不卸（谢）之花，八节有长春之景。
第二十七回	两人并肩而行，须臾转过碧池，抹过**木香亭**，从翡翠轩前穿过，来到葡萄架下观看，端的好一座葡萄架。
第三十四回	抹过**木香棚**，三间小卷棚，名唤翡翠轩，乃西门庆夏月纳凉之所。

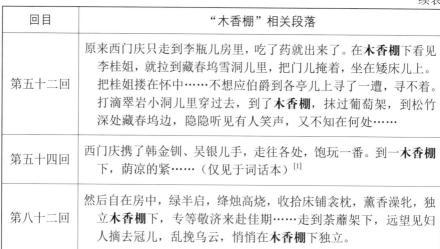

回目	"木香棚"相关段落
第五十二回	原来西门庆只走到李瓶儿房里,吃了药就出来了。在**木香棚**下看见李桂姐,就拉到藏春坞雪洞儿里,把门儿掩着,坐在矮床儿上。把桂姐搂在怀中……不想应伯爵到各亭儿上寻了一遭,寻不着。打滴翠岩小洞儿里穿过去,到了**木香棚**,抹过葡萄架,到松竹深处藏春坞边,隐隐听见有人笑声,又不知在何处……
第五十四回	西门庆携了韩金钏、吴银儿手,走往各处,饱玩一番。到一**木香棚**下,荫凉的紧……(仅见于词话本)[1]
第八十二回	然后自在房中,绿半启,绛烛高烧,收拾床铺衾枕,薰香澡牝,独立**木香棚**下,专等敬济来赴佳期……走到荼蘼架下,远望见妇人摘去冠儿,乱挽乌云,悄悄在**木香棚**下独立。

据引,小说中大量出现"木香架""蔷薇架""荼蘼架""葡萄架"等棚架,它们在我国古典园林设计中既是绳架、竹架或者木架,发挥绿化功用,又可与亭廊、园门、园桥以及水榭等构造相结合,建立具有优美外形的园林建筑群,说明在我国古代藤蔓类植物已受重视,古人已能自觉运用其造景。

据相关记载,我国藤蔓类植物种类丰富,常见的科有夹竹桃科、葫芦科、萝摩科、葡萄科、猕猴桃科、五味子科、豆科、天南星科等,常见的常绿及落叶木质藤本植物,依据其攀援习性差异,可分为卷须类、缠绕类、吸附类等诸种。[2]其中,卷须类通过叶卷须或者茎卷须等器官攀缘生长,具有较强的攀缘能力,如观赏南瓜、香豌豆、葡萄、丝瓜以及葫芦等。缠绕类则在支持物上缠绕而上,不断延伸生长,具有较强的攀缘能力,部分草本攀缘植物通过自身主茎旋转,并依附他物蜿蜒生长,果可入药,栽种

[1] 兰陵笑笑生著,戴鸿森校点:《金瓶梅词话》,北京:人民文学出版社,1985年版,第708页。

[2] 董丽、包志毅著:《园林植物学》,北京:中国建筑工业出版社,2012年版,第215-229页。

于庭院供观赏之用，如铁线莲（又名转枝莲、西番莲）等。吸附类通过吸盘或者气生根的吸附作用向上生长，如五叶地锦、爬山虎等。据相关研究，有攀缘植物遮阴的建筑或园林小品，由于植物的枝叶阻挡，使其下部基本不受日光直接照射，冷却了走廊屋顶或棚架下的路面，且由于植物的蒸腾作用使得其下面的空气相对湿度得到提高。数据表明，不同垂直绿化方式对改善夏季小气候的能力不同，紫藤要比葡萄、凌霄改善周围环境能力大，降温增湿作用明显，即叶片密集且厚度较大的植物的增湿降温作用比较显著。古人虽没有今人的先进手段、实测数据，然而凭借实际生活与传统造园经验，对此也是予以充分利用，对园林内的亭子、廊架等半开敞空间，进行栽植藤蔓类植物的有机绿化，使之具有极强的实用性、装饰性，不仅具备遮阴功能，还可以独立成景、分隔空间。小说中提及的棚架类造景植物主要以芳香开花植物为主，不仅本身有遮阴观赏等效果，而且与穿插诗词的小说行文风格切近，照应书中相关绣像，更显诗情画意。现将小说中出现的攀缘植物品种信息整理如表：

序号	名称	科属	学名	习性
01	荼蘼	蔷薇科蔷薇属	Rosa rubus	荼蘼（酴醾），即悬钩子蔷薇，藤木，性强健，喜光，生于海拔 1500 米以下山坡林缘。观赏特点为开花时如云如雪，园林中宜植于棚架欣赏其貌，古人称其为"雅客"。[1]
02	蔷薇	蔷薇科蔷薇属	Rosa multiflora	蔷薇，即野蔷薇，茎长，偃伏或攀，性强健，喜光，耐寒。在园林中宜植为花篱、花架、花柱等。[2]
03	葡萄	葡萄科葡萄属	Vitis vinifera	葡萄，藤木，品种多，总体上性喜光，喜干燥，耐干旱，是具有多种功能的园林棚架植物。[3]

[1] 陈有民编：《园林树木学》，北京：中国林业出版社，2011 年版，第 538 页。

[2] 陈有民编：《园林树木学》，北京：中国林业出版社，2011 年版，第 537 页。

[3] 陈有民编：《园林树木学》，北京：中国林业出版社，2011 年版，第 674 页。

《金瓶梅》植物景观及其文化研究

序号	名称	科属	学名	习性
04	木香	蔷薇科蔷薇属	Rosa banksiae	木香，常绿攀缘灌木，性喜阳光，耐寒性不强，生长迅速，普遍栽作棚架、花篱。[1]
05	茉莉	木樨科素馨属	Jasminum sambac	茉莉，直立或攀缘状灌木，喜光，喜热，夏季高温潮湿，光照强，则开花最多最香，可作树丛、树群之下木，或植于路旁作花篱，或作盆栽。[2]
06	黄刺薇	不可考		见于词话本，疑为"黄蔷薇"，或"黄刺玫"，据文意当为一种与棚架相伴的植物。
07	凌霄	紫葳科凌霄属	Campsis grandiflora	凌霄，喜充足阳光，也耐半荫，耐寒、耐旱、耐瘠薄，但不适宜在暴晒或无阳光下。[3] 传统四大蔓木之一，古称"陵苕"（有学者认为小说作者托名中的"陵"字即此草名）。据西门府花园棚架环境描写推测，有此典型蔓木的可能性极大。
08	金银花	忍冬科忍冬属	Lonicera japonica	金银花，即忍冬、金银藤，半长绿缠绕藤木，性强健，喜光也耐阴，用途广泛，可入药。植株轻盈，可缠绕篱垣、花架、花廊等作垂直绿化。[4]

据知，第一，《金瓶梅》中所描写的荼蘼、蔷薇、葡萄、木香等多类攀缘植物基本是以棚架为附着物，观赏效果佳。

荼蘼，又称酴醿、荼，开白色花，花枝茂密，花繁香浓，古人认为这是春季最后盛放的花，当它开放时，就意味着春天的结束，故有宋代王淇《暮春游小园》的"开到荼蘼花事了"一说。荼蘼花朵小而繁密，香味浓郁，取来作为瓶花，别有风味，而以荼蘼花构成的花架更是给人以梦幻的视觉

[1] 陈有民编：《园林树木学》，北京：中国林业出版社，2011年版，第538-539页。

[2] 陈有民编：《园林树木学》，北京：中国林业出版社，2011年版，第760-761页。

[3] 陈有民编：《园林树木学》，北京：中国林业出版社，2011年版，第769-770页。

[4] 陈有民编：《园林树木学》，北京：中国林业出版社，2011年版，第779-780页。

体验。又如蔷薇，初夏开花，花繁叶茂，芳香清幽，花形千姿百态，且适应性极强，栽培范围较广，易繁殖，是上佳的园林绿化植物，可植于溪畔、路旁及园边、地角等处，或用于花柱、花门、篱垣与栅栏绿化、墙面绿化、山石绿化等，往往密集丛生，满枝灿烂，景色颇佳。

蔷薇在春夏两季会带给人们绝妙的视觉享受，是明代园林中常有的花卉，且通常做花架，称"一架蔷薇"或"满架蔷薇"，造景效果很浪漫，绚丽多姿，富有江南意趣。如顾璘的"故园蔷薇绝堪赏"（《阻浅拨闷十首》其九），高濂的"蔷薇常共结芳林"（《小重山·棠棣》），蔷薇的造景，是园林中的绝佳景致。

木香，也称木香藤、锦棚花，花白色或黄色，具芳香。木香花在园林造景中，多半是攀缘于棚架，也可作垂直绿化，攀缘于墙垣或花篱。春末夏初，洁白或米黄色的花朵镶嵌于绿叶之中，散发出浓郁芳香，令人回味无穷，而到了夏季，其茂密的枝叶又有极好的遮阳效果。

第二，西门庆庭园中的攀缘植物种类丰富，以蔷薇科最多，如荼蘼、蔷薇、木香等。我国是蔷薇科植物的分布中心，约有 51 属 1000 余种，产于全国各地。花是蔷薇科植物的主要观赏部位，攀缘类蔷薇科植物在庭院中起到了很好的色彩担当，一些品种花密色艳，可用于色块布置，也可用同色不同形配置，视觉效果也很好。小说中出现的攀缘植物多为喜光耐寒具有很强适应性的品种。一般而言，为了建造一个成功的庭院，必须全面考虑所选开花植物的全部特征，如高度、色彩、开花时间及其寿命等，以便让这些植物能长期开花。小说中以攀缘植物搭架栽植的花架、花棚养护起来没有盆栽植物便捷，故考虑用适应性强的攀缘植物就很重要了。

第三，小说中的花架花棚出现地点接近，选址巧妙。小说的荼蘼架、葡萄架、木香棚、蔷薇架等皆相互离得不远，四季观赏效果极佳。游园时，众人见"也有那月窗雪洞，也有那水阁风亭。木香棚与荼蘼架相连，千叶

桃与三春柳作对。也有那紫丁香，玉马樱，金雀藤，黄刺薇，香茉莉，瑞仙花。卷棚前后，松墙竹径，曲水方池，映阶蕉棕……"[1]这样将多年生攀缘植物与少量的花灌木、球根花卉和一、二年生花卉相邻种植种，使得花期、果期此起彼伏，一直延续到晚秋，确保了花卉棚架在不同时期可观叶、观花、观果、观藤，不仅有花的芬芳，叶的阴凉，果的香甜，还可招蜂引蝶，使整个庭园更添生机和魅力。《金瓶梅》中的"木香"不是单独出现的庭园植物，而主要成为西门府园中的绿化棚架"木香棚"和园林建筑中的"木香亭"。由攀缘植物木香形成的景观也不是孤立的，根据小说描写，可见其与周遭园林建筑、小品的大致位置关系。首先，园内景点的顺序依次是"牡丹畦""芍药圃""海棠轩""蔷薇架""木香棚""玫瑰树"（第五十二回），紧接着"打滴翠岩小洞儿里穿过去，到了木香棚"（第五十二回）[2]，而以"木香棚"为中心，可穿过"葡萄架"，一直"到松竹深处藏春坞边"（第五十二回）[3]，而"山子下藏春坞雪洞里"是西门庆与蕙莲、李桂姐等偷情之所。以"木香棚"为中心，其棚下两边有"琴台"（第五十四回）与"木香棚"相连的是"荼蘼架"（第十九、八十二回），且"两边松墙"，墙内为"翡翠轩"，小说中言"三间小卷棚，名唤翡翠轩，乃西门庆夏月纳凉之所"（第三十四回）[4]。此外，"木香亭"在"碧池"与"翡翠轩"之间，与"木香棚"很近，即"转过碧池，抹过木香亭，

[1] 兰陵笑笑生著，戴鸿森校点：《金瓶梅词话》，北京：人民文学出版社，1985年版，第215页。

[2] 兰陵笑笑生著，刘辉、吴敢辑校：《会评会校〈金瓶梅〉》，香港：天地图书有限公司，1998年版，第1040页。

[3] 兰陵笑笑生著，刘辉、吴敢辑校：《会评会校〈金瓶梅〉》，香港：天地图书有限公司，1998年版，第1040页。

[4] 兰陵笑笑生著，刘辉、吴敢辑校：《会评会校〈金瓶梅〉》，香港：天地图书有限公司，1998年版，第693页。

从翡翠轩前穿过"（第二十七回）[1]，其命名当与附近种植有成架成棚的木香花相呼应。

第四，小说中的攀缘植物营造幽蔽静谧的空间氛围，推动故事情节发展。花卉棚架是巧妙的植物障景，使得植栽与建筑环境有机融合，移步换景，曲径通幽。计成《园冶·相地》有"引蔓通津"[2]一说，意思是利用藤、草本植物或树姿优美的树种软化建筑线条，《红楼梦》一书在描述大观园蘅芜苑中的奇花异草时，便有"垂檐绕柱，萦砌盘阶"之句，以枝叶柔和的线条打破了建筑生硬的线条，立面景观更具画意。在《金瓶梅》中，一个接着一个的花架，形成了大大小小的障景，便给人曲径通幽的感觉。这些刻意布置的花架、花廊等造型，开花时，远看锦绣一片，繁花遍地，近看花团锦簇，非常美丽。小说第二十七回以"李瓶儿私语翡翠轩，潘金莲醉闹葡萄架"为题名，紧紧围绕隐蔽与半隐蔽空间展开故事。古代园林小品中的花棚和花架功能虽十分接近，然而并不能完全等同，相对于"架"，"棚"的隐秘遮蔽性会更强，故与西门庆惯常偷情处所"藏春坞雪洞""翡翠轩"都接近相连的第一道屏障便是"木香棚"，小说作者即园林设计者，他利用两侧植物组成透景线，从而或引导视线，突出理想景色（夹景、框景），或隔离视线（障景），即在视线所及之处，如有景观效果不佳或者有不希望游人看到的景色，采用植物遮蔽使得视线无法通过。作者通过花棚花架，制造空间距离感，如第五十二回"应伯爵山洞戏春娇，潘金莲花园调爱婿"中描述应伯爵"各亭儿上寻了一遭"寻不着人，先是"到了木香棚"，再"抹过葡萄架"，最后"到松竹深处藏春坞边"，此时，应伯

---

[1] 兰陵笑笑生著，刘辉、吴敢辑校：《会评会校〈金瓶梅〉》，香港：天地图书有限公司，1998年版，第572页。

[2] 计成著：《园冶》，南京：江苏凤凰文艺出版社，2015年版，第48页。

爵"隐隐听见有人笑声，又不知在何处"[1]，巧妙地照应了前文"（西门庆）在木香棚下看见李桂姐，就拉到藏春坞雪洞儿里，把门儿掩着……"[2]，也从侧面反映出由园林小品刻意营造成的神秘感与隐秘性。又如，小说第十二回"潘金莲私仆受辱"，金莲在家养小厮的消息不胫而走，西门庆行家法惩治逼供，金莲谎称自己在"木香棚"下无意中丢失了"香囊葫芦儿"，由于没有找到，后被琴童拾去，这一丢一捡何等巧合，而潘金莲将其发生地点安排在较为隐蔽之处，一方面，保持了"口供"的前后一致，既然金莲说"那日同孟三姐在花园里做生活"[3]，那"木香棚"就是十分合理的"事发地点"。另一方面，她说"我那里没寻"，暗示了自己随身之物丢失在相对隐蔽之地，确实是人难以发现失物，而失物也难以被人发现，故也很难有目击证人证明她说谎了，所有的一切都是"巧合"，实在是高明的推诿搪塞之词。同时，这些棚架也是小说中人物宣淫之处，卜键在《摇落的风情：第一奇书〈金瓶梅〉绎解》"癫狂葡萄架"一则讲到："作者精擅为文之道，欲写西门与金莲之淫纵，先写其与瓶儿一番戏耍；欲写西门院内小小夏景，先写酷夏之热和炎热中人的差别。由'赤日炎炎'到'在家撒发披襟避暑'，由浇灌喷洒到采花送花，由上午到雨后黄昏，由金莲的翡翠轩偷听到弹琴唱曲，再到太湖石畔折石榴花，迤逦写来，最后才来到葡萄架下。"[4]作者"迤逦"之笔绾合各处幽蔽静谧空间，通过巧妙的植物障景，使得攀缘植物棚架在小说中造就多个"白昼宣淫"的场景，给读

[1] 兰陵笑笑生著，刘辉、吴敢辑校：《会评会校〈金瓶梅〉》，香港：天地图书有限公司，1998 年版，第 1040 页。

[2] 兰陵笑笑生著，刘辉、吴敢辑校：《会评会校〈金瓶梅〉》，香港：天地图书有限公司，1998 年版，第 1040 页。

[3] 兰陵笑笑生著，刘辉、吴敢辑校：《会评会校〈金瓶梅〉》，香港：天地图书有限公司，1998 年版，第 277 页。

[4] 卜键著：《摇落的风情：第一奇书〈金瓶梅〉绎解》，台北：三民书局，2019 年版，第 107 页。

者留下了深刻的印象。

我国利用植物进行造园的历史上溯到商周时期，西汉上林苑中建有葡萄宫，以广种葡萄而得名，唐朝时候人们应用野蔷薇形成"满架蔷薇一院香"的效果，其他诸如薜荔、木香、紫藤等，均为我国古代造园中习见木本攀缘植物。《金瓶梅》中的攀缘植物不仅继承了汉代以来的"葡萄"造景，出现了古代庭院惯用的蔷薇架，还有令人流连的荼蘼架、木香棚，它们可食、可饮、可用、可观，开拓了绿色空间，推动了故事发展，经济价值与文化价值并存。

三、灌木类

灌木，通常树体矮小，多呈现丛生状，若按叶型可分为针叶类灌木和阔叶类灌木，其中阔叶类又可分为常绿阔叶类灌木和落叶阔叶类灌木，园林灌木可观花、观果或观叶，具有较好的观赏性。[1]

《金瓶梅》中灌木种类多样，常见的有辛夷、木槿、木芙蓉、牡丹、樱桃、瑞香、夹竹桃、丁香、紫荆、紫薇、棣棠、桂花、腊梅、玫瑰、茉莉等，描写生动，可概分为诗词、色彩与饮食中的灌木植物三大类。

第一，诗词与灌木。《金瓶梅》诗词曲文中有许多虚指的红艳之花，如："正东风料峭，细雨涟灖，落红千万点。"（第四十四回）[2]"恨东君不解留去客，叹舞红飘絮蝶粉轻沾。"（第五十二回）[3]"雪压残红一夜凋，晓来帘外正飘飘。"（第六十八回）[4]小说中可确指的灌木植物有娇艳之

---

[1] 陈有民编：《园林树木学》，北京：中国林业出版社，2011年版，第160-161页。

[2] 兰陵笑笑生著，戴鸿森校点：《金瓶梅词话》，北京：人民文学出版社，1985年版，第553页。

[3] 兰陵笑笑生著，戴鸿森校点：《金瓶梅词话》，北京：人民文学出版社，1985年版，第679页。

[4] 兰陵笑笑生著，戴鸿森校点：《金瓶梅词话》，北京：人民文学出版社，1985年版，第940页。

牡丹："东家歌笑醉红颜，又向西邻开玳筵。几日碧桃花下卧，牡丹开处总堪怜。"（第一回）[1]"牡丹巧嵌碎寒金，猫眼钗头火焰蜡。"（第九十回）[2]"此夜月朦云雾琐，牡丹花被土沉埋。"（第一百回）[3]萧瑟之菊桂："〔东瓯令〕菊花绽，桂花零，如今露冷风寒秋意渐深。蓦听的窗儿外几声，几声孤飞雁。悲悲切切如人诉，最嫌花下砌畔小蛩吟。咭咭咶咶，恼碎奴心。"（第六十一回）[4]娇俏之樱桃："杨柳腰脉脉春浓，樱桃口微微气喘。"（第四回）[5]"樱桃口，杏脸桃腮；杨柳腰，兰心蕙性。"（第十一回）[6]"一点樱桃欲绽。"（第十七回）[7]作者以樱桃比喻嘴唇小而红润的样子，进而联想到女子的美貌。此外还有诗意盎然的腊梅、紫薇、辛夷："逶巡见腊梅开，冰花坠，暖阁内把香醪旋。四季景偏多，思想心中恋。不知俺那俏冤家，冷清清独自个闷恹恹何处耽寂怨。"（第五十二回）[8]"小院闲庭寂不哗，一池月上浸窗纱。邂逅相逢天未晚，紫薇郎对紫薇花。"（第四十九回）[9]"一掬阳和动物华，深红浅绿总萌芽；野梅亦足供清玩，

[1] 兰陵笑笑生著，刘辉、吴敢辑校：《会评会校〈金瓶梅〉》，香港：天地图书有限公司，1998年版，第62页。

[2] 兰陵笑笑生著，戴鸿森校点：《金瓶梅词话》，北京：人民文学出版社，1985年版，第1343页。

[3] 兰陵笑笑生著，戴鸿森校点：《金瓶梅词话》，北京：人民文学出版社，1985年版，第1482页。

[4] 兰陵笑笑生著，戴鸿森校点：《金瓶梅词话》，北京：人民文学出版社，1985年版，第822页。

[5] 兰陵笑笑生著，刘辉、吴敢辑校：《会评会校〈金瓶梅〉》，香港：天地图书有限公司，1998年版，第139页。

[6] 兰陵笑笑生著，戴鸿森校点：《金瓶梅词话》，北京：人民文学出版社，1985年版，第122页。

[7] 兰陵笑笑生著，刘辉、吴敢辑校：《会评会校〈金瓶梅〉》，香港：天地图书有限公司，1998年版，第370页。

[8] 兰陵笑笑生著，戴鸿森校点：《金瓶梅词话》，北京：人民文学出版社，1985年版，第679页。

[9] 兰陵笑笑生著，戴鸿森校点：《金瓶梅词话》，北京：人民文学出版社，1985年版，第629页。

何必辛夷树上花。"（第七十二回）[1] 作者借助它们自身的形态、意涵之美，巧加演绎，各显其俏。

第二，色彩与灌木。小说描写的灌木植物色彩多有其比喻义，如丁香色，从词汇学角度来看，它由含紫色信息的名词"丁香"，加上表类别的"色"构成复合颜色词，用例如下：

回目	丁香色
第三十四回	**丁香色**南京云绸……（仅见于词话本）[2]
第四十五回	**紫丁香色**潞州绸（绸）妆花眉子对衿袄儿……（仅见于词话本）[3]
第五十六回	自家也对身买了一件鹅黄绫袄子、一件**丁香色**绸直身；又买几件布草衣服。共用去六两五钱银子。
第六十二回	并他今年乔亲家去那套**丁香色**云绸妆花衫。（仅见于词话本）[4]
第八十二回	舌送丁香口便开。倒凤填鸾云雨罢，嘱多才，明朝千万早些来。
第九十六回	**紫丁香色**遍地金裙。

据辞书"丁香色云绸妆花衫"一条："丁香色，即淡紫色，因类似于丁香花色彩而得名。"（《金瓶梅辞典》）分析具体用例，并结合相关研究成果，可知小说中的"丁香色"，即像丁香花那样的淡紫色。有学者指出：从着色功能上看，"丁香色"搭配的都是绸子，属于织物类。从附加义上看，

---

[1] 兰陵笑笑生著，戴鸿森校点：《金瓶梅词话》，北京：人民文学出版社，1985 年版，第 1027 页。

[2] 兰陵笑笑生著，戴鸿森校点：《金瓶梅词话》，北京：人民文学出版社，1985 年版，第 424 页。

[3] 兰陵笑笑生著，戴鸿森校点：《金瓶梅词话》，北京：人民文学出版社，1985 年版，第 566 页。

[4] 兰陵笑笑生著，戴鸿森校点：《金瓶梅词话》，北京：人民文学出版社，1985 年版，第 856 页。

"丁香色"具有"丁香花"的视觉形象色彩。同时，这种柔嫩轻盈的紫色用来修饰女子的服饰，能够体现女子本人的美貌。从语法上看，"丁香色"是名词，作定语，表现织物的颜色性质。同样，小说中的"紫丁香色"搭配的也都是潞绸、袄、裙子等织物，"紫丁香色"与"丁香色"一样具有视觉形象色彩、"女子的美貌"等附加义。[1]

此外，还有柳，柳属，乔灌木，同样，从词汇学角度看，"柳黄"是由含黄色信息的名词"柳"，加上表黄色的形容词"黄"构成的颜色词。《金瓶梅辞典》"柳黄遍地金裙"条载："柳黄，即类似于柳枝嫩芽的色泽，此指裙子的色彩。"通过分析具体用例，有学者将《金瓶梅》中的"柳黄"，界定为形貌像柳芽那样略带浅绿的嫩黄色，并从以下几方面展开分析：从着色功能上看，"柳黄"的着色对象有裙、帐等织物。从附加义上看，"柳黄"是用"柳芽"来作颜色参照物，具有视觉形象色彩。同时，这种浅绿黄色给人柔和舒适的视觉感受，用在女子服饰上能体现女子本人的美貌。从语法上看，"柳黄"是形容词，在其所在单句中作定语，表现着色对象的颜色性质。[2]

第三，饮食与灌木。小说中许多灌木植物都有饮食功用，如关于桂花的饮食描写，如第三十四回："那小郎口嚼香茶桂花饼"[3]；第五十九回："于是袖中取出一包香茶桂花饼儿递与他（她）"[4]；第五十九回："旁边烧

[1]　唐甜甜：《〈金瓶梅词话〉颜色词计量研究》，苏州大学博士学位论文，2014年，第125-126页。

[2]　唐甜甜：《〈金瓶梅词话〉颜色词计量研究》，苏州大学博士学位论文，2014年，第75页。

[3]　兰陵笑笑生著，刘辉、吴敢辑校：《会评会校〈金瓶梅〉》，香港：天地图书有限公司，1998年版，第702页。

[4]　兰陵笑笑生著，刘辉、吴敢辑校：《会评会校〈金瓶梅〉》，香港：天地图书有限公司，1998年版，第1164页。

金翡翠瓯儿，斟上苦艳艳桂花木樨茶"[1]。小说中还有茉莉花酿制的美酒，以及应用茉莉花本身特性来进行护肤美容。茉莉，木樨科，素馨属，直立或攀缘灌木，小枝圆柱形或稍压扁状，有时中空，疏被柔毛。果球形，呈紫黑色，花期5～8月，果期7～9月。西门庆酒色财气无一不沾，在第一回中，吴月娘曾劝西门庆说："我劝你把那酒也少要吃了。"[2]此处也从侧面反映出西门庆的嗜酒成性，他不仅喜欢喝葡萄酒、金华酒，茉莉花酒也是其心头所好。小说中多处提及用茉莉花酿的酒，如第二十一回："西门庆道：'阿呀！家里见放着酒，又去买。'分付（吩咐）玳安：'拿钥匙，前边厢房有双料茉莉酒，提两坛换着这酒吃。'"[3]第二十三回："西门庆问道：'吃的是甚么酒？'玉箫道：'是金华酒。'西门庆道：'还有年下你应二爹送的那一坛茉莉花酒，打开吃。'一面教玉箫把茉莉花酒打开，西门庆尝了尝，说道：'正好你娘们吃。'……玉箫道：'爹刚才来家。因问娘们吃酒，教我把这一坛茉莉花酒，拿来与娘们吃。'"[4]据明代冯梦祯《快雪堂漫录》载："茉莉酒法：用三白酒或雪酒色味佳者，不满瓶，上虚二三寸。编竹为十字或井字障瓶口，不令有余不足。新摘茉莉数十朵，线系其蒂，悬竹下，令齐，离酒一指许，贴用纸封固，旬日香透矣。"[5]茉莉花所酿的酒口感醇绵，特别适合女子饮用，而用其制成的肥皂、爽身粉等也是闺阁中的必备用品，第二十七回："西门庆道：'我等着丫头取

---

[1] 兰陵笑笑生著，戴鸿森校点：《金瓶梅词话》，北京：人民文学出版社，1985年版，第786页。

[2] 兰陵笑笑生著，刘辉、吴敢辑校：《会评会校〈金瓶梅〉》，香港：天地图书有限公司，1998年版，第62页。

[3] 兰陵笑笑生著，刘辉、吴敢辑校：《会评会校〈金瓶梅〉》，香港：天地图书有限公司，1998年版，第460-461页。

[4] 兰陵笑笑生著，刘辉、吴敢辑校：《会评会校〈金瓶梅〉》，香港：天地图书有限公司，1998年版，第491页。

[5] 冯梦祯著：《快雪堂漫录》，清乾隆平湖陆氏刻奇晋斋丛书本。

那茉莉花肥皂来，我洗脸。'金莲道：'我不好说的，巴巴寻那肥皂洗脸，怪不的（得）你的脸洗的（得）比人家屁股还白。'"[1] 第二十九回："原来妇人因前日西门庆在翡翠轩，夸奖李瓶儿身上白净，就暗暗将茉莉花蕊儿搅酥油定粉，把身上都搽遍了。搽的白腻光滑，异香可爱，欲夺其宠。"[2] 茉莉茎和叶都没有气味，然其花极香，或为著名的花茶原料，茉莉花茶历史悠久，清朝时还被列为贡品；或成重要的香精原料，李时珍说"或蒸取液以代蔷薇水"，蔷薇水从前就是女性使用的香水，当代人仇春霖在《群芳新谱》里介绍，用茉莉花提取的茉莉浸膏是制造香脂、香精的原料，茉莉的出膏量比较低，一千公斤茉莉花，只能提取两公斤半浸膏，而种一亩地茉莉，每年只能收获二百至三百五十公斤鲜花。据说茉莉根磨出的汁还可使人迷乱，《本草纲目》曾记载一个叫韦居的人称呼茉莉为"狎客"，大致就是暗示它"只供簪髻"、为人狎玩，故没有资格与芷、兰等高洁香草相提并论。

《金瓶梅》还反映出时人喜用玫瑰制作茶饮糕点的情况。玫瑰，蔷薇科，蔷薇属，落叶灌木，枝杆多针刺，花瓣倒卵形，重瓣至半重瓣，花有紫红色、白色，果期8～9月，扁球形，枝条较为柔弱软垂且多密刺。玫瑰在古时并不受文人的重视，文震亨曾言其"嫩条丛刺，不甚雅观，花色亦微俗，宜充食品，不宜簪带"[3]，玫瑰花含有多种微量元素，古时常被用作食材，其花可制各类茶点，如玫瑰糖（糕）等，宋人用玫瑰花制糕、浸酒，明代则多用它制酱、入茶，在《金瓶梅》所描写的时代，茶的饮用方法一般都以冲泡为主，用玫瑰花入茶已是司空见惯。《广阳杂记》载："古时

[1] 兰陵笑笑生著，刘辉、吴敢辑校：《会评会校〈金瓶梅〉》，香港：天地图书有限公司，1998年版，第568页。

[2] 兰陵笑笑生著，刘辉、吴敢辑校：《会评会校〈金瓶梅〉》，香港：天地图书有限公司，1998年版，第612页。

[3] 文震亨著：《长物志》，南京：江苏凤凰文艺出版社，2015年版，第64页。

之茶，曰煮，曰烹，曰煎，须汤如蟹眼，茶味方中。今之茶惟用沸汤投之，稍着火即色黄而味涩，不中饮矣。乃知古今之法亦自不同也。"[1]《金瓶梅》正写于烹煮法向冲泡法的转换期，如第二回，王婆自称开茶坊"卖了个泡茶"[2]；但有时候也烹煮。直到清代初期，才只泡不烹，《金瓶梅》写吴月娘烹江南凤团芽茶，乃是暗喻西门庆家豪华奢侈无比。《金瓶梅》中所写的种种以花、果、笋、豆等植物掺入泡茶的情况，都是当时的社会风尚，并非杜撰，不过有些地方，小说略有夸饰，藉以形容西门庆家富贵无比而已，如第六十八回"应伯爵戏衔玉臂，玳安儿密访蜂媒"："揭开盒儿，斟茶上去，每人一盏瓜仁香茶。"[3]第七十二回"王三官拜西门为义父，应伯爵替李铭释冤"："点了一盏浓浓艳艳，芝麻、盐笋、栗系、瓜仁、核桃仁夹春不老海青拿天鹅，木樨玫瑰泼卤，六安雀舌芽茶。"[4]在《金瓶梅》中，花果、调料、蔬菜皆可入茶，妓女李桂姐处，常备的茶是玫瑰泼卤瓜仁泡茶，大约是玫瑰花和瓜子仁等与茶叶共泡，陆羽《茶经》批评了"用葱、姜、枣、橘皮、茱萸、薄荷"[5]等煮茶的方法，认为这种失去了茶的真味，变成"渠间弃水"。蔡襄的《茶录》里也抨击民间烹茶，然而不可否认，夹杂花卉果蔬的民间茶饮是百姓根据实际生活与个人口味创造出来的神奇饮品，潘金莲自创的一款名字长达三十二字的"六安雀舌芽茶"中也少不了玫瑰花，其中"春不老"是一种叫雪里蕻的咸菜，木樨玫瑰泼卤指的是用桂花玫瑰花腌制的糖卤，具有江南特色，"海青拿天鹅"乃曲名，比喻这道茶手法

上编 《金瓶梅》植物统计、考证及其分类研究

[1] 刘献廷著，汪北平、夏志和标点：《广阳杂记》，北京：中华书局，1957年版，第249页。

[2] 兰陵笑笑生著，刘辉、吴敢辑校：《会评会校〈金瓶梅〉》，香港：天地图书有限公司，1998年版，第109页。

[3] 兰陵笑笑生著，刘辉、吴敢辑校：《会评会校〈金瓶梅〉》，香港：天地图书有限公司，1998年版，第1381页。

[4] 兰陵笑笑生著，戴鸿森校点：《金瓶梅词话》，北京：人民文学出版社，1985年版，第1031页。

[5] 陆羽著：《茶经》，南京：江苏凤凰文艺出版社，2016年版，第139页。

复杂，想来口味独特，五味相融，不是普通人驾驭得了，小说描写西门庆才"呷了一口"，便"满生欢喜"，在这道奇特的茶饮中仍然有玫瑰花的身影。小说茶饮中的玫瑰多用来作为花香调味品，以花熏茶，如第十五回提及的"梅桂泼卤瓜仁泡茶"中的"梅桂"是指玫瑰，梅桂泼卤是指玫瑰酱之类的东西，瓜仁是指瓜子，此处将玫瑰酱与瓜仁加入茶中冲泡，梅汤即酸梅汤，夏天消暑之饮料，以酸梅调冰糖煮之，可加调花香调味，多以玫瑰或木樨为主。而小说经常出现的玫瑰类的糕点更是主人公的日常点心，见表：

回目	"玫瑰"糕点相关段落
第十七回	傍边迎春伺候下一个小方盒，都是各样细巧果仁肉心，鸡鹅腰掌，梅桂菊花饼儿。[1]
第三十一回	绣春问他甚么，他又不拿出来。正说着，迎春从上边拿下一盘子烧鹅肉，一碟**玉米面玫瑰果馅蒸饼儿**与奶子吃。
第三十九回	李铭、吴惠两个拿着两个盒子跪下，揭开都是顶皮饼、松花饼、白糖万寿糕、**玫瑰搽穰卷儿**。
第四十二回（词话本）	两盘**玫瑰元宵**；买四盘鲜果。[2]
第四十六回	西门庆因叫过乐工来分付（吩咐）："你每吹一套'东风料峭好事近'与我听。"正值后边拿上**玫瑰元宵**来，众人拿起来同吃，端的香甜美味，入口而化，甚应佳节。
第五十八回（词话本）	不一时，画童儿拿上添换果碟儿来，都是蜜饯减碟，榛松果仁，红菱雪藕，莲子荸荠，酥油包螺，冰糖霜梅，**玫瑰饼**之类。[3]

[1] 兰陵笑笑生著，戴鸿森校点：《金瓶梅词话》，北京：人民文学出版社，1985 年版，第 194 页。

[2] 兰陵笑笑生著，戴鸿森校点：《金瓶梅词话》，北京：人民文学出版社，1985 年版，第 522 页。

[3] 兰陵笑笑生著，戴鸿森校点：《金瓶梅词话》，北京：人民文学出版社，1985 年版，第 768 页。

回目	"玫瑰"糕点相关段落
第六十一回 （词话本）	须臾，大盘大碗嘎饭肴品摆将上来，堆满桌上。先拿了两大盘**玫瑰果馅蒸糕**，蘸着白砂糖，众人乘热抢着吃了一顿。[1]
第七十四回	月娘令小玉揭开盒儿，见一盒果馅寿糕、一盒**玫瑰糖糕**、两只烧鸭、一副豕蹄。
第七十九回 （词话本）	每人两个盒子，一盒果馅饼儿，一盒**玫瑰金饼**，一副蹄，两只烧鸭，进房与西门庆磕头，说道："爹怎的心里不自在？"[2]
第九十五回	月桂道："薛妈妈，谁似我恁疼你，留下恁好**玫瑰果馅饼儿**与你吃。"就拿过一大盘子**顶皮酥玫瑰饼儿**来。

如上，小说中以玫瑰为原料或配料的糕点品种丰富，有玉米面玫瑰果馅蒸饼儿、玫瑰搽穰卷儿、玫瑰元宵、玫瑰糖糕、玫瑰馅饼儿、玫瑰金饼等，一般以玫瑰花加糖制成馅，放入饼中，其中常以梅桂代指玫瑰，如梅桂菊花饼儿，是以玫瑰、菊花为馅的糕饼。玫瑰鲜花制成的糕点是西门庆最常吃的点心，也颇受家中女眷的喜爱，这些花饼花糕选用上等的食用玫瑰花、蜂蜜、香油等混合做馅料，保留了花朵的精华，皮薄料足，外酥内软，甚至在馅料中还能看到色泽鲜艳的花瓣，咬上一口，甜而不腻，香气四溢，令人回味无穷。

四、乔木类

乔木，是指树体高大的木本植物，由根部生出独立的主干，树干和树冠有明显区分，通常高达六米以上，按高度有伟乔、大乔、中乔、小乔等

---

[1] 兰陵笑笑生著，戴鸿森校点：《金瓶梅词话》，北京：人民文学出版社，1985年版，第826页。

[2] 兰陵笑笑生著，戴鸿森校点：《金瓶梅词话》，北京：人民文学出版社，1985年版，第1208页。

四个等级，按叶型有针叶乔木、阔叶乔木。[1]

　　小说中的乔木有松、竹、梅、柳、榆、槐、梧桐、海棠、合欢、银杏等，其中"岁寒三友"松、竹、梅，"花中神仙"海棠，以及"依依惜别"杨柳，乃是蕴含丰富的常见乔木类植物。

　　其一，"岁寒三友"：松、竹、梅。松树，松科，松属，常绿乔木，树皮多为鳞片状，叶子针形，花单性，雌雄同株，结球果，卵圆形或圆锥形，有木质的鳞片，木材和树脂都可利用。竹子，多年生禾本科竹亚科植物，品种繁多，茎为木质，是禾本科的一个分支，在热带、亚热带地区，东亚、东南亚和印度洋及太平洋岛屿上分布最集中，种类很多，或低矮如草，或高大似树。梅，小乔木或灌木，树皮呈浅灰或绿色，小枝绿色无毛，叶片卵形或椭圆形，叶边常具小锐锯齿，花香味浓，先于叶开放，花萼以红褐色居多，花瓣倒卵形，以白、粉、红为主。小说中经常将松、竹、梅三者结合在一起描写，常称"岁寒三友"："一双挑线密约深盟随君、膝下香草、边阑松竹梅花岁寒三友、酱色段（缎）子护膝……"（第八回）[2]"假山真水，翠竹苍松。……又有耐寒君子竹，欺雪大夫松。"（第十九回）[3]"金莲在旁，拿把抿子与李瓶儿抿头，见他头上戴着一副金玲珑草虫儿头面，并金累丝松竹梅岁寒三友梳背儿。"（第二十回）[4]或松竹并称："进的门来，两下都是些瑶草琪花，苍松翠竹。"（第一回）[5]"两壁隶书一

　　[1]　董丽、包志毅著：《园林植物学》，北京：中国建筑工业出版社，2012年版，第76页。

　　[2]　兰陵笑笑生著，戴鸿森校点：《金瓶梅词话》，北京：人民文学出版社，1985年版，第89页。

　　[3]　兰陵笑笑生著，刘辉、吴敢辑校：《会评会校〈金瓶梅〉》，香港：天地图书有限公司，1998年版，第408-409页。

　　[4]　兰陵笑笑生著，刘辉、吴敢辑校：《会评会校〈金瓶梅〉》，香港：天地图书有限公司，1998年版，第439页。

　　[5]　兰陵笑笑生著，刘辉、吴敢辑校：《会评会校〈金瓶梅〉》，香港：天地图书有限公司，1998年版，第69页。

联：'传家节操同松竹，报国勋功并斗山。'"（第六十九回）[1]或松柏并列："青松郁郁，翠柏森森。"（第四十八回）[2]"门首栽桃柳，周围种松柏，两边叠成坡峰。"（第四十八回）[3]"妇人道：'我怎么不想达达，只要你松柏儿冬夏长青更好。'"（第七十九回）[4]"里面装一缕头发并些松柏儿。"（第八十二回）[5]"只见青松郁郁，翠柏森森，两边八字红墙，正面三间朱殿，端的好座庙宇。"（第九十三回）[6]或花竹相映："各色菊花，清清瘦竹，翠翠幽兰。"（第六十七回）[7]"前后帘拢掩映，四面花竹阴森。里面一明两暗书房。"（第三十四回）[8]"由花园进去，两边松墙竹径，周围花草一望无际。"（第四十八回）[9]"江河淮海添新水，翠竹红榴洗濯清。"（第二十七回）[10]"纤手传杯分竹叶，一帘秋水浸桃

上编 《金瓶梅》植物统计、考证及其分类研究

[1] 兰陵笑笑生著，刘辉、吴敢辑校：《会评会校〈金瓶梅〉》，香港：天地图书有限公司，1998年版，第1405页。

[2] 兰陵笑笑生著，刘辉、吴敢辑校：《会评会校〈金瓶梅〉》，香港：天地图书有限公司，1998年版，第945页。

[3] 兰陵笑笑生著，刘辉、吴敢辑校：《会评会校〈金瓶梅〉》，香港：天地图书有限公司，1998年版，第944页。

[4] 兰陵笑笑生著，刘辉、吴敢辑校：《会评会校〈金瓶梅〉》，香港：天地图书有限公司，1998年版，第1682页。

[5] 兰陵笑笑生著，刘辉、吴敢辑校：《会评会校〈金瓶梅〉》，香港：天地图书有限公司，1998年版，第1746页。

[6] 兰陵笑笑生著，刘辉、吴敢辑校：《会评会校〈金瓶梅〉》，香港：天地图书有限公司，1998年版，第1950页。

[7] 兰陵笑笑生著，刘辉、吴敢辑校：《会评会校〈金瓶梅〉》，香港：天地图书有限公司，1998年版，第1343页。

[8] 兰陵笑笑生著，刘辉、吴敢辑校：《会评会校〈金瓶梅〉》，香港：天地图书有限公司，1998年版，第693页。

[9] 兰陵笑笑生著，刘辉、吴敢辑校：《会评会校〈金瓶梅〉》，香港：天地图书有限公司，1998年版，第946页。

[10] 兰陵笑笑生著，刘辉、吴敢辑校：《会评会校〈金瓶梅〉》，香港：天地图书有限公司，1998年版，第569页。

笙。"（第十八回）[1] "海棠技上莺梭急，绿竹阴中燕语频。闲来付与丹青手，一段春娇画不成。"（第五十二回）[2] 或娇梅横卧："坐时衣带萦纤草，行处裙裾扫落梅。"（第五十二回）[3] "梅花半含蕊，似开还闭。"（第二回）[4] "卖元宵的高堆果馅；粘梅花的齐插枯枝。"（第十五回）[5] "冬赏藏春阁，白梅横玉。"（第十九回）[6] "羞对菱花拭粉妆，为郎憔瘦减容光。闭门不管闲风月，任你梅花自主张。"（第三十八回）[7] "庾岭梅开，词客此中寻好句。端的是天上蓬莱，人间阆苑。……亭后是绕屋梅花三十树，中间探梅阁。"（第五十四回）[8] "好似初春大雪压折金钱柳；腊月狂风吹折玉梅花。"（第八十七回）[9] "娇姿不失江梅态，三揭红罗两画眉。会看马首升腾日，脱却寅皮任意移。"（第九十一回）[10] "行见梅花腊底，

[1] 兰陵笑笑生著，刘辉、吴敢辑校：《会评会校〈金瓶梅〉》，香港：天地图书有限公司，1998 年版，第 392 页。

[2] 兰陵笑笑生著，刘辉、吴敢辑校：《会评会校〈金瓶梅〉》，香港：天地图书有限公司，1998 年版，第 1041-1042 页。

[3] 兰陵笑笑生著，刘辉、吴敢辑校：《会评会校〈金瓶梅〉》，香港：天地图书有限公司，1998 年版，第 1028 页。

[4] 兰陵笑笑生著，刘辉、吴敢辑校：《会评会校〈金瓶梅〉》，香港：天地图书有限公司，1998 年版，第 92 页。

[5] 兰陵笑笑生著，刘辉、吴敢辑校：《会评会校〈金瓶梅〉》，香港：天地图书有限公司，1998 年版，第 338 页。

[6] 兰陵笑笑生著，刘辉、吴敢辑校：《会评会校〈金瓶梅〉》，香港：天地图书有限公司，1998 年版，第 409 页。

[7] 兰陵笑笑生著，刘辉、吴敢辑校：《会评会校〈金瓶梅〉》，香港：天地图书有限公司，1998 年版，第 783 页。

[8] 兰陵笑笑生著，刘辉、吴敢辑校：《会评会校〈金瓶梅〉》，香港：天地图书有限公司，1998 年版，第 1066 页。

[9] 兰陵笑笑生著，刘辉、吴敢辑校：《会评会校〈金瓶梅〉》，香港：天地图书有限公司，1998 年版，第 1841-1842 页。

[10] 兰陵笑笑生著，刘辉、吴敢辑校：《会评会校〈金瓶梅〉》，香港：天地图书有限公司，1998 年版，第 1908 页。

忽逢元旦新正。不觉艳杏盈枝，又早新荷贴水。"（第九十七回）[1] "说道：
'雪里梅花雪里开，好不好？'……江边乘兴探梅花，庭中欢赏烧银蜡。一
望无涯，有似灞桥柳絮满天飞下。……残雪初晴照纸窗，地炉灰烬冷侵床。
个中邂逅相思梦，风扑梅花斗帐香。"（第六十七回）[2] "闻道扬州一楚云，
偶凭青鸟语来真。不知好物都离隔，试把梅花问主人。"（第七十七回）[3]
这些描写充满诗情画意，蕴含人格力量。

其二，"花中神仙"：海棠。海棠是我国传统花卉品种，既包括蔷薇
科苹果属果实直径较小（小于等于 5 厘米）的海棠，也包括木瓜属的海棠。
唐朝中晚期，贾耽在《百花谱》中誉"海棠"为"花中神仙"，正式出现"海
棠"一词。在《金瓶梅》中"海棠"出现多次，举要如表：

回目	"海棠"描写段落
第十八回	词曰：有个人人，**海棠**标韵，飞燕轻盈。
第十九回	弄风杨柳纵蛾眉，带雨**海棠**陪嫩脸……**海棠**轩、蔷薇架、木香棚，又有耐寒君子竹，欺雪大夫松。
第二十一回	**海棠**枝上莺梭急，翡翠梁间燕语频。
第五十二回	**海棠**技上莺梭急，绿竹阴中燕语频。闲来付与丹青手，一段春娇画不成。
第七十八回	开遍**海棠**花，也不问夜来多少……
第八十九回	**海棠**枝上绵莺语，杨柳堤边醉客眠。红粉佳人争画板，彩绳摇拽学飞仙。

如引，小说中多次涉及"海棠"，其中多次直接与植物相关。海棠，
尤其是垂丝海棠，是南方庭院经常使用的园林花卉，这与明人文震亨在《长

[1] 兰陵笑笑生著，刘辉、吴敢辑校：《会评会校〈金瓶梅〉》，香港：天地图
书有限公司，1998 年版，第 2020 页。

[2] 兰陵笑笑生著，刘辉、吴敢辑校：《会评会校〈金瓶梅〉》，香港：天地图
书有限公司，1998 年版，第 1353-1360 页。

[3] 兰陵笑笑生著，刘辉、吴敢辑校：《会评会校〈金瓶梅〉》，香港：天地图
书有限公司，1998 年版，第 1631 页。

物志》中提及的审美一致。同时，除私家园林外，海棠与银杏、松、柏、桂、玉兰为寺庙园林中的常见树种，可对植于大殿前庭，也可孤植、散植于侧院，美化环境。海棠花开似锦，素有"花中神仙""花贵妃""花尊贵"之称，自古以来是美好吉祥的象征。在皇家园林中常与玉兰、牡丹、桂花配植，其中以玉兰象征纯洁、高雅，海棠象征幸福、快乐，牡丹寓意荣华，桂花象征富贵，形成"玉棠富贵"的意境，民间常加上迎春花，称为"玉堂富贵春"，再加竹子，称为"玉堂富贵、竹报平安"。海棠、玉兰、牡丹、迎春还可与连翘相配，寓意"金玉满堂、富贵迎春"。装饰、绘画中还以荷花、海棠和燕子图案谐意"河清海晏、天下太平"。

其三，"依依惜别"：杨柳。杨柳，或称垂柳，杨柳科，柳属，原产中国，喜光，耐湿，分布广，姿态美。古代诗词中经常出现杨柳意象，如"昔我往矣，杨柳依依""杨柳岸，晓风残月"等，表现出依依惜别之情。《金瓶梅》中也有二十余处有关杨柳的描写段落：

回目	"柳"描写段落
第七回	怎睹多情风月标，教人无福也难消。风吹列子归何处，夜夜婵娟在**柳**梢。
第十回	春点杏桃红绽蕊，风欺**杨柳**绿翻腰。
第十五回	银蛾斗彩，**雪柳**争辉。鱼龙沙戏，七真五老献丹书；吊挂流苏，九夷八蛮来进宝。
第十五回	**柳底**花阴压路尘，一回游赏一回新。不知买尽长安笑，活得苍生几户贫？
第十九回	更有那娇花笼浅径，芳树压雕栏；弄风**杨柳**纵蛾眉，带雨海棠陪嫩脸。
第二十一回	初如**柳絮**，渐似鹅毛。
第二十四回	银烛高烧酒乍醺，当筵且喜笑声频。蛮腰细舞**章台柳**，素口轻歌上苑春。
第二十七回	**柳阴**中忽噪新蝉。见流萤飞来庭院。听菱歌何处，画船归晚。

回目	"柳"描写段落
第四十八回	叫阴阳徐先生看了，从新（重新）立了一座坟门，砌的明堂神路，门首栽桃柳，周围种松柏，两边叠成坡峰……桃红**柳绿**莺梭织，都是东君造化成。
第五十八回	舞低**杨柳**楼头月，歌罢桃花扇底风。
第五十九回	春点桃花红绽蕊，风欺**杨柳**绿翻腰。
第六十五回	这边把花与**雪柳**争辉，那边宝盖与银幢作队。
第六十七回	一面觑那门外下雪，纷纷扬扬，犹如风飘**柳絮**，乱舞梨花相似……一望无涯，有似灞桥**柳絮**满天飞下……见壁上挂着一幅吊屏，泥金书一联："风飘**弱柳**平桥晚；雪点寒梅小院春。"就说了末后一句……正是：雪隐鹭鸶飞始见，**柳藏**鹦鹉语方知。
第七十一回	吹花摆柳白茫茫……远远望见路旁一座古刹，数株**疏柳**，半堵横墙。
第七十二回	金莲道："南京沈万三，北京**枯柳树**。人的名儿，树的影儿，怎么不晓得？雪里埋死尸，自然消将出来。"……
第七十七回	风前轻片半含香。不比**柳花**狂。双雀影，堪比雪衣娘。
第八十回	也曾在章台而宿**柳**，也曾在谢馆而猖狂……得多少**柳色**乍翻新样绿，花容不减旧时红。
第八十一回	燕入非傍舍，鸥归只故池。断桥无复板，**卧柳**自生枝。
第八十七回	好似初春大雪压折**金线柳**；腊月狂风吹折玉梅花。
第八十九回	出了城门，只见那郊原野旷，景物芳菲，花红**柳绿**，仕女游人不断。一年四季，无过春天最好景致：日谓之丽日，风谓之和风，吹**柳眼**，绽花心，拂香尘……韶光明媚，淑景融和。小桃深妆脸妖娆，**嫩柳**袅宫腰细腻。百转黄鹂惊回午梦，数声紫燕说破春愁。日舒长暖澡鹅黄，水渺茫浮香鸭绿。隔水不知谁院落，秋千高挂绿杨烟……海棠枝上绵莺语，**杨柳**堤边醉客眠。红粉佳人争画板，彩绳摇拽学飞仙……花红**柳绿**……**数柳**青蒿。
第九十回	**柳底**花阴压路尘，一回游赏一回新。有缘千里来相会，无缘对面不相亲。
第九十七回	春点杏桃红绽蕊，风欺**杨柳**绿翻腰。
第九十八回	一日，三月佳节，春光明媚，景物芬芳，翠依依槐**柳**盈堤，红馥馥杏桃灿锦……三尺晓垂**杨柳**岸，一竿斜插杏花旁。

067

上编 《金瓶梅》植物统计、考证及其分类研究

从汉代起，古人就形成了折柳送别的传统，不仅是因为柳与"留"谐音，折柳相赠有挽留之意，还由于杨柳自身的生物特性，即生长迅速，寄寓着人们无论漂泊何方都能枝繁叶茂的淳朴愿望。如引，《金瓶梅》中反复出现杨柳、绿柳等意象，或暗含着男女缠绵之情，如第二十四、八十回的"章台柳"："蛮腰细舞章台柳，素口轻歌上苑春"[1]"也曾在章台而宿柳，也曾在谢馆而猖狂"[2]。"章台"，即战国秦宫中的一处建筑，其下的章台街是汉代长安著名街道，旧时这里多妓院，后世遂用此指代妓所，古人也一般将"眠花卧柳""烟花柳巷"中"柳"隐射落入风尘的女子。据唐孟棨《本事诗》和许尧佐《柳氏传》载，唐天宝进士韩翃与名妓柳氏相狎，柳氏原为豪富李生之妾，后因柳氏属意韩翃，李生便慷慨"以柳荐枕于韩"为妻了。别后韩翃曾赠柳氏《章台柳》词，以词的首句"章台柳"为词调名，云："章台柳，章台柳，昔日青青今在否？"韩生以章台柳暗喻宠妓柳氏，小说中则以此暗讽西门庆的风流。

综上，《金瓶梅》中的草花、藤蔓、灌木、乔木四大类园林植物不仅数量繁多，功能各异，而且造景优美，蕴涵丰富。崇祯本《金瓶梅》一百回中提到的植物有150种之多（若加上词话本，数量将更多），其中大部分为园林植物，它们或渲染色彩，突出季相，或装点山水，衬托建筑，或分隔联系，含蓄景深，艺术表现力强，文化底蕴丰厚。

附：《金瓶梅》中的药用植物

明代李时珍的《本草纲目》是著名的中医典籍[3]，其中属于植物类的

---

[1] 兰陵笑笑生著，刘辉、吴敢辑校：《会评会校〈金瓶梅〉》，香港：天地图书有限公司，1998 年版，第 506 页。

[2] 兰陵笑笑生著，刘辉、吴敢辑校：《会评会校〈金瓶梅〉》，香港：天地图书有限公司，1998 年版，第 1714 页。

[3] 药名、药性等参见李时珍著：《本草纲目》，天津：天津科学技术出版社，2019 年版；李时珍著，任犀然编著：《全彩图解〈本草纲目〉》，北京：北京联合出版公司，2015 年版。

药物可分为草、谷、菜、果、木等五部，并有相关插图。《金瓶梅》中的药用植物亦涵盖此五部，若以其在小说中强调的医用功效而分，大致有安神理气、清火止血、泻下补虚、强力止血、活血打胎等五类，见如：

1. 安神理气类中药植物：薄荷、灯心草、金银花、姜

小说中提及的安神理气类中药植物有薄荷、灯心草、金银花、姜，见如：

第四十八回："又留了两服朱砂丸药儿，用**薄荷灯心**汤送下去，那孩儿方才宁贴，睡了一觉，不惊哭吐奶了，只是身上热还未退。李瓶儿连忙拿出一两银子，叫刘婆子备纸去。"[1]

第五十九回："月娘众人见孩子只顾搐起来，一面熬姜汤灌他，一面使来安儿快叫刘婆去。不一时，刘婆子来到，看了脉息，只顾跌脚，说道：'此遭惊諕（吓）重了，难得过了。快熬灯心**薄荷金银**汤。'取出一丸金箔丸来，向钟儿内研化。牙关紧闭，月娘连忙拔下金簪儿来，撬开口，灌下去。"[2]

第六十一回："玉楼、金莲都说：'他何曾大吃酒来！'一面煎**灯心姜**汤灌他（她）。"[3]

薄荷，唇形科，属于解表药中的辛凉解表药。功能为宣散风热、清头目、透疹。多用于风热感冒，风温初起，头痛，目赤，喉痹，口疮，风疹，麻疹，胸胁胀闷。

灯心，灯心草，灯心草科，一种降火利尿的汤剂，属于利水渗湿药中的利尿通淋药。功能为清心火、利小便，用于心烦失眠，尿少涩痛，口舌生疮。

金银花，忍冬科，属于清热药中的清热解毒药。功能为清热解毒、疏散风热。用于风热感冒，温病发热。

[1] 兰陵笑笑生著，刘辉、吴敢辑校：《会评会校〈金瓶梅〉》，香港：天地图书有限公司，1998 年版，第 950 页。

[2] 兰陵笑笑生著，刘辉、吴敢辑校：《会评会校〈金瓶梅〉》，香港：天地图书有限公司，1998 年版，第 1169 页。

[3] 兰陵笑笑生著，刘辉、吴敢辑校：《会评会校〈金瓶梅〉》，香港：天地图书有限公司，1998 年版，第 1217 页。

生姜，姜科，属于解表药中的辛温解表药。功能为解表散寒、温中止呕、化痰止咳。

中医讲，惊则气乱，恐则气下。受惊后，人容易咳嗽、惊风，尤其是小孩会惊啼、惊热，像小说中的官哥，受惊惊厥，宜用此类暖胃健脾、和中理气的中药配方。

2. 清火止血类中药植物：黄柏、知母

小说中提及的清火止血类中药植物有黄柏、知母，见如：

第五十五回："说毕，西门庆道：'如今该用甚药才好？'任医官道：'只用些清火止血的药，**黄柏知母**为君，其余再加减些，吃下看住就好了。'"[1]

黄柏，芸香科，属于清热药中的清热燥湿药。功能为清热燥湿、泻火除蒸。

知母，百合科，属于清热药中的清热泻火药。功能为清热泻火、生津润燥。用于外感热病，高热烦渴。

李瓶儿由于情志抑郁、房事不节，患上"血崩"之症，前期治疗尚有成效，服用此"清火止血"药剂，时有好转。

3. 泻下补虚类中药植物：甘遂、芫花、巴豆、甘草、黎芦、半夏、杏仁、天麻、乌头

小说中提及的泻下补虚类中药植物有甘遂、芫花、巴豆、甘草、黎芦、半夏、杏仁、天麻、乌头，见如：

第六十一回："西门庆一面陪他来到前厅，乔大户、何老人问他甚么病源，赵先生道：'依小人讲，只是经水淋漓。'何老人道：'当用何药治之？'赵先生道：'我有一妙方，用着这几味药材，吃下去管情就好。听我说：**甘草、甘遂**与硇砂，**黎芦、巴豆**与**芫花**，姜汁调着生**半夏**，用**乌头**、

---

[1] 兰陵笑笑生著，刘辉、吴敢辑校：《会评会校〈金瓶梅〉》，香港：天地图书有限公司，1998年版，第1080页。

杏仁、天麻。这几味儿齐加，葱蜜和丸只一挝，清辰（晨）用烧酒送下。'"[1]

甘遂，大戟科，属于泻下药中的峻下逐水药。功能为泻水逐饮、消肿散结。用于水肿胀满，胸腹积水。

芫花，瑞香科，属于泻下药中的峻下逐水药。功能为泻水逐饮、解毒杀虫。用于水肿胀满，胸腹积水。

巴豆，大戟科，属于泻下药中的峻下逐水药。功能为峻下逐水、祛痰利咽，外用蚀疮。

甘草，豆科，属于补虚药中的补气药。功能为补脾益气、清热解毒，用于祛痰止咳，缓急止痛。

黎芦，百合科，属于收涩药中的涌吐药。功能为涌吐风痰、杀虫疗癣。

半夏，天南星科，属于化痰止咳平喘药中的化痰药。功能为燥湿化痰、降逆止呕、消痞散结，用于痰多咳喘。

杏仁，蔷薇科，属于化痰止咳平喘药中的止咳平喘药。功能为降气止咳平喘、润肠通便。用于咳嗽气喘，胸满痰多，血虚津枯，肠燥便秘。

天麻，兰科，属于平肝息风药中的息风止痉药。功能为平肝息风止痉。用于头痛眩晕，肢体麻木，小儿惊风，癫痫抽搐，破伤风。

乌头，毛茛科，属于剧毒植物。功能为回阳、逐冷、祛风湿。用于腰膝冷痛，风寒湿痛。

李瓶儿丧子心悲，肝气郁结，后期用药虽多，药效且猛，然收效甚微。

4. 强力止血类中药植物：白鸡冠花

小说中提及的强力止血类中药植物为白鸡冠花，见如：

第六十二回："西门庆道：'这药也吃过了。昨日本县胡大尹来拜，我因说起此疾，他也说了个方儿：棕炭与**白鸡冠花**煎酒服之。只止了一日，

---

[1] 兰陵笑笑生著，刘辉、吴敢辑校：《会评会校〈金瓶梅〉》，香港：天地图书有限公司，1998年版，第1223页。

到第二日流的比常更多了。'"[1]

鸡冠花，苋科，属于收涩药中的涩精缩尿止带药。功能为收敛止血、止带、止痢。用于吐血，崩漏，便血，痔血，赤白带下，久痢不止。

李瓶儿"血崩"顽疾已非药石可治，以棕炭、白鸡冠花入药，也无法达到强力止血的功效。

5.活血打胎类中药植物：红花

小说提及的活血打胎类中药植物为红花，见如：

第八十五回："这胡太医接了银子，说道：'不打紧，我与你一服**红花**一扫光。吃下去，如人行五里，其胎自落矣。'"[2]

红花，菊科，属于活血化瘀药中的活血调经药。功能为活血通经、散瘀止痛，用于经闭，痛经，恶露不行。

红花药效会因药量不同而产生药效差异，合适的剂量单用既可打胎，又可活血，若经期服用，易流血不止，怀孕妇女容易因此流产。在西门庆死后，潘金莲珠胎暗结，恐与陈敬济奸情暴露，铤而走险用红花堕胎。

---

[1] 兰陵笑笑生著，刘辉、吴敢辑校：《会评会校〈金瓶梅〉》，香港：天地图书有限公司，1998 年版，第 1238 页。

[2] 兰陵笑笑生著，刘辉、吴敢辑校：《会评会校〈金瓶梅〉》，香港：天地图书有限公司，1998 年版，第 1791 页。

下 编

《金瓶梅》植物景观、图文及其文化研究

第一章　《金瓶梅》植物图文世界

　　明代中后期是我国古代园林艺术繁荣振兴并得到长足发展的阶段，著名世情小说《金瓶梅》正诞生于这一时期，作者兰陵笑笑生在书中所描绘的西门府花园，为清代《红楼梦》里"天上人间诸景备"的大观园等著名的文学园林景观刻画提供蓝本、道夫先路，成为后世小说园林景观布局书写的先驱与典范。

　　本章主要结合小说若干绣像，呈现《金瓶梅》中细腻生动的庭园植物景观书写，其中包括西门府庭院总体布局，花园山水、建筑布局，花园植物景区布局及其季相、配置等，从而展现中华古典园林诸多精粹的植物造园置景手法，同时对西门府庭院植物景观布局与绣像植物景观及文化进行分析，挖掘其景观文化与隐喻功能。

第一节　西门府庭院植物景观布局

　　《金瓶梅》呈现了细腻生动的庭园植物景观书写，包含西门府庭院总体布局、花园山水建筑布局、花园植物景区布局及其季相、配置等特征，汇聚成人物故事特定情感互动的文化空间，积淀为传统园林的文化记忆，还带有特定的隐喻象征意义。

一、西门府庭院总体布局

　　庭院，属于园林的一种形态，包括亭、台、楼、榭等在内，乃是这些主体构筑物前后左右或被构筑物包围的场地的通称，即一处建筑的所有附属场地、植被等。《金瓶梅》第十九回就相当详细地介绍了小说主人公西门庆家华丽的园林形态，在此庭院中，奢靡的享乐生活被妖冶脂粉气强烈地笼罩着。只见西门庆家的园林："当先一座门楼，四下几间台榭。假山真水，翠竹苍松"[1]，园中有燕游堂、临溪馆、叠翠楼、藏春阁等建筑，奇花异草，美不胜收。

从总体布局上看，西门府花园中的部分园地乃是打通了邻居花子虚府邸而来的，这属于因地制宜的传统造园手法。据晚明计成《园冶·兴造》："故凡造作，必先相地立基，然后定期间进，量其广狭，随曲合方，是在主者，能妙于得体合宜，未可拘率。"[2]也就是说造园时，设计者要先相地，根据园地情况，因地制宜，设计园林。园地主要有山林地、城市地、村庄地、郊野地、傍宅地、江湖地，不同的地形地貌、起伏高低，决定着园林的建造风格。在《园冶》"傍宅地"篇中，计成还专门提及宅傍宅后若有空地，就可以造园。而这一观点反映在西门府造园实践中就是连通两宅以成大园，这样不但便于西门家闲暇时娱乐，而且便于维护住宅优美的环境，西门庆就此开辟池塘，疏通沟壑，叠石成峰，积土为山，设边门待宾客，留小径通内室，同时栽花植木，细心打理，最终形成林密竹茂、柳暗花明的园中佳境，使得植物世界与园林天地完美地融合在一起。

西门府庭院四季如春，繁花似锦，一般认为其空间布景包括两部分，一部分为西门庆府邸，其用途为生活起居兼接待众宾；另一部分为府中花园，主要用于节日活动、妻妾游玩、接待贵宾、摆设酒宴等，而小说中的重要植物景观也在西门府花园中。作为私家庭院，其空间尺度不大，具有小气候，对于其植物功能要求一般以创造私密性、营造良好气氛、满足居住功能为主。园主种植设计上也会充满植物的细节组团搭配，重视营造花

[1] 兰陵笑笑生著，刘辉、吴敢辑校：《会评会校〈金瓶梅〉》，香港：天地图书有限公司，1998年版，第408页。

[2] 计成著：《园冶》，南京：江苏凤凰文艺出版社，2015年版，第2页。

镜。尤其在植物配置上会选择具有良好寓意的品种，并注重细节搭配与植物风水定位等。本节以崇祯本《金瓶梅》文本为依据，辅以其中绣像插图以及西门府园林植物景观平面图，分析其中的建筑样式、理水方式、叠山形式等山水建筑布局，以及相应的植物配置等。

小说共有十回目直接提及西门府花园，其中作者集中系统介绍花园植物布局有六次，其回目题名分别是：

第十九回"草里蛇逻打蒋竹山，李瓶儿情感西门庆"；

第四十八回"弄私情戏赠一枝桃，走捷径探归七件事"；

第五十二回"应伯爵山洞戏春娇，潘金莲花园调爱婿"；

第六十一回"西门庆乘醉烧阴户，李瓶儿带病宴重阳"；

第六十七回"西门庆书房赏雪，李瓶儿梦诉幽情"；

第八十二回"陈敬济弄一得双，潘金莲热心冷面"。

此外，再结合其余零星的描写，即可对西门府平面布局有个比较清晰的认识，然而其中涉及的植物景观，尚有部分区域的植物种植情况不明确。笔者根据书中描述，参考前人研究成果，尤其是刘文佼、李树华先生复原的花园平面空间布局配置图（见图1）[1]，同时借鉴古代院落植物景观和现代植物景观的设计手法，在充分尊重原著的基础上加以适当推测，试对西门府花园植物种植情况进行还原，初步划分为五大基本景区：**花圃东区、花圃北区、花圃南区**，以及**亲水区与雪洞区**。

可见，《金瓶梅》的作者对西门府是有着总体的规划设计的，而我们据此还可进一步细化，甚至可划分上述具体的景区。它们通过道路水系串联在一起，每个景区均有各自的功能和观赏要点，共同组成了一个美轮美奂的精妙园林。从景区入手，有助于我们全面了解西门府园林及植物的总

---

[1] 刘文佼，李树华：《〈金瓶梅〉中"西门府庭园"模型之建立（下）》，《华中建筑》，2016年第6期。

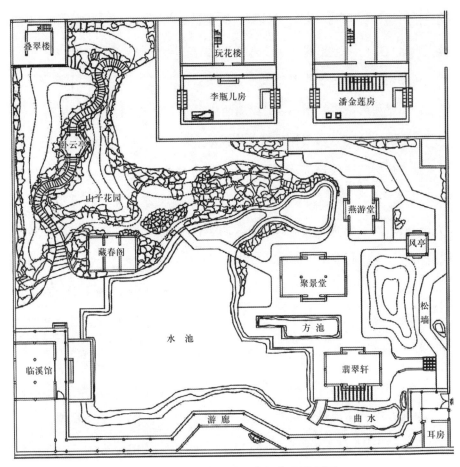

图1 西门府花园平面空间布局配置图

体布局。

　　整体来看，西门府花园有竹林环绕，四季苍翠。园内主要景点为：燕游堂、临溪馆、叠翠楼、藏春阁（藏春坞雪洞）、玩花楼、卧云亭、大卷棚聚景堂、小卷棚翡翠轩、滴翠小洞、湖山、平野桥、松墙、木香棚、荼蘼架、水景等。花园中的燕游堂、临溪馆、叠翠楼与藏春阁一起构成了春夏秋冬四季不同时节欣赏的景点，有如下景区：

　　花圃东区：该景区位于花园的东北侧，以燕游堂为中心，北为潘金莲房，周围有风亭等建筑。桃李芬芳，海棠娇媚，花柳掩映。

　　花圃北区：位于玩花楼与水池之间。西接藏春阁，东邻燕游堂。玩花

楼前松竹环绕，有牡丹园、芍药圃、海棠轩、蔷薇架、木香棚，从景点的名称可以看出，这里主要是园主人观赏花卉之地。

花圃南区：该区在小卷棚翡翠轩附近，这儿也有木香棚、木香亭、荼蘼架，还有葡萄架、紫薇丛等。松墙两边摆放二十盆各样有名的菊花。

亲水区：亲水区四周逆时针分别是藏春阁、临溪馆、翡翠轩、方池、聚景堂、燕游堂等建筑，这源于古典园林的一贯传统，因为古典园林中一向重视建筑和水的结合，有"花间隐榭，水际安亭，斯园林而得致者"（《园冶》）的说法。书中对亲水区功能有多处描写，该景区最大的特色就是种植了大量的水湿生植物，有荷莲斗彩、青蒲浮香。

雪洞区：藏春坞雪洞贯穿了整个山子，是个可以停留的空间，在这片区域，秋有叠翠楼的黄菊、银杏，冬有藏春阁的白梅、松柏。藏春阁明间内摆着夹枝桃，各色菊花，瘦竹幽兰与瓶梅。

二、花园山水、建筑布局

中国古典园林最讲究叠山理水。西门府花园西北高、东南低，北侧不仅有高楼，即玩花楼，还有小山，即山子，山子花园内的建筑众多，包括亭、堂、楼、馆、阁等，景点包括山子顶上的最高处卧云亭、山子底下的藏春坞雪洞儿、滴翠岩小洞儿。根据小说描写，山子附近有连绵的假山和松墙，采用了我国传统园林叠山的惯用手法，即小山用石，大山用土。当然石山并非全部用石，兼用薄土以植树；土山也非全土，兼用石块堆砌。松墙为两边密植松柏，很好地营造了障景，挡住游人视线又不是很高，可使人看到园中的无限美景，增加了入口处的空间层次，吸引游人的游览欲望，并且成为贯穿花园南北的主要通道，始于花园的正入口，止于隔墙处的花园角门，牵引着游踪。传统古典园林建筑十分讲究"衔山抱水建来精"，西门府花园中水系空间占据了花园一定比例，小说中有很多描写水的文字。从小说第十九回对花园的描写和第三十六回蔡状元看见西门庆家花园有园池花馆，都与水有关。第二十九回描写花园大卷棚聚景堂，便是"楼台倒影入池塘，水晶帘动微风起"（高骈《山亭夏日》）之美景，第三十回西门庆及其家人于花园大卷棚聚景堂内欣赏荷花，更说明大卷棚前面或者周边定有水池，才能楼台倒影池塘，并种植荷花以供夏季欣赏。第四十九回中蔡御史在董娇儿的扇面上题诗中有"小院闲庭寂不哗，一池月上浸窗纱"[1]，说明两卷棚及山子之前当为水景，大卷棚前为方池，小卷棚前有曲水。除了这两处外，据崇祯本绣像插图，可知藏春坞前面有很大的水域，当是堆砌山子假山时挖土而成的水坑，最终成为连通着大小卷棚的曲水方池。作者巧用园林各要素，紧密了园中建筑与水的关系，使之发挥最优观景效果。

在西门府花园中，潘金莲房与李瓶儿房位于花园的最北端，又有围墙与山子花园相隔。根据小说描写，花园西北角有叠翠楼，书中人物常在此赏黄菊秋景。而于叠翠楼东侧的墙边李瓶儿房（玩花楼）往外眺望，可欣赏院内景色及山子附近的滴翠山丛、花木丛等。第五十二回，小玉和玉楼走到芭蕉丛下，金莲便从旁边雪洞儿里钻出来。而藏春坞与雪洞相连，它们在原著中频繁出现，是山子花园中重要景点。潘金莲房在瓶儿房并排东侧，其前为燕游堂与风亭。花园的中间是水池，水池西南边是临溪馆，东南边分别是大卷棚聚景堂与小卷棚翡翠轩。第六十一回，西门庆吩咐仆人在花园大卷棚聚景堂内布置看馔果酒，这里成了合家宅眷庆赏重阳之处。应伯爵与常峙节到西门庆家，西门庆让他们在前面的小卷棚内坐，"且说西门庆到于小卷棚翡翠轩，只见应伯爵与常峙节在松墙下正看菊花。"[2]

---

[1]　兰陵笑笑生著，刘辉、吴敢辑校：《会评会校〈金瓶梅〉》，香港：天地图书有限公司，1998年版，第968页。

[2]　兰陵笑笑生著，刘辉、吴敢辑校：《会评会校〈金瓶梅〉》，香港：天地图书有限公司，1998年版，第1212页。

079

下编　《金瓶梅》植物景观、图文及其文化研究

小卷棚翡翠轩位于花园的入口处，且在大卷棚聚景堂的前面，大卷棚是西门庆家庆祝节日或者聚会的场地，建筑体量当大于小卷棚。葡萄架位于小卷棚翡翠轩的前面，如第二十七回，作者便描写"端的好一座葡萄架"。木香亭在碧池附近，即小卷棚翡翠轩之后，大卷棚聚景堂之前。松墙与小卷棚之间是木香棚与荼蘼架，这两处园林小品是因植物而得名。这类山环水绕的园林布局生动地体现了某些江南园林的特色，而其中生长着的植物也带有一定的南方色彩。

综上，西门府园林是明显的私家园林建制，虽然在馆阁亭榭的布局上有明宫后苑的影子，具有皇家园林的某些风格，还有四季如春的风景，仿似幻化之园，但它本质上却属于明代官绅重金打造、精心堆砌的世俗之园，在山水、建筑布局上颇有讲究。

三、花园植物景区布局及其季相、配置等特征

本部分以崇祯本《金瓶梅》中的西门府花园为例，进一步重点考察其四季植物景观布局及其造景艺术，同时引入"景区"概念，首次想象还原其花园植物景观，并划分为赏菊区、水生植物区、松柏区、百花区等四大植物景区，借此审视西门府花园四时美景并置的理想造园风格，以及缤纷多彩的四季季相特征，考察其植物配置上表现的私密性、区块性、多样性等特点，进而展现古典文学创作中的植物文化与园林美学内涵。

（一）花园植物景区布局

中国古典园林向来崇尚自然，一直很重视植物景观的营造。据记载，西汉上林苑中有名果异树三千余种，古书中描写张伦造的景阳山"高林巨树，足使日月蔽亏；悬葛垂萝，能令风烟出入"[1]，明代造园大师计成强调园林要"收四时之烂漫"，以"梧荫匝地，槐荫当庭；插柳沿堤，栽梅

---

[1] 杨衒之著：《洛阳伽蓝记》，北京：中华书局，2020年版，第70页。

绕屋；结茅竹里"（《园冶·园说》）[1]，清代陈淏子谓"有名园而无佳卉，犹金屋之鲜丽人"（《花镜》）[2]，皆见出他们对园林植物的重视程度。小说中的西门府花园植物繁茂，四季如春，主要景区有前述**花圃东区、花圃北区、花圃南区、亲水区、雪洞区**等五个区块，书中许多精彩场景便与其中的植物密切相关，故可进一步进行花园植物景区的划分。

植物是造园的基本要素，作者精心安排植物入文，巧借植物展开故事情节，对植物的重视程度很高。西门府花园虽为私家园林，为满足园主及其妻妾游乐需要，其植物空间主题鲜明，基本可分为三大层次，以竹子等高大竹木类形成的郁闭度极高的顶界面，是小说中描写较少的第一层空间，林下则是一片疏朗清旷之景；第二层是以梅花、桂花和一些中型植物形成的中层空间；第三层是荷花以及草灌木等植物的下层空间。若以植物来划分西门府花园景区，则主要有赏菊区、松柏区、百花区、水生植物区等四大郁郁葱葱又疏朗自然的植物景区。

1. 赏菊区

西门府花园的赏菊区（见图2）主要坐落于叠翠楼、藏春阁与翡翠轩等处。菊花，菊科，菊属，多年生宿根草本植物，自古与梅兰竹并称"花中四君子"，据载，中国栽培菊花历史已有3000多年。《礼记·月令篇》："季秋之月，鞠（菊）有黄华"，说明菊花是秋月开花，时为野生种，花是黄色的。晋朝陶渊明爱菊成癖，他写过不少咏菊诗句，如"采菊东篱下，悠然见南山"（《饮酒》其五）等名句，至今脍炙人口。当时士大夫慕其高风亮节，亦多种菊自赏，并夸赞菊花是"芳熏百草，色艳群英"（王叔之《兰菊铭》）。明朝栽菊技术进一步提高，菊花品种又有所增加，菊谱也多了

---

[1] 计成著：《园冶》，南京：江苏凤凰文艺出版社，2015年版，第18页。

[2] 陈淏子辑，伊钦恒校注：《花镜》，北京：农业出版社，1962年版，第44页。

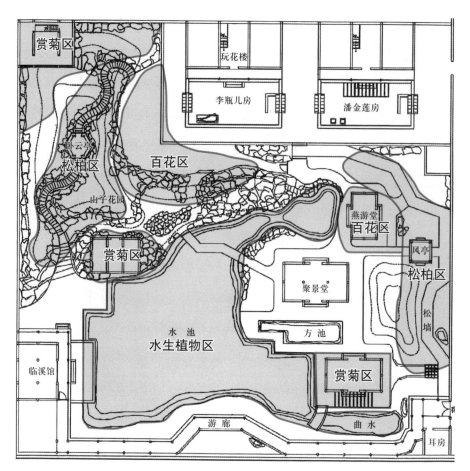

图 2　西门府花园植物景观分区图

起来。在黄省曾的《菊谱》中，记载了 220 个菊花品种，李时珍的《本草纲目》和王象晋的《群芳谱》对菊花都有较多记载。《群芳谱》对菊花品种作了综合性研究，记有黄色 92 个品种，白色 73 个品种，紫色 32 个品种，红色 35 个品种，粉红 22 个品种，异品 17 个品种，共计 6 类、271 个品种。[1]

西门府花园的赏菊区主要坐落于叠翠楼、藏春阁与翡翠轩等地。如前述，叠翠楼有"黄菊舒金"，小卷棚翡翠轩松墙下有"各样有名的菊花""摆放二十盆，都是七尺高"，如有"大红袍、状元红、紫袍金带、白粉西、黄

---

[1]　王象晋著：《御定广群芳谱群芳谱》，钦定四库全书荟要。

粉西、满天星、醉杨妃、玉牡丹、鹅毛菊、鸳鸯花"[1]，藏春阁书房明间内，摆设着"各色菊花"。叠翠楼、藏春阁与翡翠轩此三处虽相距甚远，然皆有名菊可赏，室内的菊花盆栽清新雅致，烘托出"琴书潇洒"的氛围，屋外菊花品多且珍，突显出西门家的富贵奢华。

2. 松柏区

西门府花园的松柏区（见图 2）主要位于山子花园卧云亭及各处游廊一带，山子附近有连绵的假山和松墙，松墙两边密植松柏，并成贯穿南北的植物围墙，它始于花园的正入口，止于隔墙处的花园角门，成为花园的主要通道。小说中多处提及它："这春梅又押着他，在花园山子底下，各处花池边，松墙下，寻了一遍，没有。""月娘邀请堂客在后边卷棚内，由花园进去，两边松墙竹径，周围花草，一望无际。""顺着松墙儿到翡翠轩。""应伯爵走到松墙边。""三人吃了茶，出来外边松墙外各花台边走了一道。""且说西门庆到于小卷棚翡翠轩，只见应伯爵与常峙节在松墙下正看菊花。"西门府花园中的翠竹苍松相映成趣，松墙竹径相得益彰，游廊、石阶等道路两侧的松柏成荫，形成天然的游线与围栏，往往引导故事展开，成为小说人物的活动场所，以及情节展开的特定舞台。

3. 百花区

百花区（见图 2）主要集中在玩花楼下与燕游堂周围，靠近李瓶儿与潘金莲的住所，此处植物主要有木香、牡丹、芍药、蔷薇、芭蕉、金灯花、凤仙花等，形成了以红色调为主、绿色调为辅的区块："见楼前牡丹花畔芍药圃、海棠轩、蔷薇架、木香棚，又有耐寒君子竹，欺雪大夫松。"[2]

[1] 兰陵笑笑生著，刘辉、吴敢辑校：《会评会校〈金瓶梅〉》，香港：天地图书有限公司，1998 年版，第 1212 页。

[2] 兰陵笑笑生著，刘辉、吴敢辑校：《会评会校〈金瓶梅〉》，香港：天地图书有限公司，1998 年版，第 409 页。

下编 《金瓶梅》植物景观、图文及其文化研究

数目不等的花卉植株组合成丛，成为园林中的花境，如有以一、二年生花卉为主，配以球根花卉，多年生花卉及木本植物，成为视觉焦点处。潘金莲戏调其婿，借着花枝传情，便是发生在离潘楼较近的百花区，第十一回，西门庆、金莲、玉楼三人下棋，潘金莲输了，"（她）把棋子扑撒乱了，一直走到瑞香花下，倚着湖山，推掐花儿"[1]，发生的地点就是在湖山边瑞香花丛中。第八十二回作者描写陈敬济与金莲偷情也在百花区："（敬济）走木槿花下，摇花枝为号，不听见里面动静，不免踩着太湖石，扒过粉墙去。"[2]草花往往与藤蔓、乔灌配植，百花区植物的共同点就是香、艳，很能代表书中女性的特质。

4. 水生植物区

传统造园理论中有"无水不成园"之说，强调了水体在园林中的重要地位。在建筑布局上，以山体为中心的建筑群必须形成外向型空间，而水面是内向布置依赖的，内向规模不能过大，需与外向空间兼顾，共同成为营造良好景观效果的手段。据笔者推测，《金瓶梅》中的水体区块约占总面积的五分之一左右，大小合适，且整座花园以水贯通，缀以植物景观群落，更显灵动活泼。同时，园林绿地中的各类水体不论是主景、配景还是点缀，无一不是借助植物来丰富景观，如水边宜群植，不宜孤植，忌所有植物处于同一水平面，关注林冠线变化，做到高低错落、疏密有致，在树丛间留出透景线，引导游览者到水边欣赏开阔的水景、倒影和对岸景观，故水面很有必要据其大小选择适当体量的水生植物，以丰富景观空间。考察《金瓶梅》中的相关书写，不难发现作者便是利用较少品种的水湿生植

---

[1] 兰陵笑笑生著，刘辉、吴敢辑校：《会评会校〈金瓶梅〉》，香港：天地图书有限公司，1998年版，第252页。

[2] 兰陵笑笑生著，刘辉、吴敢辑校：《会评会校〈金瓶梅〉》，香港：天地图书有限公司，1998年版，第1755页。

物配置，以达到较为理想的景观效果。

小说中的水生植物区主要地处花园中心，以临溪馆等处为观赏点，以水池为主水域，以方池与周边的曲水环绕，水生植物区也就是景区中的亲水区（见图2）。此区块最大的特色就是种植了大量的水湿生植物，小说描写："夏赏临溪馆，荷叶斗彩"（第十九回）[1]，"又早新荷贴水"（第九十七回）[2]，水中有荷莲斗彩、青蒲浮香等景致，《金瓶梅》中常见的水生植物即为荷花、青蒲等。荷花，莲科，又名莲花、水芙蓉等。荷花种类很多，分观赏和食用两大类。"接天莲叶无穷碧，映日荷花别样红"就是对荷花之美的真实写照，荷花更因其"出淤泥而不染，濯清涟而不妖，中通外直，不蔓不枝"的高尚品格，成为古往今来诗人墨客歌咏绘画的题材之一。用荷花布置水景，在中国园林中极为普遍。江南一带名园，多设有欣赏荷花风景的建筑，扬州的瘦西湖在堤上建有"荷花桥"，桥上玉亭高低错落，古朴淡雅，与湖中荷花相映成趣；岳阳金鹗山公园的荷香坊临水而建，与曲栏遥相贯通，香蒲薰风，雨中赏荷，别有一番情趣。荷花的绿色观赏期长达8个月，群体花期在2～3个月左右，尤在夏秋时节，人乏蝉鸣，桃李无言，亭亭荷莲在一汪碧水中散发着沁人清香，使人心旷神怡。青蒲，又名蒲草，水烛，香蒲科，香蒲属，水生或沼生多年草本植物。植株高大，地上茎直立粗壮，叶片较长，小坚果长椭圆形，种子深褐色，花果期6～9月。分布较广，常生长于河湖岸边沼泽地，它是一种野生蔬菜，其假茎白嫩部分（即蒲菜）和地下匍匐茎尖端的幼嫩部分（即草芽）皆可食用，清爽可口。青蒲花粉入药，称"蒲黄"，能消炎、止血、利尿，

---

[1] 兰陵笑笑生著，刘辉、吴敢辑校：《会评会校〈金瓶梅〉》，香港：天地图书有限公司，1998年版，第408页。

[2] 兰陵笑笑生著，刘辉、吴敢辑校：《会评会校〈金瓶梅〉》，香港：天地图书有限公司，1998年版，第2020页。

下编　《金瓶梅》植物景观、图文及其文化研究

而雌花当作"蒲绒",可填床枕。青蒲是中国传统的水景花卉,用于美化水面和湿地,其叶片可作编织材料,茎叶纤维可造纸。

西门府花园这类私家园林用来点缀水景的植物种类不多,配置手法也较单一,大多都是池边绿柳环绕,池中荷花飘香。水中植荷,最早可见《三辅黄图》中对琳池(淋池)的描写:"池中植分枝荷,一茎四叶,状如骈盖,日照则叶低荫根茎,若葵之冲足,名曰低光荷。"[1]唐朝华清宫中设有专门观赏荷花的芙蓉园,一直到明清,古典园林达到高峰期,园林中的水景仍然多以荷花点缀。

(二)花园植物季相特征

植物的季相[2]变化主要表现在叶、花、果及枝条在形态和色泽等方面的变化,由于植物可以凭借色彩的变化,在不同季节营造出多变的景观特色,构成多样的植物空间,故其中的植物色彩变化尤为重要。中国古典园林一直讲求"天人合一""法天象地,拟仿自然",因此在进行种植时,设计者必然会注意到自然界植物的四季变化及相应的季相特征,古代虽然没有"季相"这一说法,然而古人有时会从植物的观赏期或色彩角度指出,如计成提到借景须"切要四时",从"片片飞花,丝丝眠柳""红衣新浴,碧玉轻敲",到"醉颜几阵丹枫""木叶萧萧"(《园冶·借景》)[3],说的就是种植设计要结合植物的季相变换;《广群芳谱》开篇列十二《天时谱》,详述各月植物季相景观;古人云:"因其质之高下,随其花之时候,配其色之浅深,多方巧搭"(《花镜》)[4],这些都表明了植物的配置要

---

[1] 何清谷著:《三辅黄图校释》,北京:中华书局,2020年版,第273页。

[2] 此处植物的"季相",指的是群落中各类植物的生长发育伴随一年中气候之变化,而出现周期性之变化,从而使群落在不同季节表现出相应的外貌特征之现象。

[3] 计成著:《园冶》,南京:江苏凤凰文艺出版社,2015年版,第336页。

[4] 陈淏子辑,伊钦恒校注:《花镜》,北京:农业出版社,1962年版,第45页。

结合其季相色彩的变化，方能得到最佳效果。而《金瓶梅》中西门府花园植物构景便有巧妙的四时结构，呈现丰富的季相变化。

作者先对花园作远景式观览，随后就以四时为分段方式，对花园空间展开结构图式般的场景呈现，这其中便有园中植物于四季的流转："正面丈五高，周围二十板。当先一座门楼，四下几间台榭。假山真水，翠竹苍松。高而不尖谓之台，巍而不峻谓之榭。四时赏玩，各有风光：春赏燕游堂，桃李争艳；夏赏临溪馆，荷叶斗彩；秋赏叠翠楼，黄菊舒金；冬赏藏春阁，白梅横玉。"（第十九回）[1] 燕游堂中赏桃和李，堂以"燕游"点题，即指春之使者燕子的到来，暗示燕游堂周围可游赏春季花木；临溪馆观荷与莲，荷花为挺水植物，睡莲为浮叶植物，都在水中生长，夏季开花，馆取"临溪"为扁，就将馆与夏季、荷莲联系在一起，成为夏季赏游的主要场所；叠翠楼取名"叠翠"二字，既表示高处远眺重峦叠翠之景，同时也暗含俯瞰近处景色，秋季是赏菊的好时节，对于叠翠楼前大面积的秋菊景观，采取俯瞰的观赏效果最佳；"藏春"隐含冬天之意，表明此阁为冬天赏梅之处，题名将阁与冬梅联系起来。由此可见，这段花园的四时描写，作者是通过扁额点题的符号联想，将建筑空间与不同季相的植物景观相联系，使得"四时"成为绾合植物配置和建筑空间位置等的流动坐标。

1. 春季景观

春季景观是《金瓶梅》主要表现的花园季相景观。春天，花园沿水种植了大量的垂柳、碧桃等典型的春季观赏型乔木，花丛、花径和花篱中的棣棠花枝叶翠绿细柔，金花满树，别具风姿。茉莉花叶色翠绿，花色洁白，香味浓厚，多用盆栽，点缀室容，清雅宜人。西门府花园还有粉红为主的海棠花等季相特色极为明显的植物加以点缀，芍药、牡丹等春夏之交开花

---

[1] 兰陵笑笑生著，刘辉、吴敢辑校：《会评会校〈金瓶梅〉》，香港：天地图书有限公司，1998年版，第408-409页。

的植物也一起丰富了春季景观，以及藏春阁白梅花表现早春植物景观，使整个园子的春季可观赏性更强。因品种不同，同一种花卉也可能会有不同的颜色，如紫色系的有牡丹、芍药、瑞香；红色系的有桃、梅、蔷薇、杏、海棠、牡丹、芍药；黄色系的有棣棠、牡丹、芍药、紫茉莉；白色系的有木香、玉兰、梅花、桃、李、白梨、牡丹、芍药，结合书中描绘，可谓姹紫嫣红开遍，令人赏心悦目。

2.夏季景观

小说中体现夏季景观的植物以灌木和草本花卉为主，主要有石榴、荷花、凤仙、蔷薇和玫瑰等。其中最重要的夏季观赏花卉是荷花，它对生长环境有着极强的适应能力，不仅能在大小湖泊、池塘中摇红吐翠，甚至在很小的盆碗中亦能展现袅袅风姿，小说写道："夏赏临溪馆，荷叶斗彩"（第十九回）[1]"又早新荷贴水"（第九十七回）[2]，荷花柔嫩光洁，宜种在近水阁、轩堂等建筑的向南水面中，游人可藉此享受微风送来的阵阵荷香，又可欣赏到荷叶晨露的晶莹水珠。

同时，花园中荷柳并栽成其特色。小说多处刻画了园中的绿柳，夏季池中荷叶斗彩，这让人想到了刘鹗《老残游记》中的名句："四面荷花三面柳，一城山色半城湖"[3]，春暖柳絮纷飞，小荷才露尖角，夏来长柳绕堤，荷香满池。事实上，在园林中十分注重植物色彩上的对比运用，春秋宜用暖色花卉，承载乍寒天地，夏季则宜冷色花卉，引起凉爽联想。由于植物本身生长特性的限制，冷色花品种相对少，这时可用中性花来代替，例如白色、绿色也属中性色，故夏季园林往往以绿树浓荫为主。而水岸边轻舞

[1] 兰陵笑笑生著，刘辉、吴敢辑校：《会评会校〈金瓶梅〉》，香港：天地图书有限公司，1998年版，第408页。

[2] 兰陵笑笑生著，刘辉、吴敢辑校：《会评会校〈金瓶梅〉》，香港：天地图书有限公司，1998年版，第2020页。

[3] 刘鹗著：《老残游记》，西安：三秦出版社，2016年版，第11页。

的长长绿柳，水中挺立的淡淡鲜荷，这一柳荷并栽的典型配置更成为小说表现季相景观的重要手法之一。

中国园林在配置植物时还注意层次的变化，以形成远近高低不同的丰富景观。第十九回："松墙竹径，曲水方池；映阶蕉棕，向日葵榴"[1]，此处便将多种植物搭配种植，既增加了植物的种类，也凸显了植物层次，增加了夏季植物景观的可观赏性，见出作者注重植物间的相互搭配，藉此达到最佳观赏（阅读）效果。

此外，花园中还有艳丽的凤仙花，如第八十二回："春梅便叫：'娘不知今日是头伏，你不要些凤仙花染指甲？我替你寻些来。'妇人道：'你那里寻去？'春梅道：'我直往那边大院子里才有，我去拔几根来。娘叫秋菊寻下杵臼，捣下蒜。'"[2]凤仙花花期有 6～8 月，属一二年生草本，在我国栽培历史悠久，是典型的夏季观赏花卉。李时珍曾提及"女人采其（凤仙花）花及叶包染指甲"，屈大均录有民歌："指甲花连指甲草，大家染得春纤好"。到清代，富察敦崇《燕京岁时记》记述北京风俗，五月里有一条"染指甲"，就是指等五月凤仙花开放，"闺阁儿女取而捣之，以染指甲，鲜红透骨，经年乃消"[3]。可以说，凤仙花不仅是园林艳姝，也是闺阁宠儿。

3. 秋季景观

小说体现秋季季相特色的植物主要是菊花、梧桐、银杏等。在《金瓶梅》的诗词中经常出现梧桐："大风刮倒梧桐树，自有旁人说短长"[4]"梧

[1] 兰陵笑笑生著，刘辉、吴敢辑校：《会评会校〈金瓶梅〉》，香港：天地图书有限公司，1998 年版，第 409 页。

[2] 兰陵笑笑生著，刘辉、吴敢辑校：《会评会校〈金瓶梅〉》，香港：天地图书有限公司，1998 年版，第 1752 页。

[3] 富察敦崇著，王碧滢、张勃标点：《燕京岁时记》，北京：北京出版社，2018 年版，第 91 页。

[4] 兰陵笑笑生著，刘辉、吴敢辑校：《会评会校〈金瓶梅〉》，香港：天地图书有限公司，1998 年版，第 646 页。

桐叶落，满身光棍的行货子"[1]"单道这秋天行人最苦：'栖栖芰荷枯，叶叶梧桐坠。蛩鸣腐草中，雁落平沙地。细雨湿青林，霜重寒天气。不见路行人，怎晓秋滋味。'"[2] 梧桐树入秋凋落最早，故有"梧桐一叶落，天下尽知秋"之说，很早就被当作秋季的代表树种，在古典诗词中也多用来表现和秋天有关的意象，如白居易《长恨歌》："春风桃李花开日，秋雨梧桐叶落时"，李煜《相见欢》："无言独上西楼，月如钩，寂寞梧桐深院锁清秋"等。银杏，又称白果树、公孙树，银杏科，银杏属，落叶乔木。作为落叶大乔木，银杏的胸径可达4米，一般4月开花，10月成熟，种子具长梗，下垂，常为椭圆形、长倒卵形、卵圆形或近圆球形。种皮肉质，被白粉，外种皮肉质，熟时黄色或橙黄色。[3] 小说第十九回载藏春阁后面："白银杏半放不放。"[4] 秋季，银杏叶片由绿转黄，满树金黄，迎风招展。而叠翠楼有"黄菊舒金"，黄菊，即黄色的菊花，又称黄花、帝女花、九华等，菊科，菊属，通常在深秋盛开，此时自然界百花始凋，凌霜怒放的菊花显得更加与众不同，因此赢得世人的普遍赞赏，被誉为"花中隐士"。小说中的小卷棚翡翠轩松墙下亦有"各样有名的菊花""摆放二十盆，都是七尺高"，如"大红袍、状元红、紫袍金带、白粉西、黄粉西、满天星、醉杨妃、玉牡丹、鹅毛菊、鸳鸯花"[5]，藏春阁书房明间内，摆设着"各色菊花"。室内的菊花盆栽清新雅致，烘托出"琴书潇洒"的氛围，屋外

[1] 兰陵笑笑生著，刘辉、吴敢辑校：《会评会校〈金瓶梅〉》，香港：天地图书有限公司，1998年版，第1101页。

[2] 兰陵笑笑生著，刘辉、吴敢辑校：《会评会校〈金瓶梅〉》，香港：天地图书有限公司，1998年版，第1933页。

[3] 陈有民编：《园林树木学》，北京：中国林业出版社，2011年版，第223-226页。

[4] 兰陵笑笑生著，刘辉、吴敢辑校：《会评会校〈金瓶梅〉》，香港：天地图书有限公司，1998年版，第409页。

[5] 兰陵笑笑生著，刘辉、吴敢辑校：《会评会校〈金瓶梅〉》，香港：天地图书有限公司，1998年版，第1212页。

菊花品多且珍，突显出西门家的富贵奢华。

4.冬季景观

冬季万物萧条，植物败落，是一个很难表现植物景观特色的季节，故作为常青树木的松柏等，更能在此时表现其伟岸身姿。西门府花园中两边密植着松柏，并成贯穿南北的"松墙"，它始于花园的正入口，止于隔墙处的花园角门，成为花园的主要通道。翠竹苍松相映成趣，松墙竹径相得益彰。山子花园不仅松柏常绿，而且冬梅飘香，小说中载："冬赏藏春阁，白梅横玉"（第十九回）[1] "等的人来，叫他唱《四节记》〔冬景·韩熙载夜宴陶学士〕。抬出梅花来，放在两边卓（桌）上，赏梅饮酒。"（第七十六回）[2]雪中白梅横玉，园中煮酒赏梅，可谓情致盎然。

总的来说，园林的四季植物主题区分是很鲜明的，并可透过植物颜色等的变化得以展现，如以花灌木塑造"春花"主题，春花类植物（桃花等）结合春天展叶发芽之树，从粉至红，由青转绿，生机勃发；以乔灌木塑造"夏荫"主题，夏花类植物（荷花等）结合乔灌木，注意点缀其他草花、小灌木来调和夏季大片的绿色；以秋叶秋果塑造"秋实"主题，秋色叶植物（梧桐等）结合秋季观果类植物，在融融秋色中体味大地的丰盛；以虬枝铁干塑造"冬干"的主题，观干、观果类植物和常绿树种（松柏等）筑起抵御寒风的第一道绿色防线。《金瓶梅》中四季景观特点也正是突出了以上传统园林植物配置中季相主题，使植物真正成为园林的主体，创造出自然季相美的主题。

---

[1] 兰陵笑笑生著，刘辉、吴敢辑校：《会评会校〈金瓶梅〉》，香港：天地图书有限公司，1998年版，第409页。

[2] 兰陵笑笑生著，刘辉、吴敢辑校：《会评会校〈金瓶梅〉》，香港：天地图书有限公司，1998年版，第1587页。

（三）花园植物配置特征

西门府花园四季植物景观书写既有季相流动之美，又有功能分区之巧，可概括为私密性、区块性和多样性等三方面配置特色。

其一，私密性。作为私家庭院，一般对其植物景观配置与功能要求以创造私密性、营造良好气氛、满足居住功能为主。园中松墙两边密植松柏，很好地营造了障景，挡住游人视线又不是很高，可使人看到园中的无限美景，增加入口处的空间层次，吸引游人的游览欲望，又创造了一定的半遮蔽空间隐秘性。又如，第二十七回径以"李瓶儿私语翡翠轩，潘金莲醉闹葡萄架"为章回名，紧紧围绕隐蔽与半隐蔽植物空间展开故事，花架花棚相连，形成了大大小小的障景，用以隔离视线。

其二，区块性。西门府花园通过道路水系串联基本游赏区块，每个区块均有各自的功能和观赏要点，组成一个美轮美奂的精妙园林。园内竹林环绕，四季苍翠，上述园中的燕游堂、临溪馆、叠翠楼与藏春阁等景点，共同构成了不同时节赏景之区，即赏菊区、水生植物区、松柏区、百花区等四大郁郁葱葱又疏朗自然的植物景观分区，可以说，花园的区块性特点相对显著。

其三，多样性。花园植物配置的多样性集中反映在多样性配置手法上，譬如荷柳并栽、注意色彩搭配等成其特色。西门府花园中随处可见绿柳，春暖柳絮纷飞，夏来长柳绕堤，荷香满池。这一柳荷并栽的典型配置成为小说表现季相景观的重要手法之一。还有园中植物色彩的对比，春秋多暖色花卉，夏季则宜冷色花卉，还可用白、绿等中性色花来代替冷色花卉，故夏季园林常绿树浓荫，这也在小说中得到完美展现。

同时，书中园林在配置植物时还注意层次的变化，如"松墙竹径，曲水方池；映阶蕉棕，向日葵榴"等，以形成远近高低不同的丰富景观，此处便将多种植物搭配种植，凸显了植物层次，增加了夏季植物景观的可观赏性。《金瓶梅》中的植物缸植盆栽瓶插也是一大特色，它们意态纷呈，或置案头，或摆墙角，使得桃柳迎春、风荷并举、芙菊斗香之景，室内外皆可呈现，美不胜收。

西门府花园植物配置具有丰富的文化意涵。小说中多处涉及潘金莲置身各类花丛而展开的故事情节，作者通过描绘金莲貌美如花、喜好簪花、调情玩花等情节，以桃花、榴花、瑞香等不同花卉勾勒人物表里的强烈反差，从而推动故事发展。又如芭蕉，《金瓶梅》全书共有十二幅绣像刻画了芭蕉丛，小说中的芭蕉是醒目的园林景观，点缀在建筑周围，也是极富象征意味的植物，它以其形体特色及文化沉淀，成为小说人物风流行径的遮羞叶，极具文化隐喻。还有菖蒲盆栽，小说中花子虚丧期未过，西门庆就开始谋划迎娶李瓶儿之事，两人迫不及待地要定好最后念经除灵的日子，而在该回绣像右下角大缸中，栽种着暗示季节的菖蒲，带有《诗经·陈风·泽陂》"彼泽之陂，有蒲与荷"[1]之传统韵味。此外，西门府花园植物整体配置上会选择具有良好寓意的品种，并注重细节搭配与植物风水定位等，如玉兰、海棠、牡丹等组成"玉堂富贵春"，蕴含着美好的寓意。石榴花开妍丽，在小说中出现多达 22 次，作者不仅巧借榴花点明时令背景，还带有多子多福的象征意涵，如第五十三回，石榴与"宜男"的萱草并用，反映多生男孩的传统愿望。凡此种种，详见下节。

四、结语

西门府庭院植物景观布局经典而永恒，包含西门府庭院总体布局、花园山水建筑布局、花园植物景区布局及其季相、配置等特征，作者不仅细致刻画园中植物景观，造景鲜明，收纳园林四时季相之美于结构图式场景书写中，还可分出赏菊区、水生植物区、松柏区、百花区等四大典型功能区，

---

[1] 程俊英、蒋见元著：《诗经注析》，北京：中华书局，1991 年版，第 383 页。

在植物配置上具有私密性、区块性、多样性等特征。作者借由造景、分区等叙事策略，实现与真实造园的对应叠合，并进一步藉由意涵丰富的植物意象，共同产生深远的文化影响。

如果说园林作为"少数人的占有最终发展为多数中国人的情结，积淀为远远超越于楼台亭阁、砖瓦草木之上的文化风景"[1]，那么此类永恒文化风景的形塑必然不可或缺的就是园林植物景观部分。对于小说中的"纸上园林"而言同样如此，优秀的植物景观书写也是成就经典文学书写的不朽力量。《金瓶梅》正是通过巧构四时之景与四区之境，使得笼罩着悬想虚构的园中景观汇合形成书中人物的活动场所、情节展开的特定舞台与情感所聚的文化空间，也使得西门府花园成为后世小说园林景观布局书写的先驱与典范，并跨过历史的长河，最终积淀成影响至今的永恒纸上景观与珍贵文化记忆。

第二节　绣像植物景观及文化分析

一、植物景观与文化隐喻

《金瓶梅》是一座蕴含丰富植物文化隐喻的"大观园"，作者极其善于在植物书写中传达其景观文化与隐喻功能。同时，我们辅以小说绣像所呈现的图像，可进一步审视其绣像植物景观及文化内涵。

首先，作者巧借植物话题引出弦外之音，如小说中王婆曾采取隐喻的话语诱导西门庆："大官人，吃个梅汤？"[2]"大官人，吃个和合汤？"[3]等，

---

[1] 文韬：《从"以文存园"到"纸上造园"——明清园林的特殊文学形态》，《文学遗产》2019 年第 4 期。

[2] 兰陵笑笑生著，刘辉、吴敢辑校：《会评会校〈金瓶梅〉》，香港：天地图书有限公司，1998 年版，第 105 页。

[3] 兰陵笑笑生著，刘辉、吴敢辑校：《会评会校〈金瓶梅〉》，香港：天地图书有限公司，1998 年版，第 106 页。

其中便包含了梅子、茶等饮食类植物，梅汤隐喻为王婆想给西门大官人做个媒，而和合汤是古代新婚夫妇所喝的甜蜜茶汤，喝汤之句可谓点到了西门庆的心窝窝里了。同时，据前述，还有以植物带出丰富象征寓意的巧妙安排。西门府花园中的葡萄及其藤架，不仅是某些故事发生的背景环境，而且在小说中是女性的象征，隐喻着西门庆众多妻妾的争宠。葡萄，我国古代曾叫蒲陶、蒲萄等，最早有关葡萄的文字记载见于《诗经·豳风·七月》："六月食郁及薁，七月亨葵及菽。八月剥枣，十月获稻。为此春酒，以介眉寿。"[1] 反映了殷商时人就已采集并食用各种野葡萄，并以其为延年益寿的珍品。在漫长的历史发展中，不乏文人墨客对葡萄赞美与描述的诗句，葡萄还成为常见的传统吉祥图案，因其种下一颗籽，却可长出成千上万的葡萄，预示"多子多福""一本万利"。在《圣经》中，葡萄藤是洪水过后诺亚种下的第一颗植物，其象征意义在西方基督教中随处可见。在古代近东地区，葡萄藤是自然界繁荣多产的最古老象征，是代表精神生活和生命再生的重要符号。《金瓶梅》第二十七回，潘金莲醉闹葡萄架，有一幕西门庆与潘金莲在葡萄架下的性虐场景，金莲更因此差点丧了性命。有关金莲葡萄架受辱，小说中该回目有很多情色描写细节，而为暗示人物性格、生活处境，以及世态人情的变化，凸显潘金莲为了争宠取悦主子而甘受其辱，绣像则把大面积空间留给了葡萄架，并不刻意放大书中的情色场景，成就了文本与绣像的精彩对话，植物空间叙事的作用被进一步提升。

此外，雪梨这一传统水果也在绣像中反复出现，成为串联故事情节、以物性喻人性的植物。雪梨，蔷薇科，梨属，一种能治风热、润肺降火的美味水果，李时珍谓"梨"又名："快果、果宗、玉乳、蜜父。"[2]《金瓶梅》

[1] 程俊英、蒋见元著：《诗经注析》，北京：中华书局，1991年版，第413页。

[2] 李时珍著，任犀然编著：《全彩图解〈本草纲目〉》，北京：北京联合出版公司，2015年版，第286页。

第四、五回的绣像中结合人物，对其有生动的刻画（见图）[1]。

第四回
赴巫山潘氏幽欢　闹茶坊郓哥义愤

第五回
捉奸情郓哥定计　饮鸩药武大遭殃

据第四回："那小厮（郓哥）生得乖觉，自来只靠县前这许多酒店里卖些时新果品，时常得西门庆赏发他些盘缠。其日正寻得一篮儿雪梨，提着绕街寻西门庆。……郓哥道：'贼老咬虫，没事便打我！'这婆子一头叉，一头大栗暴，直打出街上去。把雪梨篮儿也丢出去，那篮雪梨四分五落，滚了开去。"[2] 以及第五回："话说当下郓哥被王婆打了，心中正没出气处，提了雪梨篮儿，一迳（径）奔来街上寻武大郎……郓哥道：'我对你说，我今日将这篮雪梨，去寻西门大官，一地里没寻处……'"[3] 可知，阳谷县卖梨小贩郓哥为向西门大官人讨要好处，被王婆打出街去，心头愤愤不

---

[1] 本书所附绣像图片皆来自于兰陵笑笑生著，刘辉、吴敢辑校：《会评会校〈金瓶梅〉》，香港：天地图书有限公司，1998 年版。

[2] 兰陵笑笑生著，刘辉、吴敢辑校：《会评会校〈金瓶梅〉》，香港：天地图书有限公司，1998 年版，第 144-145 页。

[3] 兰陵笑笑生著，刘辉、吴敢辑校：《会评会校〈金瓶梅〉》，香港：天地图书有限公司，1998 年版，第 150 页。

平，携私怨为武大郎出主意，定下捉奸之计，以此报复王婆。雪梨不仅是郓哥为谋生而兜售的货品，也是他借以向西门庆捞好处的道具，名为卖梨，实是揩油。雪梨本身是清热解毒的时令佳果，而在文中却成了市侩人物乘人之危、浑水摸鱼的道具，对于这些人，金钱欲望之毒已浸入骨髓，人命对他们而言微不足道。

除梅子、葡萄、雪梨等植物带有隐喻外，《金瓶梅》中的各色娇花之喻更是令人称道。张竹坡曾把《金瓶梅》誉为天下"第一奇书"，在评点中往往将各类花卉与金瓶人物进行有机比较，如论："况夫金瓶梅花，已占早春，而玉楼春杏，必不与之争一日之先，然至其时日，亦各自有一番烂熳（漫），到那结果时，梅酸杏甜，则一命名之间，而后文结果皆见……以李娇儿名者，见得桃李春风墙外枝也……若夫桂出则莲凋，故金莲受辱即在梳栊桂儿之后……其写月娘为正，自是诸花共一月：李花最早，故次之；杏占三春，故三之；雪必于冬，冬为第四季，故四之；莲于五月胜、六月大胜，故五排而六行之；瓶可养诸花，故排之以末；而春梅早虽极早，却因为莲花培植，故必自六月迟至明年春日，方是他芬芳吐气之时，故又在守备府中方显也；而莲、杏得时之际，非梅花之时，故在西门家只用影写也。"[1]张氏将植物特性、行文脉络与小说女性人物命名结合在一起评述，一语中的。

同时，小说中众人赏花是审美活动，园主人西门庆则更趋向于实用，如第二十七回，他在花园中翡翠轩卷棚内，看着小厮每日浇花，"只见翡翠轩正面前，栽着一盆瑞香花，开得甚是烂熳（漫）"[2]。可随后，"金

[1] 兰陵笑笑生著，刘辉、吴敢辑校：《会评会校〈金瓶梅〉》，香港：天地图书有限公司，1998年版，第177-182页。

[2] 兰陵笑笑生著，刘辉、吴敢辑校：《会评会校〈金瓶梅〉》，香港：天地图书有限公司，1998年版，第566页。

莲看见那瑞香花，就要摘来戴"[1]，却被西门庆拦住："趁早休动手，我每人赏你一朵罢。"[2]原来西门庆早已摘下几朵来，浸在一只翠磁胆瓶内，娇艳的鲜花簪在美人发髻间方显出其价值。文中的这朵怀浓香的瑞香（瑞香有"花之小人"之称）本身就隐喻着霸道争宠的金莲，不仅如此，小说中诸如白杨、芭蕉等乔灌木景观也有其存在的特殊意义，对此学界所论甚少，试析文化隐喻如次。

（一）《金瓶梅》白杨景观与哀逝标杆

白杨，指毛白杨，杨柳科，杨属，中国特产。喜光，要求凉爽和较湿润气候，树干灰白、端直，树形高大广阔，叶片大且绿，寿命为杨属中最长者，可达 200 年以上。[3]白杨在《金瓶梅》中不仅是植物学意义上的树木而已，而且与小说女主角的丧亡紧密相关，成为引发人们哀逝情愫的重要媒介。

白杨作为一类文学意象，与古之丧葬活动关系密切，这在先秦汉晋的诗文中有具体反映，至明清小说作品，仍然保留这一文化传统。先秦时期，在孔子堆坟葬其父母前，丧葬活动多为不封不树，即不封土堆坟，也不植树来做标识，上古的丧葬只是在野外简单积薪掩盖尸体。《周易·系辞下》言："古之葬者，厚衣之以薪，葬之中野，不封不树，丧期无数，后世圣人易之以棺椁。"[4]在孔子以后，大约春秋后期开始，封树制度逐渐形成并固

[1] 兰陵笑笑生著，刘辉、吴敢辑校：《会评会校〈金瓶梅〉》，香港：天地图书有限公司，1998 年版，第 566 页。

[2] 兰陵笑笑生著，刘辉、吴敢辑校：《会评会校〈金瓶梅〉》，香港：天地图书有限公司，1998 年版，第 566 页。

[3] 陈有民编：《园林树木学》，北京：中国林业出版社，2011 年版，第 456-457 页。

[4] 王弼注，孔颖达疏，李学勤主编：《十三经注疏·周易正义》，北京：北京大学出版社，1999 年版，第 302 页。

定下来，并且天子树松，诸侯树柏，大夫树杨，士树榆（一说"大夫树栾，士树槐，庶人树杨"），坟墓的大小和墓木品种都有一定规格，白杨树渐成中下层人的墓树（又称墓木、宰木、冢树）流行开来。后世白杨意象进入多种文学样式，直到汉代五言古诗出现，"白杨"在诗歌中正式形成了具有固定内涵的诗歌表现意象，即寄托哀思，如："驱车上东门，遥望郭北墓。白杨何萧萧，松柏夹广路""白杨多悲风，萧萧愁杀人。思还故里闾，欲归道无因"（《古诗十九首》）等，白杨与死亡、坟墓相伴，诗人借此渲染出死亡的阴沉气氛。汉代文人五言诗中出现的白杨意象，都是与死亡或坟墓相关，自此以后，挽歌、悼词、墓志中便多用白杨来寄托哀思。晋代已在挽歌辞曲中出现白杨，较为著名的代表篇目是东晋诗人陶渊明的《拟挽歌辞》其三："荒草何茫茫，白杨亦萧萧。严霜九月中，送我出远郊。四面无人居，高坟正嶕峣。马为仰天鸣，风为自萧条。幽室一已闭，千年不复朝。千年不复朝，贤达无奈何。向来相送人，各自还其家。亲戚或余悲，他人亦已歌。死去何所道，托体同山阿。"[1] 该挽歌明显受古诗《驱车上东门》的影响，不仅继承了从先秦时期开始形成，到两汉阶段定型的"白杨与死亡"的意象主题，用萧萧白杨来渲染墓地的气氛，而且诗人巧妙地以第一人称"我"，表达面临死亡的悲凉心情和对生死的思索。此种风气经由魏晋发展，南朝诗人鲍照等亦步趋其后，到唐代达到鼎盛，如诗圣杜甫有"杜曲晚耆旧，四郊多白杨"（《壮游》），诗仙李白有"古情不尽东流水，此在悲风愁白杨"（《劳劳亭歌》）、"悲风四边来，肠断白杨声"（《上留田》）等诗句，皆与汉代古诗中的白杨悲风意象一脉相承。

古代诗文中的白杨章句，代表悲怆、死亡，明清小说行文亦多以白杨

---

[1] 逯钦立辑校：《先秦汉魏晋南北朝诗》，北京：中华书局，1983年版，第1013页。

喻指死亡或坟墓，如《水浒传》第四十六回，乱坟古墓毗邻"青草白杨"："漫漫青草，满目尽是荒坟；袅袅白杨，回首多应乱冢……原来这座翠屏山，却在蓟州东门外二十里，都是人家的乱坟，上面并无庵舍寺院，层层尽是古墓。"[1]中国人的墓地一向有种植封树的传统习俗，一般而言，王公贵族大都选栽松柏类植物，而平民百姓则多种植易于扦插繁殖的白杨木，故乡间坟场多散布白杨。明清小说多运用"白杨"的特殊意涵安排小说情节，用"白杨"意象来寄托哀思，如上引《水浒传》用"漫漫青草"与"袅袅白杨"暗示该回潘巧云的惨死，用"袅袅"代替"萧萧"，暗合了女性的身份。

晚明世情小说《金瓶梅》同样用白杨来渲染墓地的气氛，主要围绕潘金莲坟前的空心白杨树来表达哀悼、怀古、叹逝等触及生死与人生的问题。在小说第八十八回中，作者先交代了庞春梅帮忙收殓了旧主潘金莲："长老不敢怠慢，就在寺后拣一块空心白杨树下，那里葬埋。已毕，走来宅内，回春梅话，说：'除买棺材装殓，还剩四两银子。'交割明白。春梅分付（吩咐）：'多有起动你二人，将这四两银子，拿二两与长老道坚，叫他早晚替他（她）念些经忏，超度他（她）生天。'"[2]可知，金莲最后埋骨之地就在"空心白杨树下"，下文又通过长老的口予以照应："敬济听了，就知是春梅在府中收葬了他（她）尸首。……长老道：'就在寺后白杨树下，说是宅内小夫人的姐姐。'这陈敬济且不参见他父亲灵柩，先拿钱纸祭物至于金莲坟上，与他（她）祭了。烧化钱纸，哭道……"[3]寺后白杨

[1] 施耐庵，罗贯中著：《水浒传》，北京：人民文学出版社，1997年版，第618页。

[2] 兰陵笑笑生著，刘辉、吴敢辑校：《会评会校〈金瓶梅〉》，香港：天地图书有限公司，1998年版，第1854页。

[3] 兰陵笑笑生著，刘辉、吴敢辑校：《会评会校〈金瓶梅〉》，香港：天地图书有限公司，1998年版，第1855-1856页。

树成为潘金莲最后的人生坐标（见图）。小说绣像呈现了陈敬济跪地祭拜旧情人金莲的画面，两人纠缠到死未能如愿，人鬼殊途，敬济最后以有情人而非女婿的身份为金莲烧纸祭奠，悲恸泣诉。图中刻画的是郊野寺庙外的一角，有枯藤老树，有小桥流水，也有阴阳相隔的断肠人儿，右侧墙边的古树其实和我们平常所见的白杨树有所不同，虬枝铁杆，完全是松树的形象，而画面左下角有垂柳依依，亦不见

第八十八回
陈敬济感旧祭金莲　庞大姐埋尸托张胜

白杨，刻工做此处理，或因忽视了文本内涵，或仅仅是为了画面的美观，当然，苍松所带出的肃穆与寺庙相合，而与白杨所蕴含的悲风哀悼显然不同，某种程度上也会影响读者透过欣赏绣像所产生的直观情绪体验，反映出文本世界和图像世界的变异。

在《金瓶梅》中，白杨有其自身很强的文本适应性，绝不是作者的闲来一笔，白杨木可作柴烧，可当屋檩栋梁，还可打家具、制成农具，可孤植、丛植、群植于建筑周围、水滨。白杨树不似在贵族园林中的花木，它生长较快，适应性强，一年四季顽强挺立在日晒雨淋中，有出身草根的潘金莲的影子，而今金莲已逝，情人徒见空心白杨，空哀时命之不可测。到小说第八十九回中，清明时节，作者描述庞春梅和孟玉楼为潘金莲上坟，文本中的白杨树作为金莲孤坟的标识，也是她悲剧人生的孤独终点："春

梅轿子来到，也不到寺，径入寺后白杨树下金莲坟前下轿，两边青衣人伺候……这春梅向前放声大哭不已。"[1]"孟玉楼起身，心里要往金莲坟上看看，替他（她）烧张纸，也是姊妹一场……玉楼把银子递与长老，使小沙弥领到后边白杨树下金莲坟上。见三尺坟堆，一堆黄土，数柳青蒿。"[2]"白杨树下金莲坟"成为读者对潘金莲人生的最后一瞥，年年岁岁人事虽不同，岁岁年年花木则相似，这棵空心的白杨树虽失去了它中央部分的木材，然而它的水分与营养传输是靠树皮，俗语道"人活一张脸，树活一张皮"，潘金莲生前淫名在外，死后仅剩这苟活的树皮，死而不僵，这就仿佛道尽了数千年来世道人情、利益情欲支配下的善恶循环，引发无限慨叹。

（二）《金瓶梅》芭蕉景观与风流遮羞

芭蕉，芭蕉科，芭蕉属，多年生高大草本植物，高可达数米，茎粗厚而柔软，叶硕大无比，秦岭淮河以南多露地栽培于庭园观赏，窗前、墙隅尤为合适。果不可食，叶、根、花可入药。[3]芭蕉景观在古代庭院中十分常见，作为构建中国古典园林意境的重要植物元素，其对园林的重要性自不待言。《金瓶梅》全书共有十二幅绣像刻画了芭蕉丛，小说中的芭蕉是醒目的园林景观，点缀在建筑周围，也是极富象征意味的植物，它以其体形特色及其文化沉淀，成为重要的园林植物景观及小说人物风流行径的遮羞叶，极具文化隐喻。

芭蕉作为多年生草本，尽管有风雨的洗礼，旧叶落了，来年仍能茁壮成长，本身亦相当坚忍不拔，更因形似男性生殖器官，颇有一定的性暗示，暗合其风流洒脱的外形。古语云："屋前不种人头果，屋后不种风流树（芭

---

[1] 兰陵笑笑生著，刘辉、吴敢辑校：《会评会校〈金瓶梅〉》，香港：天地图书有限公司，1998 年版，第 1873 页。

[2] 兰陵笑笑生著，刘辉、吴敢辑校：《会评会校〈金瓶梅〉》，香港：天地图书有限公司，1998 年版，第 1876 页。

[3] 陈有民编：《园林树木学》，北京：中国林业出版社，2011 年版，第 818 页。

蕉）"，民间传说中，芭蕉树容易招惹孤魂野鬼，属于"风流树"。小说主人公西门庆手中时常拿着一把芭蕉扇，自诩风流："西门庆手拿芭蕉扇儿，信步闲游。"（第二十九回）[1] "春梅湃上梅汤，走来扶着椅子，取过西门庆手中芭蕉扇儿，替他打扇……"（第二十九回）[2] 而崇祯版《金瓶梅》分别在第五、八、九、十、十二、十六、三十五、五十二、五十四、八十、五十八、九十等十二回目的绣像中，明显出现过芭蕉丛，

同时，这些篇章从回目标题到文本内容，皆涉及某些"奸情"，芭蕉及其硕大的叶片，可以说仿似迎风招展的风流遮羞叶，如第五十二回中，芭蕉成为绣像中遮天蔽日的硕大存在（见图）。作者在这一回目文本中多次提及芭蕉这一典型背景："西门庆倒在床上，睡思正浓。傍（旁）边流金小篆，焚着一缕龙涎，绿窗半掩，窗外芭蕉低映。潘金莲且在桌上掀弄他的香盒儿，玉楼和李瓶儿都坐在椅儿上。西门庆忽翻过身来，看见众妇人都在屋里，便道：'你每来做甚么？'"（第五十二回）[3] "惟金莲独自手摇着白团纱扇儿，往

第五十二回
应伯爵山洞戏春娇　潘金莲花园调爱婿

[1] 兰陵笑笑生著，刘辉、吴敢辑校：《会评会校〈金瓶梅〉》，香港：天地图书有限公司，1998年版，第610页。

[2] 兰陵笑笑生著，刘辉、吴敢辑校：《会评会校〈金瓶梅〉》，香港：天地图书有限公司，1998年版，第611页。

[3] 兰陵笑笑生著，刘辉、吴敢辑校：《会评会校〈金瓶梅〉》，香港：天地图书有限公司，1998年版，第1031页。

山子后芭蕉深处纳凉。因见墙角草地下一朵野紫花儿可爱，便走去要摘。不想敬济有心，一眼睃见，便悄悄跟来……"（第五十二回）[1] "金莲道：'他刚才袖着，对着大姐姐不好与咱的，悄悄递与我了。'于是两个坐在芭蕉丛下花台石上，打开分了。"（第五十二回）[2] "那小玉和玉楼走到芭蕉丛下，孩子便躺在席上，登手登脚的大哭，并不知金莲在那里。"（第五十二回）[3] "李瓶儿道：'是刚才他大妈妈见他口里吮李子，流下水，替他围上这汗巾子。'两个只顾坐在芭蕉丛下，李瓶儿说道：'这答儿里倒且是荫凉，咱在这里坐一回儿罢。'"（第五十二回）[4] 可见，芭蕉是第五十二回展开故事情节的重要景观背景之一，无论是西门庆与众妾的各怀心思，还是金莲与敬济的暗度陈仓，在浓荫芭蕉下上演了所有的隐晦，遮住了不可告人的心思与行径，也为日后官哥惨死埋下了伏笔。

同时，如第五、十六、三十五、五十四、八十、九十回等，无论从回目题名、绣像画面，还是具体文本，皆围绕小说人物的风流成性展开，而这些绣像无一例外地在图像醒目处描刻了芭蕉景观（见图）。

从种植方式看，绣像芭蕉既有丛植，也有片植、配植。不同的种植模式和搭配方式形成芭蕉的审美风格是截然不同的，"丛植"是园林中最常见的芭蕉种植方式，在庭前院落或窗前屋后，栽植几簇，与建筑门窗掩映成趣，更能体现出芭蕉淡雅秀丽的姿态。绣像中那几株芭蕉丛植于墙根屋角，粉墙既是婆娑蕉叶的背景，又是柔软枝叶的依托，而"片植"芭蕉指

[1] 兰陵笑笑生著，刘辉、吴敢辑校：《会评会校〈金瓶梅〉》，香港：天地图书有限公司，1998 年版，第 1044 页。

[2] 兰陵笑笑生著，刘辉、吴敢辑校：《会评会校〈金瓶梅〉》，香港：天地图书有限公司，1998 年版，第 1045 页。

[3] 兰陵笑笑生著，刘辉、吴敢辑校：《会评会校〈金瓶梅〉》，香港：天地图书有限公司，1998 年版，第 1046 页。

[4] 兰陵笑笑生著，戴鸿森校点：《金瓶梅词话》，北京：人民文学出版社，1985 年版，第 682 页。

第五回
捉奸情郓哥定计　饮鸩药武大遭殃

第十六回
西门庆择吉佳期　应伯爵追欢喜庆

第三十五回
西门庆为男宠报仇　书童儿作女妆媚客

第五十四回
应伯爵隔花戏金钏　任医官垂帐诊瓶儿

种植小片蕉林，营造蕉坞场地氛围。栽植大片蕉林以体现芭蕉的清幽，古

代士大夫多喜如此。同时，结合绣像中所呈现的芭蕉，它们不仅与园林中

房屋、假山、水体、小品等构筑成景，也能跟其他植物搭配栽植，组合成

第八十回
潘金莲售色赴东床　李娇儿盗财归丽院

第九十回
来旺偷拐孙雪娥　雪娥受辱守备店

景，如："刷刺刺漫空障日飞来，一点点击得芭蕉声碎。"（第六回）[1]"萧萧庭院黄昏雨，点点芭蕉不住声。"（第八十三回）[2]"槐阴庭院，静悄悄槐阴庭院，芭蕉新乍展。"（第七十五回）[3]芭蕉成为最佳的庭院氛围烘托者。

从文化隐喻看，蕉叶乃是天然的植物遮羞布。芭蕉的果实与男性生殖器官颇为形似，《南方草木状》录其别名为"巴苴"，《本草纲目》说苴乃由蕉的转音而来，郭沫若先生曾作《释祖妣》一文，考证甲骨文的"祖"（即"且"，指已故男祖先）、"妣"（即"匕"，指"祖"的配偶）二字为"牝牡之初字"，"且"是"牡器"的"象形"，即照着男根的样子

[1] 兰陵笑笑生著，刘辉、吴敢辑校：《会评会校〈金瓶梅〉》，香港：天地图书有限公司，1998 年版，第 170 页。

[2] 兰陵笑笑生著，刘辉、吴敢辑校：《会评会校〈金瓶梅〉》，香港：天地图书有限公司，1998 年版，第 1762 页。

[3] 兰陵笑笑生著，戴鸿森校点：《金瓶梅词话》，北京：人民文学出版社，1985 年版，第 1098 页。

画出来的。郭先生的说法产生了很大影响，此后考古学家们沿用了这一定名，把出土的男根模拟物都称为"祖"，按照不同的材质分别叫作"陶祖""石祖""铜祖""瓷祖"，现在"祖"已经成为一个专门的器物学术语，说明此类物件在考古发现上有很多。这在上古属于生殖崇拜范畴，稍近便更突出其实际功用。李时珍把芭蕉归于"隰草"，所谓"隰"，意即低湿之地，屈大均则言芭蕉"柔脆不坚"，本质更接近草多一些，指出芭蕉属于"草之大者"，而不是"木"。嵇含《南方草木状》记述众多珍奇植物，而芭蕉位列第一位，古来众多学者皆认为芭蕉最可爱之处便在于叶片，事实上，芭蕉的叶子是植物中叶片最大的，象征着兴盛繁茂，配上假山，几乎就是富贵人家庭院的代名词，寓意着"家大业（叶）大"，象征家族像芭蕉叶一样茂盛兴旺。上述《金瓶梅》数幅绣像，多在刻画男女的偷香窃玉，硕大无朋的蕉叶随风摇曳其间，仍然无法完全遮掩住富贵人家的诸种不堪。

概之，《金瓶梅》中的白杨与小说女主角的丧亡紧密相关，是引发人们哀逝情愫的重要媒介，而芭蕉是极富象征意味的植物，它以其体形特色及其文化沉淀，成为小说人物风流行径的遮羞叶。纵观整部小说，不仅植物景观丰富，而且文化隐喻丰厚。

二、盆景瓶花与文化意涵

盆景与瓶花都属于供人观赏的植物造型艺术品，历来被赋予独特的文化意涵。一般而言，盆景以植物（树、花等）、石为基本材料，在盆中组合成自然景观，其源于中国，早在汉代就出现了供欣赏的盆栽，唐宋盆景以木本植物与石组合的作品最为出色，元代流行小型盆景，明代盆景更为诗情画意，成为书斋常见的清供。同时，瓶花艺术，亦源于汉代，魏晋佛前供花盛行，唐宋以瓶插花颇为流行，张谦德言及晚明文士"幽栖逸事，瓶花特难解"（《瓶花谱》），时人对于瓶花的推崇达到高峰。观其时高士人物图，无不出现瓶花细节，画中人物常与莲花、梅花等相伴。除了日

常居室插花外，还有一类属于堂供之花，这种特殊的插花形式主要是在春节、端午等重要传统节日时出现，颇具礼仪性与象征性。《瓶花谱》谓："堂厦宜大，书室宜小。"[1] 故而在华堂广厦处安置的瓶花，往往采用贵重大气的瓶器，使其形式上更为隆重，文化内涵上更为丰富。

崇祯本《金瓶梅》中有大量绣像都点缀有盆景与瓶花，如菖蒲盆栽、花竹盆景等，它们或在案头，或置墙角，意态纷呈，反映出晚明世家大族的宅院内，盛行于居室各处以鲜花插瓶装饰的风气，这也使得桃柳迎春、风荷并举、芙菊斗香，皆可为室内之景，美不胜收。

（一）菖蒲盆栽与民俗文化

江南一带的端午风俗是家家户户要插艾草、菖蒲，欧阳修曾描绘端午吃多角粽、饮菖蒲酒、沐香花浴的风俗："正是浴兰时节动，菖蒲酒美清尊共"（《渔家傲·五月榴花妖艳烘》），菖蒲属植物十分适宜插花和做盆景，尤其端午清供，菖蒲为必备花材。

古书所载"菖阳"，即菖蒲，别名石菖蒲、水菖、溪荪、兰荪等，属天南星科菖蒲属多年生草本植物。菖蒲喜生于沼泽溪谷边或浅水中，耐寒性不甚强，它与兰花、水仙、菊花并称为"花草四雅"。[2]《本草纲目》载："菖蒲，乃蒲类之昌盛者，故曰菖蒲。"[3] 菖阳栽培史久远，《礼记·月令》："冬至后，菖始生；菖百草之先生者也，于是始耕。"古人也常以菖蒲作为诗赋吟咏的对象，如杜甫《建都十二韵》："风断青蒲节，碧节吐寒蒲。"释道潜《菖蒲颂》："文石相并，涵蓄（含蓄）清漪，根盘九节，霜雪不

[1] 张谦德、袁宏道著：《瓶花谱·瓶史》，南京：江苏凤凰文艺出版社，2016年版，第12页。

[2] 董丽、包志毅著：《园林植物学》，北京：中国建筑工业出版社，2012年版，第312页。

[3] 李时珍著，任犀然编著：《全彩图解〈本草纲目〉》，北京：北京联合出版公司，2015年版，第210页。

槁，置之幽斋，永以为好。"陆游《谢吴公济菖蒲》："翠羽纷披一尺长，带烟和雨过画堂。"菖蒲纤纤挺立，姿态秀美，古来文人常将其作为书案清供之嘉木，或取长条的菖蒲叶以供瓶插，或以石菖蒲盆景作为瓶花的搭配，如清代宫廷画师郎世宁的《午瑞图》中，青瓷瓶插花之材便为石榴花、蜀葵花、艾草以及菖蒲叶。

《金瓶梅》绣像中有多幅装点着菖蒲清供或盆景（见第十二、十六、二十九、四十三、四十五、六十七、九十一回），多与小说文本描述的农历五月前后时间背景吻合，反映出独具特色的传统民俗文化（见图）。

第十二回
潘金莲私仆受辱　刘理星魇胜求财

第十六回
西门庆择吉佳期　应伯爵追欢喜庆

上选第十六回"西门庆择吉佳期，应伯爵追欢喜庆"的插图绣像，结合小说原文观照，生动再现了端午节民俗及其应景应节的菖蒲盆栽，文曰："光阴迅速，西门庆家中已盖了两月房屋，三间玩花楼装修将完，只少卷棚还未安磉。一日，五月蕤宾时节，正是：家家门插艾叶，处处户挂灵符。李瓶儿治了一席酒，请过西门庆来，一者解粽；二者商议过门之事。择五

第四十三回
争宠爱金莲惹气　卖富贵吴月攀亲

第四十五回
应伯爵劝当铜锣　李瓶儿解衣银姐

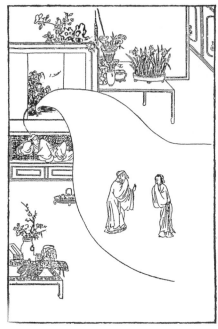

第六十七回
西门庆书房赏雪　李瓶儿梦诉幽情

第九十一回
孟玉楼爱嫁李衙内　李衙内怒打玉簪儿

月十五日，先请僧人念经烧灵，然后西门庆这边择娶妇人过门。西门庆因问李瓶儿道：'你烧灵那日，花大、花三、花四，请他不请？'妇人道：'我每人把个帖子，随他来不来。'当下计议已定。单等五月十五日，妇人请了报恩寺十二众僧人，在家念经除灵。"[1]文中提及的"蕤宾时节"，即蕤宾佳节，就是五月节，蕤宾乃乐律之名，古人所谓"十二月律"就是十二乐律与十二月份叠配所成的，从头推演下来，处于午位的蕤宾适配五月，故五月节又称作蕤宾佳节。而"解粽"一词意为吃粽子，亦与端午节关系密切，五月初正处于芒种、立夏间，在一番劳作间隙，粽子成了稻作先民外出娱乐时最便携的食物。小说中花子虚丧期未过，西门庆就开始谋划迎娶李瓶儿之事，两人迫不及待地要定好最后念经除灵的日子，而在该回绣像右下角大缸中，栽种着暗示季节的菖蒲，有"彼泽之陂，有蒲与荷"（《诗经·陈风·泽陂》）[2]之传统韵味，传统的民俗文化在此与文学作品、图像等巧妙融合。

（二）花木盆景与造型文化

清代嘉庆年间的《盆景偶录》把盆景植物分为"七贤"（黄山松、璎珞松、榆、枫、冬青、银杏和雀梅），"四大家"（金雀、黄杨、迎春和绒针柏），"十八学士"（梅花、桃花、虎刺、吉庆、枸杞、杜鹃、翠柏、木瓜、腊梅、天竹、山茶、罗汉松、西府海棠、凤尾竹、石榴、紫薇、六月雪、栀子花），以及前述的"花草四雅"（菖蒲、兰花、水仙、菊花）。其中，梅花、菊花等也是《金瓶梅》中重要的花木造型盆景。

1. 梅花盆景与画意点睛。明代文学家屠隆在《考槃馀事·盆玩笺》中提出了盆景的标准，规定以可放置在桌子上的为佳，其次是可置于庭院中

---

[1] 兰陵笑笑生著，刘辉、吴敢辑校：《会评会校〈金瓶梅〉》，香港：天地图书有限公司，1998年版，第359页。

[2] 程俊英、蒋见元著：《诗经注析》，北京：中华书局，1991年版，第383页。

的。屠隆较为详尽地介绍了盆景大小应用配置等问题，同时亦十分关注盆景的画意，即提出以古代画家郭熙、刘松年、盛子昭等人笔下古树为摹本的盆景为上品的看法，强调虽由人作，却宛自天成。[1]《金瓶梅》绣像中的梅花盆景极具画意之美，往往被置于院前醒目之处，起到点睛的景观造型效果，令读者只看一眼就被其吸引，如第二十四回。根据绣像中的梅花盆景，可基本判断其属于画意梅花盆景，此类分为桩景与水岸写意，以飘逸、傲骨为意境，并借鉴梅花国画的一些表现方法。桩景式往往利用疏枝斜干营造飘逸韵味，水岸式立意取材多涉相关梅花典故（如"梅妻鹤子"）、诗词曲赋（如"暗香""疏影"）等，画意梅花盆景往往通过树之高低、疏密、大小等，进行艺术夸张设计，虽多呈现无规则造型，但比较重视意境和制作方法相结合。

第二十四回
敬济元夜戏娇姿　惠祥怒詈来旺妇

2.菊花盆栽与高秀之姿。小说中的"菊花"是推动故事情节发展的重要植物之一，而其造型也是高耸挺秀的。小说第六十一回，李瓶儿痛失官哥儿后，旧疾未愈又添新症，并不断加重，重阳节时仍强忍病痛参加筵席。西门庆吩咐厨下收拾肴馔果酒，在花园大卷棚聚景堂内安放大八仙桌，合家宅眷，庆赏重阳。当日"请了月娘、李娇儿、孟玉楼、潘金莲、李瓶儿、孙雪娥并大姐，都在席上坐的。春梅、玉箫、迎春、兰香在旁斟酒伏侍（服

---

[1] 屠隆著，赵菁编：《考槃馀事》，北京：金城出版社，2011年版。

侍）。申二姐先拿琵琶在旁弹唱。那李瓶儿在房中，因身上不方便，请了半日才来。恰似风儿刮倒的一般，强打着精神，陪西门庆坐。众人让他（她）酒儿，也不大吃。"[1] 相关的绣像插图确实依照文本提示绘出了卷棚，及合家宴重阳的情景（见图）。绣像巧妙之处在于，小说所记录的那些座上妻妾，即月娘、李娇儿、孟玉楼、潘金莲、李瓶儿、孙雪娥并大姐，这些人物多数都被隐去，反而只出现弹唱琵琶的申二姐及少数服侍斟酒的婢女们，西门妻妾则仅有画面下方带病却强打精神的李瓶儿。文本所形容那"恰似风儿刮倒"的病容较难通过

第六十一回
西门庆乘醉烧阴户　李瓶儿带病宴重阳

图画表现，画工巧妙刻画出瓶儿由婢女搀扶之状。同时，小说中大肆描写的各类菊花盆栽在绣像上虽有所反映，但却较少，没有喧宾夺主。从文本看，作者提出了卷棚内全家宅眷的名单，对于宴重阳可谓面面俱到，形容重阳节西门庆于翡翠轩栽菊花的盛大："原来松墙两边，摆放二十盆，都是七尺高各样有名的菊花，也有大红袍、状元红、紫袍金带、白粉西、黄粉西、满天星、醉杨妃、玉牡丹、鹅毛菊、鸳鸯花之类。"[2] 无论是花朵或人物都属于图像容易表现的具体形象，但是这些提示画工都舍去不用。插图仅用座上两盆一人多高高秀挺拔的菊花造型，以及西门庆观赏弹唱场

————————

[1] 兰陵笑笑生著，刘辉、吴敢辑校：《会评会校〈金瓶梅〉》，香港：天地图书有限公司，1998 年版，第 1211 页。

[2] 兰陵笑笑生著，刘辉、吴敢辑校：《会评会校〈金瓶梅〉》，香港：天地图书有限公司，1998 年版，第 1212 页。

面点题"宴重阳",重阳节的重点二十盆菊花与合家妻妾都不在画面内,却还创造出了小说中没有提及的小婢扶着李瓶儿,只为凸显强化真正的主角李瓶儿,通过姗姗来迟的主角与隐去未现的妻妾暗示"冷落已来,瓶罄花残",令人不禁唏嘘。作为重阳家宴的点景植物菊花,并未纷繁呈于画上,而是在此展现出高秀之姿,不仅反映出古之菊花经过长期的人工选择培育,通过扦插、分株、嫁接等培植方式,在品种丰富的同时,艺菊植株的高度(通常为30～90厘米)也达到惊人的高度,在明清时期当有一人多高(超过150厘米),成为古典园林名贵的观赏花卉,并且这一植物盆栽造型也为刻工所吸收,体现在小说绣像之上,配合着故事情节的展开,更为耐人寻味。

3. 其他盆景与逸趣横生。盆栽中有专以观赏果实的花木造型的,如南天竹、佛手、无花果、柑橘、冬珊瑚等。观这些花木的果色,形状奇异,色彩艳丽,如第二十一回、第三十四回在房间床案右边小几上,供着南天竹、佛手一类花果。

第二十一回
吴月娘扫雪烹茶　应伯爵替花邀酒

第三十四回
献芳樽内室乞恩　受私贿后庭说事

同时，屋中多供有花叶繁茂的植物（见图），或以小瓶（第九十八回），或以中瓶（第八回），或以大瓶（第十六回），各有意趣。瓶花还遍布小说中的各主要场所，不仅在养娃的深宅内室中有瓶插（第四十回），在家宴席旁有瓶插（第三十三回），甚至在生药铺柜台小屏风后也有瓶插（第十九回）。

第九十八回
陈敬济临清逢旧识　韩爱姐翠馆遇情郎

第八回
盼情郎佳人占鬼卦　烧夫灵和尚听淫声

第十六回
西门庆择吉佳期　应伯爵追欢喜庆

第四十回
抱孩童瓶儿希宠　妆丫鬟金莲市爱

第三十三回
陈敬济失钥罚唱　韩道国纵妇争风

第十九回
草里蛇逻打蒋竹山　李瓶儿情感西门庆

　　在画面中，庭院中或植芭蕉，或置太湖石，屋内案几上供着瓶花，花瓶极细小，只能插得一二枝细枝的花卉，或大瓶插花，花枝繁茂，这一派文人的生活情趣，仿似明代画家杜堇的《庭院听琴图》中所描画的场景。在造型上极具特色的还有松竹枝等常青盆景瓶花，如下图第七回的观音像前的清供杨枝甘露、第九十回的棕榈盆景，以及第七、十八、八十六回的各类松石盆景，皆造型优美，逸趣横生。

第七回
薛媒婆说娶孟三儿　杨姑娘气骂张四舅

第十八回
赂相府西门脱祸　见娇娘敬济销魂

第八十六回
雪娥唆打陈敬济　金莲解渴王潮儿

第九十回
来旺偷拐孙雪娥　雪娥受辱守备店

以第七回竹枝瓶插为例，嫩柳枝是极佳的插花花材，取柳枝插瓶，有极强的宗教意味，绣像中所刻画的净瓶插杨柳是为了供养观世音菩萨，也正暗合正妻月娘的佛教信仰。竹枝是插花的好材料，所谓"花不论草木，皆可供瓶中插贮"（张谦德《瓶花谱》），明代文人喜用竹子作为花材进行随性插花，陈洪绶便喜欢用看似不搭的竹子和菊花如此配对，生趣盎然。绣像所绘杨枝甘露清供，是具有宗教意味的典型瓶插造型，从明末清初的图片文献来看，不只观世音菩萨座前，连其座下善财童子亦被绘成手托杨柳瓶的形象。

第二章　《金瓶梅》植物文化专题研究

第一节　《金瓶梅》与植物典故

典故是关于历史人物、典章制度等的故事与传说。"引经据典"是古人写作常用的手法，《金瓶梅》自然也不例外。作者在书中引用众多典故，

显示了他极渊博的文史知识，这其中就有许多典故和植物直接相关，值得研究，举要如次。

1. 贱荆

第三十回："翟谦道：'不瞒你说，我答应老爷，每日止贱荆一人，我年将四十，常有疾病，身边通无所出。……'说毕，随将一封人事并回书付与来保，又送二人五两盘缠。"[1]

第六十四回："西门庆道：'不是。乃贱荆之兄。'薛内相复于吴大舅声诺，说道：'吴大人，失瞻！'"[2]

第七十八回："荆统制道：'若老夫人尊票到，贱荆已定趋赴。'又问起：'周老总兵怎的不见升转？'荆统制道：'我闻得周菊轩也只在三日间有京荣之转。'"[3]

"荆"指黄荆，马鞭草科牡荆属植物。贱荆是对自己妻子的谦称，也叫拙荆、山荆等。语出《太平御览》卷七一八引《列女传》："梁鸿妻孟光，荆钗布裙。"[4]"荆钗布裙"即以荆枝作钗，粗布为裙，形容妇女装束朴素。梁孟的生活条件虽差，但夫妻恩爱，白头到老，他们的故事得到后人的敬仰，流芳千年。

2. 萱草

第五十三回："词曰：小院闲阶玉砌，墙隈半簇兰芽。一庭萱草石榴花。多子宜男爱插。休使风吹雨打，老天好为藏遮。莫教变作杜鹃花，粉

[1] 兰陵笑笑生著，刘辉、吴敢辑校：《会评会校〈金瓶梅〉》，香港：天地图书有限公司，1998年版，第625页。

[2] 兰陵笑笑生著，刘辉、吴敢辑校：《会评会校〈金瓶梅〉》，香港：天地图书有限公司，1998年版，第1295-1296页。

[3] 兰陵笑笑生著，刘辉、吴敢辑校：《会评会校〈金瓶梅〉》，香港：天地图书有限公司，1998年版，第1659页。

[4] 李昉等编纂：《太平御览》卷七一八引《列女传》，北京：中华书局，2000年版，第3181页。

褪红销香罢。”[1]

萱草在我国有几千年栽培历史，又名谖草，谖，即"忘记"，《诗经·卫风·伯兮》："焉得谖草，言树之背。"[2]《博物志》："萱草，食之令人好欢乐，忘忧思，故曰忘忧草。"唐朝孟郊《游子诗》："萱草生堂阶，游子行天涯。慈母倚堂门，不见萱草花。"游子远行前，要在北堂种萱草，希望母亲看见萱草以减轻对孩子的思念，忘却烦忧。我国古代的母亲花是萱草，古人用"萱堂"代指母亲。

3. 斗草

第十九回："当下吴月娘领着众妇人，或携手游芳径之中，或斗草坐香茵之上。一个临轩对景，戏将红豆掷金鳞；一个伏槛观花，笑把罗纨惊粉蝶。"[3]

斗草是古时孩童们常玩的游戏。一般是每人采集一大把花草，各自拿出一根，相互勾搭使劲拉，草断者输，不断者赢。斗草之戏，周代已行，到了南北朝，斗百草在南方已演变成为端午节的风俗，这是因为古俗认为五月为恶月、毒月，必须采集百草来解厄，因此斗草在民间，尤其妇女和孩童之间逐渐流行起来。唐至五代十国时，甚至在宫中也兴起了斗草之风。直到清朝，斗草之风依然很流行。斗草有武斗与文斗之分，武斗即要动手或用力拉扯，文斗就是双方像吟诗答对一样互对草名，当一人报出草名，别人对不上时，就算赢了。

4. 昙花

第五十五回："转个回廊，只见一座大厅，如宝殿仙宫：厅前仙鹤、

[1]　兰陵笑笑生著，刘辉、吴敢辑校：《会评会校〈金瓶梅〉》，香港：天地图书有限公司，1998 年版，第 1051 页。

[2]　程俊英、蒋见元著：《诗经注析》，北京：中华书局，1991 年版，第 188 页。

[3]　兰陵笑笑生著，刘辉、吴敢辑校：《会评会校〈金瓶梅〉》，香港：天地图书有限公司，1998 年版，第 409 页。

孔雀，种种珍禽；又有那琼花、昙花、佛桑花，四时不谢，开的（得）闪闪烁烁，应接不暇。"[1]

昙花，又名韦驮花。在传说故事中，昙花是一位被罚一生只能开一瞬的花神，而她以前钟情的男子便是韦驮尊者，故昙花一现，总是选在黎明时分朝露初凝的那一刻，传说为的就是能见上心爱之人一面。

5. 鸡冠花

第六十二回："棕炭与白鸡冠花煎酒服之。"[2]

鸡冠花，别名鸡髻花、老来红等，喜光喜湿热，不耐霜冻。夏秋季开花，花多为红色，呈鸡冠状，故称鸡冠花。而有关白色鸡冠花的典故出自明代翰林学士解缙，其曾应召作诗"鸡冠本是胭脂染"，皇帝突然取出一支白色鸡冠花，解缙随机应变，继续吟道："今日如何浅淡妆？只为五更贪报晓，至今戴却满头霜。"巧妙化解了皇帝提出的质疑，机敏地将上联所吟的"红鸡冠花"换成了"白鸡冠花"。

6. 蜀葵

第十九回："松墙竹径，曲水方池；映阶蕉棕，向日葵榴。"[3]

蜀葵，别称一丈红、大蜀季、戎葵。喜光耐半阴，忌涝。原产于中国四川，故名"蜀葵"。又因其花色红艳，可高达丈许，故名"一丈红"。于6月间麦子成熟时开花，而得名"大麦熟"。嫩叶及花可食，皮为优质纤维，全株入药，有清热解毒、镇咳利尿之功效。根可作润滑药，用于黏膜炎症，起保护、缓和刺激的作用。从花中提取的花青素，可为食品的着色剂。全草入药，有清热止血、消肿解毒之功，治吐血、血崩等症。

————————

[1] 兰陵笑笑生著，刘辉、吴敢辑校：《会评会校〈金瓶梅〉》，香港：天地图书有限公司，1998年版，第1086页。

[2] 兰陵笑笑生著，刘辉、吴敢辑校：《会评会校〈金瓶梅〉》，香港：天地图书有限公司，1998年版，第1238页。

[3] 兰陵笑笑生著，刘辉、吴敢辑校：《会评会校〈金瓶梅〉》，香港：天地图书有限公司，1998年版，第409页。

相传古时候有位名叫王其祥的人，性喜与花草为伍，百花中又独钟蜀葵。有一天他在花园中睡着了，睡梦中有一青衣人领他去看仙子的歌舞表演，但见众仙笙歌悦耳、轻舞曼妙，正值陶醉之际，他却从梦中醒来，一时青衣人、众仙子都消失无踪，只有那阵阵凉风吹拂得轻轻摇摆的蜀葵，似乎在对他点头致意。心中惆怅之余，他给自己取了"蜀客"的别名，以纪念这段奇异梦境。

7. 槐树

第五十七回："瓜瓞绵绵，森挺三槐五桂；门庭奕奕，辉煌金阜钱山。"[1]

第六十二回："八月里哥儿死了，他每日那边指桑树，骂槐树，百般称快。"[2]

第八十九回："正走之间，也是合当有事，远远望见绿槐影里一座庵院，盖造得十分齐整。"[3]

第九十八回："一日，三月佳节，春光明媚，景物芬芳，翠依依槐柳盈堤，红馥馥杏桃灿锦。"[4]

槐树，树型高大。花期在夏季，是一种重要的蜜源植物。皮、枝叶、花蕾、花及种子均可入药。"南柯一梦"记载在唐朝人李公佐写的《南柯太守传》中，故事主人公广陵人淳于棼，喝醉了酒，躺在院子里的槐树下面睡着了。做梦梦到自己到了大槐安国，并和公主成了亲，当了二十年的南柯太守，官做得非常荣耀显赫。可是后来因为作战失利，公主也死了，

---

[1] 兰陵笑笑生著，刘辉、吴敢辑校：《会评会校〈金瓶梅〉》，香港：天地图书有限公司，1998年版，第1120页。

[2] 兰陵笑笑生著，刘辉、吴敢辑校：《会评会校〈金瓶梅〉》，香港：天地图书有限公司，1998年版，第1236页。

[3] 兰陵笑笑生著，刘辉、吴敢辑校：《会评会校〈金瓶梅〉》，香港：天地图书有限公司，1998年版，第1871页。

[4] 兰陵笑笑生著，刘辉、吴敢辑校：《会评会校〈金瓶梅〉》，香港：天地图书有限公司，1998年版，第2039页。

他被遣送回家。然后一觉醒来，看见家人正在打扫庭院，太阳还没落山，酒壶也在身边。他环顾四周发现槐树下有一个蚂蚁洞，他梦中的大槐安国原来就是这个蚂蚁洞，槐树的最南一枝就是他当太守的南柯郡。这便是槐树让人做梦的神奇故事。

第二节　《金瓶梅》与植物熟语

《金瓶梅》的行文语言生动有趣，其中有关植物的熟语既有谚语与惯用语（略举 30 条），还有成语与歇后语（略举 32 条），它们浓缩了古代诗文、古人名言或历史典故，主要来源于古代典籍。

一、谚语与惯用语

1. 绵里针（绵里（之）针，肉里（之）刺）

第三回："第四要青春少小，就要绵里针一般，软款忍耐。"[1]

比喻表面柔弱而锋芒不漏，或柔中有刚。

第二十回："谁知这小伙儿绵里之针，肉里之刺，常向绣帘窥贾玉，每从绮阁窃韩香。"[2]

第五十一回："干净是个绵里针、肉里刺的货，还不知背地在汉子根前架甚么舌儿哩！"[3]

书中各回目提法略有不同，犹言笑里藏刀，比喻外表温柔和气，内心凶狠歹毒。

---

[1]　兰陵笑笑生著，刘辉、吴敢辑校：《会评会校〈金瓶梅〉》，香港：天地图书有限公司，1998 年版，第 117 页。

[2]　兰陵笑笑生著，刘辉、吴敢辑校：《会评会校〈金瓶梅〉》，香港：天地图书有限公司，1998 年版，第 444-445 页。

[3]　兰陵笑笑生著，刘辉、吴敢辑校：《会评会校〈金瓶梅〉》，香港：天地图书有限公司，1998 年版，第 999 页。

2. 什么话，檀木靶

第三十五回："（贲四）说道：'二叔，什么话！小人出于无心。'伯爵道：'什么话？檀木靶！没了刀儿，只有刀鞘儿了。'"[1]

第七十八回："玳安道：'娘说的甚么话，一个伙计家，那（哪）里有此事！'妇人道：'甚（什）么话？檀木靶！有此事，真个的。画一道儿，只怕合（财）过界儿去了。'"[2]

靶，同"把"。檀木靶即檀木把手。什，也作"甚"。这句顺口溜比喻过硬的把柄、确凿可靠的证据。

3. 饿眼见瓜皮

第五十五回："两个遇着，就如饿眼见瓜皮一般。禁不的一身直钻到经济（敬济）怀里来，捧着经济（敬济）脸一连亲了几个嘴，呷的舌头一片声响。"（仅见于词话本）[3]

比喻饥不择食，贪欲急切。

4. 辣菜根子

第二十六回："看不出他旺官娘子，原来也是个辣菜根子，和他大爹白搭白折的平上。谁家媳妇儿有这个道理？"[4]

比喻作风泼辣、不好惹的人。

5. 人人有面，树树有皮

第七十六回："对着他三位师父、郁大姐，人人有面，树树有皮，俺

[1] 兰陵笑笑生著，刘辉、吴敢辑校：《会评会校〈金瓶梅〉》，香港：天地图书有限公司，1998年版，第444页。

[2] 兰陵笑笑生著，刘辉、吴敢辑校：《会评会校〈金瓶梅〉》，香港：天地图书有限公司，1998年版，第1656页。

[3] 兰陵笑笑生著，戴鸿森校点：《金瓶梅词话》，北京：人民文学出版社，1985年版，第725页。

[4] 兰陵笑笑生著，刘辉、吴敢辑校：《会评会校〈金瓶梅〉》，香港：天地图书有限公司，1998年版，第552-553页。

每脸上就没些血儿？"[1]

第七十九回："俺每人人有面，树树有皮，姐姐那等说来，莫不俺每成日把这件事放在头里？"[2]

凡人都有脸面，树木都有表皮。喻指每个人都有羞耻之心，懂得自尊，不能不顾及脸面。

6. 南京沈万三，北京枯树弯（湾）／枯柳树，人的名儿，树的影儿

第三十三回："金莲道：'你还捣鬼，南京沈万三，北京枯树弯（湾），人的名儿，树的影儿。'"[3]

第六十九回："西门庆道：'常言：人的名儿，树的影儿。我怎得不知道！'"[4]

第七十二回："南京沈万三，北京枯柳树。人的名儿，树的影儿，怎么不晓得？雪里埋死尸，自然消将出来。"[5]

第八十六回："自古没个不散的筵席，出头椽儿先朽烂。人的名儿，树的影儿，苍蝇不钻没缝儿蛋。你休把养汉当饭。我如今要打发你上阳关。"[6]

人的姓名，树的影子，总该让他人知道。意指怎样做人，就有怎样的名声，指事出有因或道理明显。

---

[1] 兰陵笑笑生著，刘辉、吴敢辑校：《会评会校〈金瓶梅〉》，香港：天地图书有限公司，1998 年版，第 1583 页。

[2] 兰陵笑笑生著，刘辉、吴敢辑校：《会评会校〈金瓶梅〉》，香港：天地图书有限公司，1998 年版，第 1688 页。

[3] 兰陵笑笑生著，刘辉、吴敢辑校：《会评会校〈金瓶梅〉》，香港：天地图书有限公司，1998 年版，第 680 页。

[4] 兰陵笑笑生著，刘辉、吴敢辑校：《会评会校〈金瓶梅〉》，香港：天地图书有限公司，1998 年版，第 1401 页。

[5] 兰陵笑笑生著，刘辉、吴敢辑校：《会评会校〈金瓶梅〉》，香港：天地图书有限公司，1998 年版，第 1464-1465 页。

[6] 兰陵笑笑生著，刘辉、吴敢辑校：《会评会校〈金瓶梅〉》，香港：天地图书有限公司，1998 年版，第 1818-1819 页。

7. 梧桐叶落，满身光棍的行货子

第五十六回："梧桐叶落，满身光棍的行货子！"[1]

梧桐树叶落尽，只剩下精光的树干、树枝，故谓之"光棍"。比喻一无所有、两手空空。

8. 枣胡儿生的，也有个仁儿

第二十五回："那个没个娘老子？就是石头狢剌儿里迸出来，也有个窝巢儿；枣胡儿生的，也有个仁儿……为人就没个亲戚六眷？"（仅见于词话本）[2]

枣胡儿，枣核。仁，谐音"人"。有个仁儿，即有个亲眷。比喻凡是人、事、物，都会有个根源。

9. 砍一枝，损百林

第六十四回："老公公砍一枝，损百林。兔死狐悲，物伤其类。"[3]

砍一枝，损百林，比喻因指斥一人而殃及一群人。

10. 千朵桃花一树儿生

第七十八回："自古亲儿骨肉，五娘有钱，不孝顺姥姥再与谁？常言道：要打看娘面，千朵桃花一树儿生。"[4]

千朵桃花一树生，喻指众多兄弟姊妹都是一母所生，情感很深厚。意为子女与母亲之间或兄弟姊妹之间骨肉相连，也作"千朵桃花一树开"。

[1] 兰陵笑笑生著，刘辉、吴敢辑校：《会评会校〈金瓶梅〉》，香港：天地图书有限公司，1998 年版，第 1101 页。

[2] 兰陵笑笑生著，戴鸿森校点：《金瓶梅词话》，北京：人民文学出版社，1985 年版，第 297 页。

[3] 兰陵笑笑生著，刘辉、吴敢辑校：《会评会校〈金瓶梅〉》，香港：天地图书有限公司，1998 年版，第 1296 页。

[4] 兰陵笑笑生著，刘辉、吴敢辑校：《会评会校〈金瓶梅〉》，香港：天地图书有限公司，1998 年版，第 1662 页。

11. 大风刮倒梧桐树，自有旁人话短长

第三十一回："'都是你老婆，无故只是多有了这点尿胞种子罢了，难道怎么样儿的！做什么恁抬一个灭一个，把人躐到泥里！'正是：大风刮倒梧桐树，自有旁人话短长。"[1]

看到大风刮倒了梧桐树，路边行人就会发表议论。喻指发生了不同寻常的事情，总会有人说长道短，议论纷纷。宋代洪迈《夷坚志》有云："共说英雄关大王，明公右手立祠堂。大鹏飞上梧桐树，自有旁人说短长。"[2]

12. 比花花解语，比玉玉生香

第七十八回："轻移莲步，有蕊珠仙子之风流；欸蹙湘裙，似水月观音之态度。正是：比花花解语，比玉玉生香。"[3]

比鲜花更能善解人意，比美玉更能散发香气。喻指女子美丽多情，聪慧伶俐。典出《诗经·魏风·汾沮洳》："彼汾一方，言采其桑。彼其之子，美如英。美如英，殊异乎公行。彼汾一曲，言采其藚。彼其之子，美如玉。美如玉，殊异乎公族。"[4]

13. 风不摇，树不动

第七十五回："也没见这个瞎曳磨的！风不摇，树不动。你走千家门、万家户，在人家无非只是唱，人叫你唱个儿，也不失了和气。谁叫他拿班儿做（作）势的？他不骂，嫌腥！"[5]

不吹风，树木就不会拂动。比喻事出有因，各种事情的发生都出于某

---

[1] 兰陵笑笑生著，刘辉、吴敢辑校：《会评会校〈金瓶梅〉》，香港：天地图书有限公司，1998年版，第646页。

[2] 洪迈著：《夷坚志》，嘉靖二十五年序钱塘洪清平山堂刊本。

[3] 兰陵笑笑生著，刘辉、吴敢辑校：《会评会校〈金瓶梅〉》，香港：天地图书有限公司，1998年版，第1668页。

[4] 程俊英、蒋见元著：《诗经注析》，北京：中华书局，1991年版，第293页。

[5] 兰陵笑笑生著，刘辉、吴敢辑校：《会评会校〈金瓶梅〉》，香港：天地图书有限公司，1998年版，第1552页。

种必然联系和因果关系。典出汉代王充《论衡·变动》卷十五："夫风至而树枝动，树枝不能致风。是故夏末蜻蛚鸣，寒螿啼，感阴气也。"[1]

14. 风里杨花，滚上滚下

第七十二回："你就是那风里杨花，滚上滚下，如今又兴起那如意儿贼歪喇骨来了。"[2]

风里杨花，比喻心性不定，用情不专。

15. 风流茶说合，酒是色媒人

第八十二回："饮酒多时，常言：风流茶说合，酒是色媒人。不觉竹叶穿心，桃花上脸，一个嘴儿相亲，一个腮儿厮揾，罩了灯上床交接。"[3]

酒和茶往往成为男女偷情幽欢的媒介。

16. 竹叶穿心，桃花上脸

第七十八回："你一盏，我一钟（盅），须臾竹叶穿心，桃花上脸，把一锡瓶酒吃的罄净。"[4]

第八十二回："常言：风流茶说合，酒是色媒人。不觉竹叶穿心，桃花上脸，一个嘴儿相亲，一个腮儿厮揾，罩了灯上床交接。"[5]

美酒渗入心胸，红色显现脸面。意指饮酒过后，脸颊泛红。竹叶，指美酒。桃花，指酒后的脸色犹如桃花，格外红润。该句常用来形容好饮酒后的荡漾春心与娇媚形神。

[1] 王充著：《论衡·变动》，北京：中华书局，1990年版，第650页。

[2] 兰陵笑笑生著，刘辉、吴敢辑校：《会评会校〈金瓶梅〉》，香港：天地图书有限公司，1998年版，第1475页。

[3] 兰陵笑笑生著，刘辉、吴敢辑校：《会评会校〈金瓶梅〉》，香港：天地图书有限公司，1998年版，第1749页。

[4] 兰陵笑笑生著，刘辉、吴敢辑校：《会评会校〈金瓶梅〉》，香港：天地图书有限公司，1998年版，第1663页。

[5] 兰陵笑笑生著，刘辉、吴敢辑校：《会评会校〈金瓶梅〉》，香港：天地图书有限公司，1998年版，第1749页。

17. 自古人无千日好，果然花无摘下红

第七十六回（仅见于词话本）："谁人汲得西江水，难免今朝一面羞。靡不有初鲜克终，交情似水淡长浓。自古人无千日好，果然花无摘下红。"[1]

人生不可能永远称心如意，摘下的花儿不可能永远鲜艳不败。喻指人情世故，终有改变。

18. 自知路上说话，不知草里有人

第二十五回："这来旺儿自知路上说话，不知草里有人，不想被同行家人来兴儿听见。"[2]

只顾着边走边说话，不提防被躲藏在草丛中的人听到了。意指事涉机密，谨防泄露。

19. 沉鱼落雁之容，闭月羞花之貌

第七十七回："说不尽生的花如脸，玉如肌，星如眼，月如眉，腰如柳，袜如钩，两只脚儿恰刚三寸，端的有沉鱼落雁之容，闭月羞花之貌。"[3]

鱼儿见了沉入水底，大雁见了葬身沙洲，明月见了隐藏云间，花儿见了含羞躲避。喻指女子容貌娇媚，美丽惊艳。这是中国古代文学作品中对美丽女性最经典的赞语。典出战国庄周《庄子·齐物论》："毛嫱丽姬，人之所美也；鱼见之深入，鸟见之高飞，麋鹿见之决骤。四者孰知天下之正色哉？"[4]

[1] 兰陵笑笑生著，戴鸿森校点：《金瓶梅词话》，北京：人民文学出版社，1985年版，第1141页。

[2] 兰陵笑笑生著，刘辉、吴敢辑校：《会评会校〈金瓶梅〉》，香港：天地图书有限公司，1998年版，第528页。

[3] 兰陵笑笑生著，刘辉、吴敢辑校：《会评会校〈金瓶梅〉》，香港：天地图书有限公司，1998年版，第1631页。

[4] 郭庆藩撰，王孝鱼点校：《庄子·齐物论》，北京：中华书局，2004年版，第93页。

20. 牡丹花儿虽好，还要绿叶扶持

第七十六回："你姐妹们笑开，恁欢喜喜却不好？就是俺这姑娘，一时间一言半语聒聒你们，大家厮抬厮敬，尽让一句儿就罢了。常言：牡丹花儿虽好，还要绿叶扶持。"[1]

该句又作"牡丹虽好，全仗绿叶扶持"。美丽鲜艳的牡丹花儿，离不开绿叶的衬托。喻指物要有依托，人要有帮手，否则将一事无成。

21. 花木瓜，空好看

第二回："人不知道一个兄弟做了都头，怎的养活了哥嫂，却不知反来咬嚼人！正是花木瓜，空好看。"[2]

木瓜好看不好吃，外表花纹好看，其味苦涩不能食用。喻指外表好看，徒有其表，中看不中用。典出宋代周必大《游山录》："汪彦章与王甫大学同舍，貌美中空。彦章戏之为花木瓜。及彦章罢符玺郎，甫正当国，以宣倅处之。宣州产花木瓜故也。"[3]

22. 身如松，声如钟，坐如弓，走如风

第二十九回："年约四十之上。生得神清如长江皓月，貌古似太华乔松。原来神仙有四般古怪：身如松，声如钟，坐如弓，走如风。"[4]

身体像松树那样挺立，声音像铜钟那样响亮，独坐像弓弦那样笔直，行走像轻风那样迅速。原指仙界神人不寻常的体格和行为，此指精神焕发，气宇不凡。

---

[1] 兰陵笑笑生著，刘辉、吴敢辑校：《会评会校〈金瓶梅〉》，香港：天地图书有限公司，1998 年版，第 1584 页。

[2] 兰陵笑笑生著，刘辉、吴敢辑校：《会评会校〈金瓶梅〉》，香港：天地图书有限公司，1998 年版，第 98 页。

[3] 周必大著：《庐陵周益国文忠公集·杂著述·游山录》，道光二十八年刻本。

[4] 兰陵笑笑生著，刘辉、吴敢辑校：《会评会校〈金瓶梅〉》，香港：天地图书有限公司，1998 年版，第 603 页。

23. 便得一片橘皮吃，切莫忘了洞庭湖

第三回："西门庆道：'便得一片橘皮吃，切莫忘了洞庭湖。这条计，干娘几时可行？'"[1]

就算只尝到一片橘皮的味道，也不应忘记洞庭山出产的橘子。这是中国古代传统文化讲究感念恩情、知恩图报的观念。

24. 剪草不除根，萌芽依旧生；剪草若除根，萌芽再不生

第二十五回："常言道：剪草不除根，萌芽依旧生；剪草若除根，萌芽再不生。就是你也不耽心（担心），老婆他（她）也死心塌地。"[2]

喻指要彻底除掉祸根，不留后患。典出春秋左丘明《左传·隐公六年》："周任有言曰：'为国家者，见恶如农夫之务去草焉，芟夷蕴崇之，绝其本根，勿使能殖，则善者信矣。'"[3]

25. 雪隐鹭鸶飞始见，柳藏鹦鹉语方闻

第五回："三光有影谁能待，万事无根只自生。雪隐鹭鸶飞始见，柳藏鹦鹉语方闻。"[4]

第二十五回："雪隐鹭鸶飞始见，柳藏鹦鹉语方知。以此都知雪娥与来旺儿有首尾。"[5]

第六十七回："王经掀着软帘，只听裙子响，金莲一溜烟后边走了。

---

[1] 兰陵笑笑生著，刘辉、吴敢辑校：《会评会校〈金瓶梅〉》，香港：天地图书有限公司，1998 年版，第 121 页。

[2] 兰陵笑笑生著，刘辉、吴敢辑校：《会评会校〈金瓶梅〉》，香港：天地图书有限公司，1998 年版，第 534 页。

[3] 左丘明著，李梦生译注：《左传·隐公六年》，上海：上海古籍出版社，2016 年版，第 105 页。

[4] 兰陵笑笑生著，刘辉、吴敢辑校：《会评会校〈金瓶梅〉》，香港：天地图书有限公司，1998 年版，第 159 页。

[5] 兰陵笑笑生著，刘辉、吴敢辑校：《会评会校〈金瓶梅〉》，香港：天地图书有限公司，1998 年版，第 527 页。

正是：雪隐鹭鸶飞始见，柳藏鹦鹉语方知。"[1]

该句又作"雪隐鹭鸶飞始见，柳藏鹦鹉语方知"。雪地里停落的白色鹭鸶高飞时才被人发现，柳林中栖身的绿色鹦鹉鸣叫时才被人知晓。喻指即使再怎么隐蔽藏躲，也无法隐瞒事实真相。

26.窗外日光弹指过，席前花影坐间移

第四十八回："堂客前戏文扮了四折。但见：窗外日光弹指过，席前花影座间移。"[2]

第七十四回："窗外日光弹指过，席前花影坐间移。一杯未尽笙歌送，阶下申牌又报时。"[3]

日光时时流逝，花影悄悄移动。意指岁月难留，光阴短暂。弹指，喻指时间极其短暂。宋无名氏《大宋宣和遗事》有云："俄不觉的天色渐晚。则见诗曰：窗外日光弹指过，席前花影座间移。一杯未进笙歌送，阶下辰牌又报时。"[4]

27.落花有意随流水，流水无情恋落花

第二回："'我自作耍子，不值得便当真起来。好不识人敬！'收了家伙，自往厨下去了。正是：落花有意随流水，流水无情恋落花。"[5]

意指一方有情有义，另一方却冷淡无情。多指男女爱情方面的单相思现象。宋普济《五灯会元》有云："'见见之时，见非是见；见犹离见，

---

[1] 兰陵笑笑生著，刘辉、吴敢辑校：《会评会校〈金瓶梅〉》，香港：天地图书有限公司，1998年版，第1361页。

[2] 兰陵笑笑生著，刘辉、吴敢辑校：《会评会校〈金瓶梅〉》，香港：天地图书有限公司，1998年版，第947页。

[3] 兰陵笑笑生著，刘辉、吴敢辑校：《会评会校〈金瓶梅〉》，香港：天地图书有限公司，1998年版，第1523页。

[4] 无名氏：《大宋宣和遗事》，士礼居丛书本。

[5] 兰陵笑笑生著，刘辉、吴敢辑校：《会评会校〈金瓶梅〉》，香港：天地图书有限公司，1998年版，第96-97页。

见不能及。'落华有意随流水，流水无情恋落花。诸可还者，自然非汝。"[1]

28. 嫩草怕霜霜怕日，恶人自有恶人磨

第九十三回："又况才打了官司出来，梦条绳蛇也害怕，只得含忍过了。正是：嫩草怕霜霜怕日，恶人自有恶人磨。"[2]

嫩草害怕被冷霜摧打，冷霜害怕被太阳照晒，恶人害怕被更狠毒的人折磨。意指世间一物降一物，强中自有强中手，多指恶人自会有恶报。

29. 横草不拈，竖草不动

第九十二回："大姐成日横草不拈，竖草不动，偷米换烧饼吃。又把煮的腌肉，偷在房里和丫头元宵儿同吃。"[3]

宋、元时俗语，就连地上的杂草都不愿意去拣拾。意指性情懒惰，什么事也不愿做。

30. 妻大两，黄金日日长。妻大三，黄金积如山。

第七回："薛嫂在旁插口道：'妻大两，黄金日日长；妻大三，黄金积如山。'说着，只见小丫鬟拿出三盏蜜饯金橙子泡茶来。"[4]

古代俗语，指夫妻双方中女方年龄比男方大几岁（如两、三岁），女主内，会将家业管理得很好，家中会财源广进，黄金堆积如山。

二、成语与歇后语

1. 瓜瓞绵绵

第五十七回："瓜瓞绵绵，森挺三槐五桂。"[5]

---

[1] 普济著，曾琦云校注：《五灯会元校注》，北京：华龄出版社，2023 年版，第 4670 页。

[2] 兰陵笑笑生著，刘辉、吴敢辑校：《会评会校〈金瓶梅〉》，香港：天地图书有限公司，1998 年版，第 1945 页。

[3] 兰陵笑笑生著，刘辉、吴敢辑校：《会评会校〈金瓶梅〉》，香港：天地图书有限公司，1998 年版，第 1934 页。

[4] 兰陵笑笑生著，刘辉、吴敢辑校：《会评会校〈金瓶梅〉》，香港：天地图书有限公司，1998 年版，第 189 页。

[5] 兰陵笑笑生著，刘辉、吴敢辑校：《会评会校〈金瓶梅〉》，香港：天地图书有限公司，1998 年版，第 1120 页。

出自《诗经·大雅·绵》："绵绵瓜瓞，民之初生，自土沮漆。"[1]大瓜小瓜接连不断，为祝颂子孙昌盛之词，比喻子孙繁茂。

2. 叶落归根

第七十四回："如意儿道：'俺娘已是没了，虽是后边大娘承揽，娘在前边还是主儿，早晚望娘抬举。小媳妇敢欺心！那里是叶落归根之处？'"[2]

第八十九回（仅见于词话本）："恰便似前不着店后不着村里来呵！那是我叶落归根，收园结果？"[3]

第九十一回："我不如往前进一步，寻上个叶落归根之处。还只顾傻傻的守些甚么？到没的担阁（耽搁）了奴的青春年少。"[4]

宋释道原《景德传灯录》："叶落归根，来时无日。"[5]树叶凋零掉落了，又回到了最初生长孕育它的树根，喻指世间万物必然会有它的归路，现实中多指远游他乡之人最后回到了故土，反映出传统思想中安土重迁的恋家情结。

3. 地涌金莲

第九十一回（仅见于词话本）："你这媒人们说谎的极多，初时说的天花乱坠，地涌金莲，及到其间，并无一物，奴也吃人哄怕了。"[6]

---

[1] 程俊英、蒋见元著：《诗经注析》，北京：中华书局，1991年版，第759页。

[2] 兰陵笑笑生著，刘辉、吴敢辑校：《会评会校〈金瓶梅〉》，香港：天地图书有限公司，1998年版，第1517页。

[3] 兰陵笑笑生著，戴鸿森校点：《金瓶梅词话》，北京：人民文学出版社，1985年版，第1331页。

[4] 兰陵笑笑生著，刘辉、吴敢辑校：《会评会校〈金瓶梅〉》，香港：天地图书有限公司，1998年版，第1905页。

[5] 释道原著：《景德传灯录》，大正藏本。

[6] 兰陵笑笑生著，戴鸿森校点：《金瓶梅词话》，北京：人民文学出版社，1985年版，第1356页。

指地里冒出莲花，形容语言动听，却华而不实。

4. 点韭买葱

第七十二回（仅见于词话本）："要俺每在这屋里点韭买葱，教这淫妇在俺每手里弄鬼儿。"[1]

指点的是韭，买的却是葱，比喻名实不符。

5. 瓜甜蜜柿

第七十四回（仅见于词话本）："我这里玉洁冰清，你那里瓜甜蜜柿。"[2]

比喻感情融洽甜蜜。

6. 花攒锦簇

第十回："终日与应伯爵、谢希大一班十数个，每月会在一处，叫些唱的，花攒锦簇顽耍（玩耍）。"[3]

第十一回："连忙拿了一锭大元宝付与玳安，拿到院中打头面，做衣服，定桌席，吹弹歌舞，花攒锦簇，饮三日喜酒。"[4]

第十三回："到那里，花攒锦簇，歌舞吹弹，饮酒至一更时分方散。"[5]

第三十二回："这里前厅花攒锦簇，饮酒顽耍（玩耍）不题（提）。"[6]

第五十八回："一面觥筹交错，歌舞吹弹，花攒锦簇饮酒。"[7]

---

[1] 兰陵笑笑生著，戴鸿森校点：《金瓶梅词话》，北京：人民文学出版社，1985 年版，第 1019 页。

[2] 兰陵笑笑生著，戴鸿森校点：《金瓶梅词话》，北京：人民文学出版社，1985 年版，第 1083 页。

[3] 兰陵笑笑生著，刘辉、吴敢辑校：《会评会校〈金瓶梅〉》，香港：天地图书有限公司，1998 年版，第 242 页。

[4] 兰陵笑笑生著，刘辉、吴敢辑校：《会评会校〈金瓶梅〉》，香港：天地图书有限公司，1998 年版，第 262 页。

[5] 兰陵笑笑生著，刘辉、吴敢辑校：《会评会校〈金瓶梅〉》，香港：天地图书有限公司，1998 年版，第 295 页。

[6] 兰陵笑笑生著，刘辉、吴敢辑校：《会评会校〈金瓶梅〉》，香港：天地图书有限公司，1998 年版，第 666 页。

[7] 兰陵笑笑生著，刘辉、吴敢辑校：《会评会校〈金瓶梅〉》，香港：天地图书有限公司，1998 年版，第 1140 页。

第七十六回：“当日酒筵笑声，花攒锦簇，觥筹交错，耍顽（玩耍）至二更时分方才席散。”[1]

第八十一回：“林彩虹、小红姊妹二人并王玉枝儿三个唱的，弹唱歌舞，花攒锦簇，行令猜枚，吃至三更方散。”[2]

第九十一回（仅见于词话本）：“月娘回家，因见席上花攒锦簇，归到家中，进入后边院落，见静悄悄无个人接应。”[3]

形容富贵热闹的景象。

7. 桑弧蓬矢

第四十七回：“大丈夫生于天地之间，桑弧蓬矢，不能遨游天下，观国之光，徒老死牖下无益矣。”[4]

出自《礼记·内则》：“射人以桑弧蓬矢六，射天地四方。”古时男子出生，礼官须用桑木为弓，蓬草作箭，以射天地四方，显示男儿志在四方。

8. 桑田重变

第七十三回（仅见于词话本）：“待桑田重变海枯渴，还不了风流业。”[5]

晋葛洪《神仙传》：“麻姑自说云：‘接侍以来，已见东海三为桑田。’”[6]通常以“桑田重变”指时间久远。

9. 树倒无荫

第九十一回：“虽故大娘有孩儿，到明日长大了，各肉儿各疼，闪的

[1] 兰陵笑笑生著，刘辉、吴敢辑校：《会评会校〈金瓶梅〉》，香港：天地图书有限公司，1998 年版，第 1602 页。

[2] 兰陵笑笑生著，刘辉、吴敢辑校：《会评会校〈金瓶梅〉》，香港：天地图书有限公司，1998 年版，第 1731 页。

[3] 兰陵笑笑生著，戴鸿森校点：《金瓶梅词话》，北京：人民文学出版社，1985 年版，第 1360-1361 页。

[4] 兰陵笑笑生著，刘辉、吴敢辑校：《会评会校〈金瓶梅〉》，香港：天地图书有限公司，1998 年版，第 925 页。

[5] 兰陵笑笑生著，戴鸿森校点：《金瓶梅词话》，北京：人民文学出版社，1985 年版，第 1047 页。

[6] 葛洪著，谢青云译注：《神仙传》，北京：中华书局，2022 年版，第 182 页。

我树倒无荫，竹篮儿打水。"[1]

第八十九回（仅见于词话本）："闪的奴树倒无阴（荫），跟着谁过？独守孤帏，怎生奈何？恰便似前不着店后不着村里来呵！"[2]

比喻失去依靠和指望。

10. 招花惹草

第二回："那一双积年招花惹草、惯觑风情的贼眼，不离这妇人身上，临去也回头了七八回，方一直摇摇摆摆遮着扇儿去了。"[3]

比喻作风不正，招惹异性。

11. 腊月里萝卜——动（冻）个心

第九十一回："月娘便道：'莫不孟三姐也腊月里萝卜，动个心，忽剌八要往前进嫁人？'"[4]

动心，谐音"冻心"，表面是说因天寒而使得萝卜从皮儿冻到了心儿，实际比喻原来的想法有所动摇和改变。

12. 豆芽菜儿——有甚捆儿

第六十五回："'……我听见说，前日与了他（她）两对簪子，老婆戴在头上，拿与这个瞧，拿与那个瞧。'月娘道：'豆芽菜儿，有甚捆儿！'"[5]

第七十二回："你这烂桃行货子，豆芽菜，有甚正条捆儿也怎的？老

[1] 兰陵笑笑生著，刘辉、吴敢辑校：《会评会校〈金瓶梅〉》，香港：天地图书有限公司，1998 年版，第 1905 页。

[2] 兰陵笑笑生著，戴鸿森校点：《金瓶梅词话》，北京：人民文学出版社，1985 年版，第 1330-1331 页。

[3] 兰陵笑笑生著，刘辉、吴敢辑校：《会评会校〈金瓶梅〉》，香港：天地图书有限公司，1998 年版，第 103 页。

[4] 兰陵笑笑生著，刘辉、吴敢辑校：《会评会校〈金瓶梅〉》，香港：天地图书有限公司，1998 年版，第 1904 页。

[5] 兰陵笑笑生著，刘辉、吴敢辑校：《会评会校〈金瓶梅〉》，香港：天地图书有限公司，1998 年版，第 1323 页。

娘如今也贼了些儿了。"[1]

豆芽短小脆弱，无法捆束，喻指无规矩。月娘和金莲用同一条歇后语骂西门庆，字面上也有变化，金莲添加"正条"二字，骂语更重，突出了她对西门庆与如意儿私通的气愤、嫉妒。

13. 山核桃——差着一榻儿哩

第七回："薛嫂道：'相看到不打紧，我且和你老人家计议：如今他家一家子，只是姑娘大，虽是他娘舅张四，山核桃差着一榻哩。'"[2]

差，少。榻，房屋中有窗格子的门或隔扇。差着一榻儿，喻指在亲疏上有差别。

14. 灯草拐棒儿——原拄不定

第二十六回："你原说教他去，怎么转了靶子，又教别人去？你干净是个键子心肠，滚下滚上；灯草拐棒儿，原拄不定。"[3]

拄，谐音"主"。灯心草特别柔软，用它作为拐杖肯定不牢靠。喻指无主见，不可靠。

15. 马蹄刀木杓里切菜——水泄不漏

第四回："你正是马蹄刀木杓（勺）里切菜，水泄不漏。"[4]

马蹄刀在木杓中严丝合缝，切菜自然不漏。喻指办事牢靠。

16. 卖萝葡的跟着盐担子走——好个闲（咸）嘈心

第二十回："放着他的两个丫头，你替他走，管你腿事？卖萝葡的跟

[1] 兰陵笑笑生著，刘辉、吴敢辑校：《会评会校〈金瓶梅〉》，香港：天地图书有限公司，1998 年版，第 1477 页。

[2] 兰陵笑笑生著，刘辉、吴敢辑校：《会评会校〈金瓶梅〉》，香港：天地图书有限公司，1998 年版，第 184 页。

[3] 兰陵笑笑生著，刘辉、吴敢辑校：《会评会校〈金瓶梅〉》，香港：天地图书有限公司，1998 年版，第 541 页。

[4] 兰陵笑笑生著，刘辉、吴敢辑校：《会评会校〈金瓶梅〉》，香港：天地图书有限公司，1998 年版，第 144 页。

着盐担子走，好个闲嘈（操）心的小肉儿。"[1]

闲，谐音"咸"。比喻热心去干与己无关的事。

17. 羊角葱靠南墙——越发老辣了（老辣已定）

第二十一回："羊角葱靠南墙，越发老辣。"[2] 又第四十九回："西门庆因戏道：'他南人的营生，好的是南风，你每休要扭手扭脚的。'董娇儿道：'娘在这里听着，爹你老人家羊角葱靠南墙，越发老辣了。'"[3] 又第八十五回："他便羊角葱靠南墙，老辣已定，你还要在这屋里雌饭吃！"[4]

羊角葱，大葱品种之一，植株矮小，味辣，作调味料。双关意为老谋深算，办法多。

18. 饿眼见瓜皮——好的歹的揽搭下（不管好歹的都收揽下）

第六十七回："饿眼见瓜皮，甚么行货子，好的歹的揽搭下。"[5]

第七十二回："什么好老婆？一个贼活人妻淫妇！就这等饿眼见瓜皮，不管好歹的都收揽下。"[6]

指不管人事物之好坏，都要去占有，喻指在男女之事上寻求之急。

19. 门背后放花儿——等不到晚了

第三十二回："郑爱香儿道：'应花子你门背后放花儿，等不到

---

[1] 兰陵笑笑生著，刘辉、吴敢辑校：《会评会校〈金瓶梅〉》，香港：天地图书有限公司，1998 年版，第 433 页。

[2] 兰陵笑笑生著，刘辉、吴敢辑校：《会评会校〈金瓶梅〉》，香港：天地图书有限公司，1998 年版，第 461 页。

[3] 兰陵笑笑生著，刘辉、吴敢辑校：《会评会校〈金瓶梅〉》，香港：天地图书有限公司，1998 年版，第 965 页。

[4] 兰陵笑笑生著，刘辉、吴敢辑校：《会评会校〈金瓶梅〉》，香港：天地图书有限公司，1998 年版，第 1793 页。

[5] 兰陵笑笑生著，刘辉、吴敢辑校：《会评会校〈金瓶梅〉》，香港：天地图书有限公司，1998 年版，第 1357 页。

[6] 兰陵笑笑生著，刘辉、吴敢辑校：《会评会校〈金瓶梅〉》，香港：天地图书有限公司，1998 年版，第 1464 页。

晚了。'"[1]

第八十七回："武松道：'妈妈收了银子，今日就请嫂嫂过门。'婆子道：'武二哥且是好急性，门背后放花儿，你等不到晚了。也待我往他（她）大娘子那里交了银子，才打发他（她）过去。'"[2]

花儿，即烟花，晚上点燃时火花五颜六色。可是急性子人等不到晚上就在"门背后"黑暗处放花儿。这个歇后语用生动形象的映衬手法，比喻武松急不可待的心情。

20. 腌韭菜——已是入不的畦

第八十六回："你叫薛妈替你寻个好人家去罢，我腌韭菜，已是入不的畦了。"[3]

韭菜已收割下来并被腌制成菜，不可能再种到地里了。比喻人老珠黄，已错过最佳年华。

21. 拔了萝卜——地皮宽

第五十一回："被月娘瞅了一眼，说道：'拔了萝卜地皮宽。交他去了，省的他在这里跑兔子一般，原不是听佛法的人。'"[4]

第七十六回："我死了，凭他立起来，也不乱，也不嚷，才拔了萝卜地皮宽哩！"[5]

---

[1] 兰陵笑笑生著，刘辉、吴敢辑校：《会评会校〈金瓶梅〉》，香港：天地图书有限公司，1998 年版，第 662 页。

[2] 兰陵笑笑生著，刘辉、吴敢辑校：《会评会校〈金瓶梅〉》，香港：天地图书有限公司，1998 年版，第 1838 页。

[3] 兰陵笑笑生著，刘辉、吴敢辑校：《会评会校〈金瓶梅〉》，香港：天地图书有限公司，1998 年版，第 1809 页。

[4] 兰陵笑笑生著，刘辉、吴敢辑校：《会评会校〈金瓶梅〉》，香港：天地图书有限公司，1998 年版，第 1019 页。

[5] 兰陵笑笑生著，刘辉、吴敢辑校：《会评会校〈金瓶梅〉》，香港：天地图书有限公司，1998 年版，第 1581 页。

萝卜叶子覆盖面大,拔掉了萝卜,地面自然宽了不少。比喻不在多余的地方费力。

22. 花木瓜——空好看

第二回:"那妇人在里面喃喃呐呐骂道:'却也好,只道是亲难转债,人不知道一个兄弟做了都头,怎的养活了哥嫂,却不知反来咬嚼人!正是花木瓜,空好看。搬了去,到谢天地!且得冤家离眼睛。'"[1]

花木瓜果实经蒸煮或蜜饯腌制后可食用,其果实还可入药。然未经处理的果实却没有什么用途,只是表面好看罢了。喻指好看不顶用的事物。

23. 吃了橄榄灰儿——回过味来了

第十九回:"张胜道:'蒋二哥,你这回吃了橄榄灰儿,回过味来了。你若好好早这般,我教鲁大哥饶让你些利钱儿,你便两三限凑了还他,才是话。你如何把硬话儿不认,莫不人家就不问你要罢?'"[2]

回,谐音"灰",吃了橄榄灰儿肯定不是个滋味,吃之前不知,吃完之后才有所察觉,喻指事后才清醒,才有所觉悟。

24. 没时运的人儿——漫地里栽桑(丧)

第二十三回(仅见于词话本):"那雪娥鼻子里冷笑道:'俺每是没时运的人儿,漫地里栽桑人不上,他行骑着快马,也不上赶他。拿甚么伴着他吃十轮儿酒,自下穷的伴当儿伴的没裤儿。'"[3]

漫地里,指到处。桑,谐音"丧"。栽桑,指栽丧,即倒霉。该句指没有时运,四处碰壁。

[1] 兰陵笑笑生著,刘辉、吴敢辑校:《会评会校〈金瓶梅〉》,香港:天地图书有限公司,1998年版,第98页。

[2] 兰陵笑笑生著,刘辉、吴敢辑校:《会评会校〈金瓶梅〉》,香港:天地图书有限公司,1998年版,第415页。

[3] 兰陵笑笑生著,戴鸿森校点:《金瓶梅词话》,北京:人民文学出版社,1985年版,第274页。

25. 卖瓜子儿开箱子打嚏喷——琐碎一大堆

第五十一回："敬济听了，说道：'耶噤，耶噤！再没了？卖瓜子儿开箱子打嚏喷，琐碎一大堆。'"[1]

喷嚏，又作嚏喷。琐碎，此指瓜子。卖瓜子的开着瓜子箱子打喷嚏，喷得瓜子到处都是。形容人说话啰啰嗦嗦，没完没了。

26. 冷锅中豆儿炮——好没道理

第六十八回："今日忽剌八又冷锅中豆儿爆，我猜着你六娘没了。"[2]

第八十七回："那妇人道：'叔叔如何冷锅中豆儿炮，好没道理！你哥哥自害心疼病死了，干我甚事？'"[3]

炮，用作"爆"。爆豆子只能在油锅中，故冷锅中爆豆喻指事发突然，谁都没有预料到。

27. 绿豆皮儿，请退

第八十二回："自今以后，你是你，我是我，绿豆皮儿，请退了。"[4]

绿豆皮是青色的，豆芽出来后皮儿蜕掉，即为青蜕，青蜕谐音"请退"，意为请你退出或离开。

28. 东瓜花儿——丑的没时了

第三十二回："郑爱香笑道：'这应二花子，今日鬼酉上车儿，推丑。东（冬）瓜花儿，丑的没时了。他原来是个王姑来子。'"[5]

---

[1] 兰陵笑笑生著，刘辉、吴敢辑校：《会评会校〈金瓶梅〉》，香港：天地图书有限公司，1998年版，第1021页。

[2] 兰陵笑笑生著，刘辉、吴敢辑校：《会评会校〈金瓶梅〉》，香港：天地图书有限公司，1998年版，第1393页。

[3] 兰陵笑笑生著，刘辉、吴敢辑校：《会评会校〈金瓶梅〉》，香港：天地图书有限公司，1998年版，第1840页。

[4] 兰陵笑笑生著，刘辉、吴敢辑校：《会评会校〈金瓶梅〉》，香港：天地图书有限公司，1998年版，第1756页。

[5] 兰陵笑笑生著，刘辉、吴敢辑校：《会评会校〈金瓶梅〉》，香港：天地图书有限公司，1998年版，第666页。

冬瓜花拉秧扯蔓，花期又较长，放眼瞅其在地里蔓延很广。丑，谐音"瞅"。喻指言行过分，没有拘束避忌。

29. 竹篮打水——落（劳）而无效

第五十九回："撇的我回扑着地树倒无阴（荫）来呵，竹篮打水落而无效。"（仅见于词话本）[1]

落，谐音"劳"。用有孔洞的竹篮子打水，水会顺着孔流出去，喻指做无用功。

30. 骑着木驴儿磕瓜子儿——琐碎昏昏

第八回："玳安道：'六姨，自吃你卖粉团的撞见了敲板儿蛮子叫冤屈——麻饭肫胆的帐；骑着木驴儿磕瓜子儿——琐碎昏昏。"（仅见于词话本）[2]

木驴是古代一种对罪妇施用的状似驴子的木制刮人刑具。骑着木驴即将被处死的人还在嗑瓜子，吐了一地瓜子皮，说明这个犯人既昏头昏脑又琐琐碎碎。形容晕头晕脑，非常搅扰。

31. 惹生姜，经着辣手

第二十二回："贼王八，造化低，你惹他生姜，你还没曾经着他辣手！"（仅见于词话本）[3]

生姜，味辛，性微温。手上的皮肤接触生姜，自然会被生姜辣着手，喻指自讨没趣。

32. 属米仓的——上半夜摇铃

第七十二回："人也死了一百日来，还守什么灵？在那屋里也不是守

[1] 兰陵笑笑生著，戴鸿森校点：《金瓶梅词话》，北京：人民文学出版社，1985年版，第795页。

[2] 兰陵笑笑生著，戴鸿森校点：《金瓶梅词话》，北京：人民文学出版社，1985年版，第85页。

[3] 兰陵笑笑生著，戴鸿森校点：《金瓶梅词话》，北京：人民文学出版社，1985年版，第268页。

灵，属米仓的，上半夜摇铃，下半夜丫头听的好梆声。"[1]

指偷听行房时响动，将偷腥的人比喻成偷米的老鼠。

概之，谚语、惯用语、成语与歇后语等熟语都是民间智慧的结晶，是人民群众的口头创作，并大量地流传于人民群众的口头语言中，由于它生动泼辣，表现力强，所以能够代代相传，经久不息。这类熟语在《金瓶梅》中俯拾皆是，它们大都贴近生活，易于理解。尤其是歇后语，不仅数量多、来源广，而且在语句形式、语义理解、表达效果等方面具有鲜明的特色。"谜底"部分是其语义重心所在，但从表达的角度来看，"谜面"部分却显得更加重要，它所要传达的主旨是从这里申发而来的。这类熟语使小说《金瓶梅》语言多姿多彩，人物形象活泼生动，很有艺术感染力。

第三节　《金瓶梅》"石榴"景观营造与文化内涵

石榴，又称安石榴、海榴，石榴科，石榴属，观叶、观果落叶乔灌木，叶对生或簇生，椭圆形至倒卵形。花一至数朵生于枝顶叶腋，花萼钟形，花瓣倒卵形，一般为红色。浆果近球形，花蕊红色或黄色，果皮厚。花期5至6、7月，果实9至10月成熟。石榴原产于伊朗、阿富汗一带，在我国栽培历史亦悠久，汉代张骞通西域时引入中国，黄河流域及其以南地区均有栽培，距今2000余年。[2]

石榴这种影响深远的经济观赏类植物也是晚明世情小说《金瓶梅》中反复出现、颇具代表性的灌木类庭园植物之一。《金瓶梅》一百回中出现了几百种植物，"石榴"是其中出现频率较高的一种（共22次），它不仅具有很高的观赏价值、经济价值，还极富文化内涵，小说中有关石榴的

---

[1] 兰陵笑笑生著，刘辉、吴敢辑校：《会评会校〈金瓶梅〉》，香港：天地图书有限公司，1998年版，第1476页。

[2] 陈有民编：《园林树木学》，北京：中国林业出版社，2011年版，第632页。

书写或作为环境背景，渲染气氛，或成为诗词内容，流露雅韵，石榴以美好妍丽的外形与象征意义，为整部小说抹上了足以令人流连驻足的火红之色。

一、《金瓶梅》中的石榴书写及其景观营造

我国古代以《金瓶梅》为代表的世情小说翔实地记载了其时的庭园植物，种类丰富，书写生动，反映出当时的人居环境与自然生态，是研究中国传统庭园景观植物及庭园设计的最佳文献材料。

整体而言，小说中描述的以西门庆住宅庭院植物为主的植物数量较多，可分藤蔓、草花、乔木与灌木四大类。据笔者统计，其中，藤蔓类当有木香、荼蘼、蔷薇、黄刺薇、茉莉、凌霄花、金银花等，草花类诸如蜀葵、金盏花、鸡冠花、芍药、凤仙花、玉簪、金灯花、百合等，乔木类主要以合欢、银杏、竹、柳、梅、梧桐、榆、槐、松、海棠等为代表，而灌木类最多，除本节的研究对象"石榴"外，辛夷、木槿、木芙蓉、牡丹、瑞香、夹竹桃、丁香、紫荆、紫薇、棣棠、桂花、状元红、腊梅、满天星皆在其列，里面大部分属于温带、亚热带植物。

具体而论，石榴作为重要的庭园植物，在《金瓶梅》中反复出现，达22次之多，见表[1]：

序号	回目	"石榴"书写
01	第六回	绿杨袅袅垂丝碧，**海榴**点点胭脂赤；微微风动慢，飒飒凉侵扇。处处过端阳，家家共举觞。
02	第六回	洗炎驱暑，润泽田苗。正是：江、淮、河、济添新水，翠竹**红榴**洗濯清。

[1] 表中所列"石榴"书写段落来自兰陵笑笑生著，刘辉、吴敢辑校：《会评会校〈金瓶梅〉》，香港：天地图书有限公司，1998年版，以及兰陵笑笑生著，戴鸿森校点：《金瓶梅词话》，北京：人民文学出版社，1985年版。

序号	回目	"石榴"书写
03	第七回	薛嫂请西门庆下了马，同进去。里面仪门照墙，竹抢篱影壁，院内摆设**榴树**盆景，台基上靛缸一溜，打布凳两条。薛嫂推开朱红槅扇（隔扇），三间倒坐，客位上下椅卓（桌）光鲜。帘栊潇洒。
04	第十九回	松墙竹径，曲水方池；映阶蕉棕，向日葵**榴**。游鱼藻内惊人，粉蝶花间对舞。
05	第二十一回	当下春梅、迎春、玉箫、兰香一般儿四个家乐，琵琶、筝、弦子、月琴，一面弹唱起来。唱了一套**《南石榴花》**"佳期重会"。
06	第二十七回	江河淮海添新水，翠竹**红榴**洗濯清。少顷雨止，天外残虹，西边透出日色来。得多少微雨过碧矶之润，晚风凉落院之清。
07	第二十七回	一壁弹着，见太湖石畔**石榴花**经雨盛开，戏折一枝，簪于云鬓之傍……
08	第二十九回（仅见于词话本）	绿树阴浓夏日长，楼台倒影入池塘。水晶帘动微风起，一架蔷薇满院香。别院深沉夏草青，**石榴**开遍透帘明。槐阴满地日卓午，时听新蝉噪一声。
09	第三十三回（仅见于词话本）	我听见金雀儿花眼前高哨……得了手我把金盏儿花丢了，曾在转枝莲下缠勾你几遭。叫了你声娇滴滴**石榴花儿**，你试被九花丫头传与十姊妹。
10	第四十二回（仅见于词话本）	也有黄烘烘金橙，红馥馥**石榴**，甜礶礶橄榄，青翠翠苹婆，香喷喷水梨……
11	第五十二回（仅见于词话本）	不觉的**榴花**喷，红莲放，沉冰果，避暑摇纨扇。
12	第五十三回	小院闲阶玉砌，墙隈半簇兰芽。一庭萱草**石榴花**。多子宜男爱插。休使风吹雨打，老天好为藏遮。莫教变作杜鹃花，粉褪红销香罢。
13	第六十回（仅见于词话本）	天上飞来一班（斑）鸠，落在园中吃**石榴**，却被四红拿住了，将来献与一户侯……
14	第六十一回（仅见于词话本）	〔东瓯令〕**榴**如火，簇红巾，有焰无烟烧碎我心。怀羞向前，欲待要摘一朵。触触拈拈不敢戴，怕奴家花貌不似旧时容。伶伶仃仃，怎宜样簪。
15	第七十三回（仅见于词话本）	于是走到床房内，袖出两个柑子，两个苹婆，一包蜜饯，三个**石榴**与妇人。

145

下编 《金瓶梅》植物景观、图文及其文化研究

《金瓶梅》植物景观及其文化研究

序号	回目	"石榴"书写
16	第七十三回	妇人把那一个柑子平分两半，又拿了些苹果、**石榴**递与春梅，说道："这个与你吃，把那个留与姥姥吃。"
17	第七十七回	有美人兮迥出群，轻风斜拂**石榴**裙。花开金谷春三月，月转花阴夜十分……
18	第七十八回（仅见于词话本）	月娘道："我就来。"又往里间房内，拿出数样配酒的果菜来，都是冬笋、银鱼、黄鼠、蟒鲊、海蜇、天花菜、苹婆、螳螂、鲜柑、**石榴**、风菱、雪梨之类。饮酒之间，西门庆便问："大舅的公事都了毕停当了？"
19	第七十八回（仅见于词话本）	先是姥姥看见明间内灵前，供摆着许多狮仙五老定胜，树果柑子，**石榴**苹婆，雪梨鲜果……
20	第八十二回（仅见于词话本）	经济（敬济）在东厢房住，才起来，忽听见有人在墙根**石榴花树**下溺的尿刷刷的响，悄悄向窗眼里张看。
21	第九十七回（仅见于词话本）	盆栽绿柳，瓶插**红榴**。水晶帘卷虾须，云母屏开孔雀。菖蒲切玉，佳人笑捧紫霞觞……
22	第一百回（仅见于词话本）	翠屏又道："红绵掩镜照窗纱，画就双蛾八字斜。莲步轻移何处去，阶前笑折**石榴花**。"

如引，作为时令水果，石榴在小说中出现 5 次，分别是第四十二、七十三（2 次）和七十八回（2 次），第二十一回还出现一次以"南石榴花"命名之套曲名；作为诗歌词曲中的意象则有 12 次之多，分别是第六（2 次）、二十七、二十九、三十三、五十二、五十三、六十、六十一、七十七、九十七、一百回，以上诗词中的石榴书写多以庭园为背景展开，而作为实体植物，石榴分别在庭院中则出现 4 次，分别是第七（盆景）、十九、二十七、八十二回。

石榴的庭园观赏效果很强，自传入以来备受国人喜爱。唐代大诗人李白曾歌咏："鲁女东窗下，海榴世所稀。珊瑚映绿水，未足比光辉。清香随风发，落日好鸟归。"（《咏邻女东窗海石榴》）[1] 对花、人、景相得益彰的赞美溢于言表。石榴又名"安石榴"，一般认为，它原产于涂林安石国，汉代张骞出使西域时将它的种子带回栽种，安石国指今之布哈拉的"安国"和塔什干之"石国"。据《杂疗方》载，在张骞出使西域前，中国极可能已栽有石榴，我国自古也有石榴是否为本土植物的探讨，主要立足于石榴名称与栽培方式的关系。如北魏农学家贾思勰曾云："骨石此是树性所宜""若孤根独立者，虽生亦不佳焉""其拘中，亦安骨石""安骨石于其中也"[2] 等，这些都是种石榴安骨石的注意事项，还提及"五谷果蓏，非中国所殖者"[3]，贾氏从未将石榴列入其中，其实他认为石榴是本土自有植物，其"安石"之名由来是与其栽培方式相关，即在土里和石榴植株周围安置枯骨和石子。无论石榴源自何方，它终在华夏大地生根，古艳流千载，清芬入万家。

石榴极佳的景观效果首先得益于其色、形等景观要素。石榴品种繁多，花色、果色鲜妍，目前品种超过二百个，可概分为花石榴和果石榴两大类。花石榴专供观花兼观果，如月季石榴、玛瑙石榴等。果石榴则以食用果实为主，果实硕大，果皮颜色有红、绿、黄、紫等多种。种子种皮厚而多汁，色白者如透玉，色红者如玛瑙。明代石榴栽培兴盛，诗云："石榴花发街欲焚，蟠枝屈朵皆崩云。千门万户买不尽，剩将儿女染红裙。"（明徐渭《燕京五月歌》）石榴花期极长，又正值花少之季，最为引人注目。《金瓶梅》中提及石榴花与果时往往突出其火红的视觉冲击，如"海榴点点胭

[1] 孙映逵主编：《中国历代咏花诗词鉴赏辞典》，南京：江苏科学技术出版社，1989 年，第 737 页。

[2] 贾思勰著，石声汉译注，石定，谭光万补注：《齐民要术》，北京：中华书局，2022 年版，第 722-725 页。

[3] 贾思勰著，石声汉译注，石定，谭光万补注：《齐民要术》，北京：中华书局，2022 年版，第 77 页。

脂赤"（第六回）[1]、"红馥馥石榴"（仅见于词话本，第四十二回）、"不觉的榴花喷"（仅见于词话本，第五十二回）、"榴如火，簇红巾，有焰无烟烧碎我心"（仅见于词话本，第六十一回）等，尤其"喷""焰"字，使色彩感呼之欲出。同时，石榴树的姿态优美，枝繁叶茂，花果期长达五个月之久，夏时繁花似锦，秋至硕果高挂，古时最宜成丛配植于茶寮、游廊外或庭院中，而且若将其大量配植于名胜古迹处，景观效果极佳。在《金瓶梅》中多次描写庭院墙边阶前栽植有石榴树，如"在墙根石榴花树下"（仅见于词话本，第八十二回）、"阶前笑折石榴花"（仅见于词话本，第一百回）、"映阶蕉棕，向日葵榴"（第十九回）[2]等，石榴花红艳，葵花灿烂，宜种于粉墙绿窗之旁，每当月白风清之夏夜，可闻其香。石榴还宜与太湖石搭配，如小说描写"太湖石畔石榴花"（第二十七回）[3]。同时，石榴多与绿杨、翠竹、萱草搭配，如"绿杨袅袅垂丝碧，海榴点点胭脂赤"（第六回）[4]、"江、淮、河、济添新水，翠竹红榴洗濯清"（第二十七回）[5]、"一庭萱草石榴花"（第五十三回）[6]等。红花虽好，还需绿叶衬托，火红的石榴与翠绿植物搭配，更加突出其主体性，而与宜于后代子孙的萱草相配，亦进一步强化石榴本身多子多福的美好文化蕴含。据说老北京四

---

[1] 兰陵笑笑生著，刘辉、吴敢辑校：《会评会校〈金瓶梅〉》，香港：天地图书有限公司，1998年版，第168页。

[2] 兰陵笑笑生著，刘辉、吴敢辑校：《会评会校〈金瓶梅〉》，香港：天地图书有限公司，1998年版，第409页。

[3] 兰陵笑笑生著，刘辉、吴敢辑校：《会评会校〈金瓶梅〉》，香港：天地图书有限公司，1998年版，第571页。

[4] 兰陵笑笑生著，刘辉、吴敢辑校：《会评会校〈金瓶梅〉》，香港：天地图书有限公司，1998年版，第168页。

[5] 兰陵笑笑生著，刘辉、吴敢辑校：《会评会校〈金瓶梅〉》，香港：天地图书有限公司，1998年版，第170页。

[6] 兰陵笑笑生著，刘辉、吴敢辑校：《会评会校〈金瓶梅〉》，香港：天地图书有限公司，1998年版，第1051页。

合院中就有摆荷花缸和石榴树的传统配植手法，石榴也十分适宜盆栽观赏，自古有被作成各种桩景和供瓶养插花的观赏传统，这在《金瓶梅》中就有生动反映，如描写"院内摆设榴树盆景，台基上靛缸一溜"（第七回）[1]、"盆栽绿柳，瓶插红榴"（第九十七回）[2]等，据相关记载，石榴盆景可多次开花，花期较长，达 3 个月，果实观赏期甚至能达 7～8 个月之久。若管理养护得当，加之温度适宜，甚至一年四季均可观赏。春日观石榴新芽，夏时赏火红榴花，秋冬品满枝榴果，不仅如此，在崇祯本绣像中还可以找到图像的佐证（见图）。

第七回
薛媒婆说娶孟三儿　杨姑娘气骂张四舅

对比第七回中图像与小说文本相关描写，愈见其巧妙之处，文中载："薛嫂请西门庆下了马，同进去。里面仪门照墙，竹抢篱影壁，院内摆设榴树盆景，台基上靛缸一溜，打布凳两条。薛嫂推开朱红槅（隔）扇，三间倒坐，客位上下椅卓（桌）光鲜。帘栊潇洒。"[3]绣像中玉楼娇羞之貌与西门垂涎之态，通过他们本身与周遭丫鬟的举止神情，描刻得入木三分，而图中右下角太湖石旁的榴树盆景尤为醒目，尚未挂果，

[1] 兰陵笑笑生著，刘辉、吴敢辑校：《会评会校〈金瓶梅〉》，香港：天地图书有限公司，1998 年版，第 187 页。

[2] 兰陵笑笑生著，刘辉、吴敢辑校：《会评会校〈金瓶梅〉》，香港：天地图书有限公司，1998 年版，第 1442 页。

[3] 兰陵笑笑生著，刘辉、吴敢辑校：《会评会校〈金瓶梅〉》，香港：天地图书有限公司，1998 年版，第 187 页。

然已着花，结合文中"那家日子定在二十四日行礼，出月初二日准娶"[1]，以及后文"到六月初二日，西门庆一顶大轿，四对绛纱灯笼……"[2]，薛媒婆游说西门庆迎娶孟玉楼当是在初夏时节，石榴花为此时节的代表花卉，"院内摆设榴树盆景"恰好点明与之照应。石榴又象征富贵吉祥，团团圆圆，吉庆幸福，多子多福，与说媒聘妻主旨相符。观图，崇祯版《金瓶梅》绣像中的石榴盆景枝干古拙苍老，枝虬叶细，极富情趣。古人常将石榴作为观赏植物栽植在庭院内，用来点缀和美化环境，或将石榴栽植于盆钵之中，培育成似参天古木般古朴典雅、遒曲苍劲的优美树姿，使人们足不出户便可领略到大自然的风采。

二、《金瓶梅》中的石榴意象及其文化内涵

《金瓶梅》中的石榴意象给人以深刻的印象，作者行文不仅对石榴作了颜色上的形容，如"红馥馥"，数量上的描写，如"三个"，还与鲜柑、雪梨等其他水果并列陈述。笔者于小说中爬梳剔抉，发现其中的石榴书写还具有如巧借榴花点明时令背景、雅置石榴盆插以供观赏、妙用榴花词曲触景生情等文化艺术内涵。

其一，巧借石榴花点明时令背景。植物及其景观会随着时间产生变化，其生命特征可以表现出日夜（一日变化）、季节（四季变化）、岁月（一生变化）以及历史变迁等。其中，一年中出现的不同植物，带给我们最直观的视觉变化。以四季代表性花卉而言，春季开花的植物有迎春、海棠、山茶、桃花、樱花等；夏季有紫薇、扶桑、无花果等；秋季有桂花、木芙蓉、木槿、菊花等；冬季有玉兰、腊梅、梅花等。在我国古代小说中，作者时

[1] 兰陵笑笑生著，刘辉、吴敢辑校：《会评会校〈金瓶梅〉》，香港：天地图书有限公司，1998年版，第190页。

[2] 兰陵笑笑生著，刘辉、吴敢辑校：《会评会校〈金瓶梅〉》，香港：天地图书有限公司，1998年版，第195页。

常会巧借植物生长特性，点出故事发生的时节背景，如明初《水浒传》就曾借"一枝独秀"石榴花来点出时令，其第十四回当讲到吴用去石碣村游说地痞阮氏兄弟入伙抢劫集团时，提到一段阮小五出场镜头："那阮小五斜戴着一顶破头巾，鬓边插朵石榴花，披着一领旧布衫，露出胸前刺着的青郁郁一个豹子来。"[1] 这段描写赢得了金圣叹的赞赏，他在"鬓边插朵石榴花"句旁曾有"如画"二字批注。吴用等人智取生辰纲，时值炎热的农历五月，如果要为这个季节挑选代表花卉，非石榴莫属。施耐庵手笔高妙，只轻描淡写地让石榴花在阮小五鬓边露一小脸，便已交代了时间。

《金瓶梅》中榴花绚放，簪于美人发髻旁，这一书写除了反映古代的传统簪花习俗外，亦起到点出时令的效果，巧借榴花照应前后文，如第二十七回："春梅越发把月琴丢与妇人，扬长的去了。妇人接过月琴，弹了一回，说道：'我问孟三儿也学会了几句儿了。'一壁弹着，见太湖石畔石榴花经雨盛开，戏折一枝，簪于云鬓之傍……"[2] 这段描写正与《水浒传》中阮小五鬓边出现的石榴花起到相似的艺术效果，娇美的石榴花簪于鬓间，不仅花面交相映，增强行文的画面感，而且点出雨后榴花盛放的农历五月清芬时节。又，词话本第一百回："正值春尽夏初天气，景物鲜明，日长针指困倦，姊妹二人，闲中徐步到西书院花亭上。见百花盛开，莺啼燕语，触景伤情……爱姐道：'春事阑珊首夏时，弓鞋款款出帘迟。晚来闷倚妆台立，巧画蛾眉为阿谁？'翠屏又道：'红绵掩镜照窗纱，画就双蛾八字斜。莲步轻移何处去，阶前笑折石榴花。'"（仅见于词话本，第一百回）[3] 二姊妹对诗，爱姐苦闷，表现出"闷倚""为阿谁"之叹，

---

[1] 施耐庵著：《水浒传》，北京：人民文学出版社，2002年版，第187页。

[2] 兰陵笑笑生著，刘辉、吴敢辑校：《会评会校〈金瓶梅〉》，香港：天地图书有限公司，1998年版，第571页。

[3] 兰陵笑笑生著，戴鸿森校点：《金瓶梅词话》，北京：人民文学出版社，1985年版，第1479页。

葛翠屏释然，以笑折榴花句表露出坦然之态。同时，作者更通过翠屏所吟"阶前笑折石榴花"，巧妙照应了前文"正值春尽夏初天气"的季节背景。

其二，精置榴树盆彰显景观雅韵。一座上佳的园林，要有好的季相景观以及四时不谢之花木，石榴花果期皆长达数月，春可观嫩叶，夏可赏红花，秋可睹硕果，冬可鉴虬枝，是十分优良的庭园观赏树种之一。石榴有五月开花八月果之说，《金瓶梅》中西门家妻妾游赏新花园门时，有段对植物景观的精彩描写，提及庭园石榴景观："一日，八月初旬……湖山侧，半绽金钱；宝槛边，初生石笋……木香棚与荼蘼架相连，千叶桃与三春柳作对。松墙竹径，曲水方池；映阶蕉棕，向日葵榴。游鱼藻内惊人，粉蝶花间对舞。"[1] 文中西门庆妻妾吴月娘、李娇儿、孟玉楼、孙雪娥、大姐、潘金莲众人游赏新花园，但见"里面花木庭台，一望无际，端的好座花园"[2]，农历八月初，天气尚热，庭园中黄灿灿的葵花和红彤彤的榴果愈发引人注目，成为一处朝气蓬勃的观赏点。

石榴不仅有孤植、对植、丛植、群植等多样的种植形式，本身还可吸附有害元素，起到净化空气的作用，而且因其奇特的树干、柔软的枝条，以及富有变化的花果色彩，自古以来成为盆景、插花等的制作素材。古代匠人、文士们灵活运用其花其果其干其叶，塑造出多变的榴树盆景、瓶插样式，这在《金瓶梅》若干回目中也有反映，如第七回中讲到："里面仪门照墙，竹抢篱影壁，院内摆设榴树盆景，台基上靛缸一溜，打布凳两条。"[3] 主人家的庭院颇为雅致，不仅四壁有竹篱笆，还摆设榴树盆景。

[1] 兰陵笑笑生著，刘辉、吴敢辑校：《会评会校〈金瓶梅〉》，香港：天地图书有限公司，1998年版，第 408-409 页。

[2] 兰陵笑笑生著，刘辉、吴敢辑校：《会评会校〈金瓶梅〉》，香港：天地图书有限公司，1998年版，第 408 页。

[3] 兰陵笑笑生著，刘辉、吴敢辑校：《会评会校〈金瓶梅〉》，香港：天地图书有限公司，1998年版，第 187 页。

古时，石榴除用作盆景的花卉素材外，还是夏季插瓶的重要花材，如词话本第九十七回："一日，守备领人马出巡，正值五月端午佳节，春梅在西书院花亭上置了一桌酒席，和孙二娘、陈经济（敬济）吃雄黄酒，解粽欢娱。丫鬟侍妾，都两边侍奉。当日怎见的蓬宾好景？但见：'盆栽绿柳，瓶插红榴。水晶帘卷虾须，云母屏开孔雀。菖蒲切玉，佳人笑捧紫霞觞……'"[1] 石榴花红艳，在书斋内随意取一两枝榴花插小瓶中能调节室内的气氛。与石榴一样，花期在农历端午前后的还有蜀葵、锦葵等锦葵科植物，从园林应用来看，这两种草本花卉在明代江南园林中已广泛栽种，亦与石榴花、佛桑、菖蒲、艾草一起成为端午清供的常用花材，这些夏日的花卉，若做堂供，皆可与石榴搭配配置。明代袁宏道《瓶史》曾提及石榴搭配紫薇、大红千叶木槿，这种搭配虽然勉强算得上和谐，但不常见，榴花更多的是搭配菖蒲和蜀葵。[2]

其三，妙用榴花词触发文心幽情。石榴花常成为古人触景生情的媒介，古时端午，榴花常与女孩同提，明代《帝京景物略》一书载："五月一日至五日，家家妍饰小闺女，簪以榴花，曰女儿节。"[3] 文中的"小闺女"指待字闺中的小女孩，明代的风俗，用五月所盛开的石榴花来装扮小女孩，到了清代仍然保留女儿节的习俗。同时，诗歌中也有相关吟咏，如余有丁《帝京午日歌》："都人重五女儿节，酒蒲角黍榴花辰。金锁当胸符当髻，衫裙簪朵盈盈新。"[4] 诗中菖蒲、雄黄酒、石榴花等围绕五月五日的诸多民俗意象齐聚，还有如："女儿节，女儿归，要青去，送青回。球场纷纷

[1] 兰陵笑笑生著，戴鸿森校点：《金瓶梅词话》，北京：人民文学出版社，1985 年版，第 1442 页。

[2] 张谦德著，袁宏道：《瓶花谱·瓶史》，南京：江苏凤凰文艺出版社，2016 年版。

[3] 刘侗，于奕正著：《帝京景物略》，上海：上古籍出版社，2001 年版，第 103 页。

[4] 刘侗，于奕正著：《帝京景物略》，上海：上古籍出版社，2001 年版，第 113 页。

插杨柳，去看击鞠牵裾走。红杏单衫花满头，彩扇香囊不离手。谁家采艾装絮衣，女儿娇痴知不知？"（清王蕴章《幽州风土吟·女儿节》）诗中的"杨柳"是代表离别、惜别的女儿心理，"花满头"的"花"指的就是五月的代表花石榴花。又，河南歌谣唱词："石榴花，溜墙托。井台高，望见娘家柳树梢。闺女想娘谁知道？娘想闺女哥来叫。"在此，榴花不仅可衬托返家女儿能享受到的亲情，甚至可以成为那些还不及或错失那天的女儿们用来勾起思亲之情的特殊景物。晚明小说中大量出现有关石榴花的诗词，如著名的神魔小说《西游记》中有"野蚕成茧火榴妍""海榴棠棣根歪""海榴娇艳游蜂喜""海榴舒锦弹""榴火壮行图""宫院榴葵映日辉""槐云榴火斗光辉"等诗句，或引述，或新造，结合上下文，情趣盎然，紧密贴合故事情节脉络展开。《金瓶梅》中也有多处诗词语句涉及石榴花，借以生情，如："绿杨袅袅垂丝碧，海榴点点胭脂赤；微微风动慢，飒飒凉侵扇。处处过端阳，家家共举觞。却说西门庆自岳庙上回来，到王婆茶坊里坐下。那婆子连忙点一盏茶来，便问：'大官人往那里去来？怎的不过去看看大娘子？'"（第六回）[1]"海榴"即石榴，是海石榴的简称，因其来自海外，故名。海榴又叫火石榴，形体矮小，叶子和果实小，常做观赏用。古代诗文中的"海榴"多指石榴花，但有些也指山茶花，山茶花的别名也叫海榴，然其盛花期在 1～3 月，石榴的花期在 5～6 月，故上引小说中的"海榴点点胭脂赤"，结合下文"处处过端阳"，此处"海榴"当指石榴花。点点石榴繁花绽放于枝头，其色如美人唇边所抹的赤红色胭脂，文中提及西门庆幽会潘金莲"两月有余。一日将近端阳佳节……"[2]，

［1］ 兰陵笑笑生著，刘辉、吴敢辑校：《会评会校〈金瓶梅〉》，香港：天地图书有限公司，1998 年版，第 168 页。

［2］ 兰陵笑笑生著，刘辉、吴敢辑校：《会评会校〈金瓶梅〉》，香港：天地图书有限公司，1998 年版，第 168 页。

而他们开始在阳春三月之前，至此五月端阳佳节，正是两月有余。文中紧接着"海榴点点胭脂赤"的诗词也恰好照应了时节，并通过石榴所包含的丰富文化意蕴触发情感共鸣，因是第一次写端午节西门庆幽会潘金莲，也侧面烘托出"大娘子"的娇羞柔媚之态。《金瓶梅》中有二处引用了相近的榴花诗词，分别在第六回和第二十七回："江、淮、河、济添新水，翠竹红榴洗濯清。"（第六回）[1] "'江河淮海添新水，翠竹红榴洗濯清。'少顷雨止，天外残虹，西边透出日色来。得多少微雨过碧矶之润，晚风凉落院之清。"（第二十七回）[2] 大雨中碧绿的竹子与鲜红的榴花形成视觉上的强烈对比，这般景象不仅洗炎驱暑，润泽田苗，也仿佛正在洗涤世间诸多荒诞与书中人物心中的污浊，使之清明。

与此同时，《金瓶梅》中的石榴诗词还传达出丰富的文化信息。小说第五十三回云："小院闲阶玉砌，墙隈半簇兰芽。一庭萱草石榴花。多子宜男爱插。休使风吹雨打，老天好为藏遮。莫教变作杜鹃花，粉褪红销香罢。"[3] 此则引自成书于三国时期的《吴谱》一书，其中，"一庭萱草石榴花"中的"萱草"即俗称的忘忧草，古人云："应怜萱草淡，却得号忘忧"（唐李商隐《牡丹》），民间有"萱草宜男"习俗，而石榴因"千膜同房，千子如一"而有"榴开百子"的美好寓意，萱草与石榴同时出现在诗句中，增强了其象征多子多孙、子嗣绵长的文化内涵。《金瓶梅》中还暗用石榴民俗典故安排情节，烘托气氛，如第七十七回中描述西门庆在郑爱月儿房中看见床侧锦屏风上的《爱月美人图》画轴，上有题诗曰："有美人

下编 《金瓶梅》植物景观、图文及其文化研究

---

[1] 兰陵笑笑生著，刘辉、吴敢辑校：《会评会校〈金瓶梅〉》，香港：天地图书有限公司，1998年版，第170页。

[2] 兰陵笑笑生著，刘辉、吴敢辑校：《会评会校〈金瓶梅〉》，香港：天地图书有限公司，1998年版，第569页。

[3] 兰陵笑笑生著，刘辉、吴敢辑校：《会评会校〈金瓶梅〉》，香港：天地图书有限公司，1998年版，第1051页。

兮迥出群，轻风斜拂石榴裙。花开金谷春三月，月转花阴夜十分。玉雪精神联仲琰，琼林才貌过文君。少年情思应须慕，莫使无心托白云。"[1]石榴裙是古时年轻女子们钟爱的裙装，榴花的花形像裙裾，红彤彤的色彩引人注目，传说唐明皇宠妃杨玉环还留下让众臣"拜倒在石榴裙下"的典故。

综上，《金瓶梅》中的"石榴"有其独特的景观效果与传统的文化蕴含，从其色、形等景观要素以及崇祯本绣像考察，石榴具有生动的景观营造效果，而从具体行文解读中，石榴意象体现的诸如巧借石榴花点明时令背景、精置榴树盆彰显景观雅韵与妙用榴花词触发文心幽情等文化内涵也非常显著。

第四节　《金瓶梅》植物与人物形象塑造
——以潘金莲为考察中心

从《水浒传》到《金瓶梅》，潘金莲贪淫恶毒的人物形象特征趋于定型。在《水浒传》中，作者对潘金莲身世介绍不多，多次给她贴上淫娃荡妇的简单标签。《金瓶梅》对潘金莲的形象塑造有所继承与突破，其淫恶本性依旧，但兰陵笑笑生加重了对她的各方笔墨，如对人物神貌、语言、动作等有所润色加工，将这名出身下层市民家庭的女子形象刻画得入木三分，成为更鲜活而复杂的人物。潘金莲是如花美眷，也是蛇蝎妖精，既乖觉精明、狠毒淫恶，又带有随波卑躬、懦弱敏感等堪怜之处。一般而言，此类圆形人物性格系统由生理因素、心理因素和社会因素三方面组成[2]，而花朵般美丽外貌作为生理因素，乃是作者塑造金莲性格的必要基础，潘金莲

---

[1]　兰陵笑笑生著，刘辉、吴敢辑校：《会评会校〈金瓶梅〉》，香港：天地图书有限公司，1998年版，第1622页。

[2]　关于这一问题，参见陈建生《初论〈金瓶梅〉的人物性格系统》，《明清小说研究》，1991年第3期，第65页。

性格中不满嫁给五短丑陋武大郎并谋害亲夫的贪残，以及自恃形貌招摇骄纵、不断攀援钻营的心机等，正是建立在她如花之貌的生理基础上，并由此产生种种心理反映。世人皆知金莲貌美，作者进一步借桃花、梅花、紫薇、榴花、瑞香等众卉，细致地塑造人物形象，全面展示潘金莲外在之美与内在之恶。

事实上，花儿本身的生理特性与女性关系密切，它是种子植物的有性生殖器官，其与生俱来的阴柔之美很容易让人联想到女子之美。在《金瓶梅》中，作者正是借助特写式笔触、个性化语言，抓住人物特征勾勒形象，将潘金莲如花、簪花、玩花等情节描写与形象塑造巧妙融合，以花喻容、比德，如以她花朵般娇艳的外表反衬其不择手段的毒辣行径。同时，作者还善以花木品貌生动喻人，如以花之小人瑞香隐喻争宠善妒的金莲，使其形象与花相辅相成，最终成功塑造了潘金莲花貌毒行的典型形象。

一、花貌毒行巧对比

《金瓶梅》中的潘金莲有着如花儿般的美丽外表，美眷如花却包藏毒心祸胎。她沉沦欲海，害人害己，终至灭亡，其花容月貌与毒心恶行形成鲜明的对比。

小说中金莲"脸如三月桃花"[1]，情致娇媚，因私仆受辱于西门庆时，作者还用"花朵儿般"[2]来形容她脱得赤条条的身子，使人望之生爱生怜，与其毒杀亲夫、使计邀宠等可怖行径对比鲜明。潘金莲不仅貌美如花，还善于装扮自己，锦上添"花"，身上所饰不离花儿："通花汗巾儿袖口儿边搭

---

[1] 兰陵笑笑生著，刘辉、吴敢辑校《会评会校〈金瓶梅〉》，香港：天地图书有限公司，1998年版，第221页。

[2] 兰陵笑笑生著，刘辉、吴敢辑校《会评会校〈金瓶梅〉》，香港：天地图书有限公司，1998年版，第277页。

《金瓶梅》植物景观及其文化研究

刺""红纱膝裤扣莺花"[1]，日常脸上贴面花："贴着三个面花儿，带着紫销金箍儿"[2]，她的螺钿大床"两边槅（隔）扇都是螺钿攒造，花草翎毛"[3]。第三回，西门庆设局在王婆家中见金莲，作者巧妙点出她"云鬟叠翠，粉面生春，上穿白布衫儿，桃红裙子，蓝比甲"[4]，金莲白衫红裙，颜色不繁杂，局部搭以撞色的蓝比甲，清新中带有活泼娇艳，尤其是裙子还是桃红色，青春靓丽，在服饰搭配上极有美感，不似一般已婚下层妇女荆布钗裙。小说中的此类描写为人所称道，有学者指出："对穿着打扮的精工细描更加熟练和简洁了，真正摆脱了传奇性的影响而成为完全现实性的描写，肖像描写的日常生活化更加明显和普遍，不仅如此，兰陵笑笑生在此基础上将《金瓶梅词话》的肖像描写提升了一个层次，这就是：开始将人物外在形态的描写与视点（观察者）之间的感应沟通了，肖像描写作为一种艺术需要的艺术功能被激活了。"[5]金莲如花的肖像描写成为艺术需要，作者通篇巧借花的形象，与金莲作其内的反比与其外的类比，使其貌魅心恶的形象丰满而立体。

纵观整部小说，作者不吝笔墨地对潘金莲如花美貌作细致描写，较为出彩的是第一回、第二回，以及第九回，金莲在字里行间就是花魅与毒妖的综合体，给读者留下深刻印象。

---

[1] 兰陵笑笑生著，刘辉、吴敢辑校《会评会校〈金瓶梅〉》，香港：天地图书有限公司，1998 年版，第 103 页。

[2] 兰陵笑笑生著，刘辉、吴敢辑校《会评会校〈金瓶梅〉》，香港：天地图书有限公司，1998 年版，第 812 页。

[3] 兰陵笑笑生著，刘辉、吴敢辑校《会评会校〈金瓶梅〉》，香港：天地图书有限公司，1998 年版，第 612 页。

[4] 兰陵笑笑生著，刘辉、吴敢辑校《会评会校〈金瓶梅〉》，香港：天地图书有限公司，1998 年版，第 125 页。

[5] 张勇著：《元明小说发展研究：以人物描写为中心》，上海：复旦大学出版社，2007 年版，第 87 页。

第一回，潘金莲并非以蛇蝎心肠的毒妇形象出场，作者描绘了原本鲜嫩娇妍的桃花在命运的暴风疾雨中随波逐流、步步深陷的过程。潘金莲是裁缝的女儿，幼有姿色，特别是一双小脚引人称叹，其名亦源于此："缠得一双好小脚儿，所以就叫金莲。"[1]古时对女性的审美首先看脚，若是三寸小脚，那对男性而言，实有致命的吸引力，据记载，三寸金莲还可细分"五式九品十八等"，讲究"瘦、小、尖、弯、香、软、正"，而潘金莲的"小小金莲"非常有魅力，乃是最高品级的小脚，这也为她"怀璧其罪"打下最初基调。然而就是这样一个拥有公主身子的女子，在书中却只能是丫鬟的命运，由于生活艰难，金莲九岁被家人卖入王招宣府，"习学弹唱，闲常又教他读书写字"[2]，年纪轻轻就善于装扮："描眉画眼，傅粉施朱，品竹弹丝，女工针指，知书识字"[3]"梳一个缠髻儿，着一件扣身衫子，做张做致，乔模乔样。"[4]她逐渐学得一身博取男性欢心的本领，到十五岁上下，其人生又出现转变："王招宣死了，潘妈妈争将出来，三十两银子转卖与张大户家……大户教他（她）习学弹唱，金莲原自会的，甚是省力。金莲学琵琶，玉莲学筝，这两个同房歇卧。主家婆余氏，初时甚是抬举二人，与他（她）金银首饰，装束身子……长成一十八岁，出落的脸衬桃花，眉弯新月。"[5]在随风飘摇、无法掌控的人生中，金莲十五岁时被二易其主，卖

[1]　兰陵笑笑生著，刘辉、吴敢辑校《会评会校〈金瓶梅〉》，香港：天地图书有限公司，1998年版，第78页。

[2]　兰陵笑笑生著，刘辉、吴敢辑校《会评会校〈金瓶梅〉》，香港：天地图书有限公司，1998年版，第78-79页。

[3]　兰陵笑笑生著，刘辉、吴敢辑校《会评会校〈金瓶梅〉》，香港：天地图书有限公司，1998年版，第79页。

[4]　兰陵笑笑生著，刘辉、吴敢辑校《会评会校〈金瓶梅〉》，香港：天地图书有限公司，1998年版，第79页。

[5]　兰陵笑笑生著，刘辉、吴敢辑校《会评会校〈金瓶梅〉》，香港：天地图书有限公司，1998年版，第79页。

到了张大户家，习学琵琶，幸而凭借乖巧能干，得了主子的喜爱。作者巧妙运用旁观者视角使读者对潘金莲有了大致的了解，即外有姿色，内怀诸艺，聪明伶俐，惜出身下层，迫于生计，过早接触到了世态的炎凉。如花的外貌是我们对她的第一印象，如其刚出场，作者就以"脸衬桃花"，即粉嫩的桃花，喻其姣好的面容，《诗经》有云："桃之夭夭，灼灼其华。之子于归，宜其室家。"[1]可惜作为"第二性"的存在，出身贫贱的潘金莲根本无法选择婚姻，一个妙龄如花的姑娘最后嫁给了矮小丑陋的武大，成了张大户和武大郎的共同禁脔。在故事的开头，潘金莲伶俐乖巧，有其"人之初，性本善"美好的一面，不仅认同武大的处世之道，还极具远见地将自己的玉钗交给武大去买独栋二层小房，上可居人下可经商，并乐助邻里，凭借出色的女工帮王婆制作老衣老鞋，回赠吃食，本也是可能成为宜室宜家的良妇，然而如花美眷怎甘空耗大好青春于寻常巷陌，天性的机变伶俐与强大的礼教规范相冲突，压抑的情感欲望一旦爆发，一发而不可收，在她对深具男子气概的武松求之不得，又不愿守着武大过日子后，自愿掉入西门庆的花名册中，对武大痛下杀手，从此泥足深陷。第一回结尾处，作者更是通过"满前野意无人识，几点碧桃春自开"[2]的诗句点出金莲春心大动，"碧桃"本盛开于春天，花朵丰腴，色彩艳丽，一如金莲，难耐寂寞，妖艳媚人。

小说第二回始，作者描述了潘金莲不甘现状，自恃美貌，终于在欲望中开出"恶之花"的转变过程，"帘下勾情"一幕尤为精彩，作者通过西门庆被叉竿打中后所见所感，向读者活画出俏潘娘的如花美貌、风姿神韵：

---

[1] 程俊英、蒋见元著：《诗经注析》，北京：中华书局，1991年版，第16页。

[2] 兰陵笑笑生著，刘辉、吴敢辑校《会评会校〈金瓶梅〉》，香港：天地图书有限公司，1998年版，第84页。

（西门庆）待要发作时，回过脸来看，却不想是个美貌妖娆的妇人。但见他黑鬒鬒赛鸦鸰的鬓儿，翠弯弯的新月的眉儿，清冷冷杏子眼儿，香喷喷樱桃口儿，直隆隆琼瑶鼻儿，粉浓浓红艳腮儿，娇滴滴银盆脸儿，轻袅袅花朵身儿，玉纤纤葱枝手儿，一捻捻杨柳腰儿……观不尽这妇人容貌，且看他怎生打扮？但见：

头上戴着黑油油头发鬏髻，一迳里垫出香云，周围小簪儿齐插。斜戴一朵并头花，排草梳儿后押。难描画柳叶眉，衬着两朵桃花。玲珑坠儿最堪夸，露来酥玉胸无价……往下看，尖翘翘金莲小脚，云头巧缉山鸦。鞋儿白绫高底，步香尘偏衬登踏。红纱膝裤扣莺花，行坐处风吹裙袴。口儿里常喷出异香兰麝，樱桃口笑脸生花。人见了魂飞魄丧，卖弄杀俏冤家。[1]

通过大段描写，使人领略到金莲如花美眷的千姿百媚，那"杏子眼儿""樱桃口儿""花朵身儿""葱枝手儿""杨柳腰儿""柳叶眉衬着两朵桃花""口儿里常喷出异香兰麝"，何等诱人，更有"斜戴一朵并头花，排草梳儿后押"的妙笔，人与娇艳的花儿浑然如一。潘金莲求武松而不得，求逃离武大更无现实可能，此时上天给她送来了西门庆，最后，作者通过西门庆的动作神态，更将金莲的娇媚刻画得入木三分："那人见了，先自酥了半边，那怒气早已钻入爪洼国去了，变做笑吟吟脸儿。"[2]让西门庆为之身心酥麻的俏佳人有着如花体貌，而这朵娇恶之花在丰沛养料的浇灌下，毒杀亲夫，偷嫁奸夫，由娇柔弱女渐成用尽计谋的淫妇。

---

[1] 兰陵笑笑生著，刘辉、吴敢辑校《会评会校〈金瓶梅〉》，香港：天地图书有限公司，1998年版，第102-103页。

[2] 兰陵笑笑生著，刘辉、吴敢辑校《会评会校〈金瓶梅〉》，香港：天地图书有限公司，1998年版，第103页。

第九回，西门庆偷娶金莲，作者进一步"将人物外在形态的描写与视点（观察者）之间的感应沟通了"，通过转换观察视角，分别透过金莲和西门府众妻妾的眼睛，生动评点了一番几位女主人公的形象，首先是西门庆正妻吴月娘眼中的金莲：

> 眉似初春柳叶，常含着雨恨云愁；脸如三月桃花，每带着风情月意。纤腰袅娜，拘束的燕懒莺慵；檀口轻盈，勾引得蜂狂蝶乱。玉貌妖娆花解语，芳容窈窕玉生香。吴月娘从头看到脚，风流往下跑，从脚看到头，风流往上流。论风流，如水泥晶盘内走明珠；语态度，似红杏枝头笼晓月。[1]

金莲丽质天生，脸如粉桃，态若红杏，恰似一朵风流解语花，由头到脚，无一不美，艳冠群芳，风韵十足。紧接着，潘金莲暗中观察西门府众女眷，作者写道：

> 见吴月娘约三九年纪，生的面如银盆，眼如杏子，举止温柔，持重寡言。第二个李娇儿，乃院中唱的。生的肌肤丰肥，身体沉重。虽数名妓者之称，而风月多不及金莲也。第三个就是新娶的孟玉楼，约三十年纪。生得貌若梨花，腰如杨柳，长挑身材，瓜子脸儿，稀稀的几点微麻，自是天然俏丽。惟裙下双湾，与金莲无大小之分。第四个孙雪娥，乃房里出身。五短身材，轻盈体态，能造五鲜汤水，善舞翠盘之妙。[2]

---

[1] 兰陵笑笑生著，刘辉、吴敢辑校《会评会校〈金瓶梅〉》，香港：天地图书有限公司，1998年版，第221页。

[2] 兰陵笑笑生著，刘辉、吴敢辑校《会评会校〈金瓶梅〉》，香港：天地图书有限公司，1998年版，第222页。

作者常用桃花之貌、杨柳之态喻指潘金莲，此处也对玉楼颇费笔墨，通过金莲之眼，所见诸人中唯有"貌若梨花，腰如杨柳"的孟玉楼最为俏丽，"梨花"一词显然有其用意，除用不同植物区分美人，还有点出玉楼肤白胜雪若梨花之貌，后接"稀稀的几点微麻"，巧妙以面貌上的白璧微瑕暗示其人生遭际。张竹坡评："观其命名，则作者待玉楼，自是特特用异样笔墨，写一绝世美人，高众妾一等。见得如此等美人，亦遭荼毒。"[1]如果说玉楼是被动被荼毒于西门府，那金莲就是主动选择荼毒他人，从显其本色的莲花，辗转沉沦，质洁陷淤泥，将伶俐才学都用在了对自己情感性欲的追求之上，设毒计间接杀死瓶儿母子，平日偷情纵欲无度，她对自由幸福的追求已然扭曲，终使西门庆服用过量春药，暴毙于其床。可以说，作者在塑造潘金莲这一典型形象时，三句不离"脸衬桃花""花朵身儿"[2]等"花语"，既向读者展示了潘金莲如花外在的娇媚之致，令人心生怜爱，也向世人揭示了她如蝎内在的毒辣之心，让人脊背生寒，对比十分高妙。

二、拈花以喻妙塑形

《金瓶梅》作者通过细致描写金莲簪花、玩花的过程，安排情节，巧用某些花卉特性来喻指金莲品性，以花喻人，使得金莲与花在小说中相互映照。

一方面，梅艳莲怜之象。潘金莲是倒插瓶底的梅花，争春候时，一任群芳妒，她如梅娇艳，亦易飘零于北风。小说第三十八回写道："春梅把镜子真个递在妇人（潘金莲）手里，灯下观看。正是：羞对菱花拭粉妆，

---

[1] 兰陵笑笑生著，刘辉、吴敢辑校《会评会校〈金瓶梅〉》，香港：天地图书有限公司，1998 年版，第 177 页。

[2] 兰陵笑笑生著，刘辉、吴敢辑校《会评会校〈金瓶梅〉》，香港：天地图书有限公司，1998 年版，第 102-103 页。

为郎憔瘦减容光。闭门不管闲风月，任你梅花自主张。"[1] 第八十七回：
"好似初春大雪压折金钱柳；腊月狂风吹折玉梅花。这妇人（潘金莲）娇
媚不知归何处，芳魂今夜落谁家？"[2] 卿本佳人陷欲壑，外显娇媚里藏恶。
一朝憔悴一朝丧，纵是毒妇亦堪怜。最终，武松以迎娶她为借口，将她骗
到武大郎灵前，杀其报仇，花落人亡，一枝娇梅萎于风雨，一缕香魂就此
飘散。潘金莲之于梅花，古代学者已申其论，张竹坡把《金瓶梅》誉为天
下"第一奇书"，在评点中曾将金瓶人物与各类花卉进行有机比较，例如：

> 见其一种春风，别具嫣然，不似莲出污泥、瓶梅为无根之卉
> 也……况夫金瓶梅花，已占早春，而玉楼春杏，必不与之争一日
> 之先，然至其时日，亦各自有一番烂熳（烂漫），到那结果时，
> 梅酸杏甜，则一命名之间，而后文结果皆见……以李娇儿名者，
> 见得桃李春风墙外枝也……若夫桂出则莲凋，故金莲受辱即在梳
> 栊桂儿之后……其写月娘为正，自是诸花共一月：李花最早，故
> 次之；杏占三春，故三之；雪必于冬，冬为第四季，故四之；莲于
> 五月胜、六月大胜，故五排而六行之；瓶可养诸花，故排之以末；
> 而春梅早虽极早，却因为莲花培植，故必自六月迟至明年春日，方
> 是他芬芳吐气之时，故又在守备府中方显也；而莲、杏得时之际，
> 非梅花之时，故在西门家只用影写也。[3]

短短数语，张氏已将植物特性、行文脉络与小说女性人物命名结合在

[1] 兰陵笑笑生著，刘辉、吴敢辑校《会评会校〈金瓶梅〉》，香港：天地图书
有限公司，1998 年版，第 783 页。

[2] 兰陵笑笑生著，刘辉、吴敢辑校《会评会校〈金瓶梅〉》，香港：天地图书
有限公司，1998 年版，第 1841-1842 页。

[3] 兰陵笑笑生著，刘辉、吴敢辑校《会评会校〈金瓶梅〉》，香港：天地图书
有限公司，1998 年版，第 177-182 页。

一起评述，前后所论，切中肯綮。其中，潘金莲是"已占早春"的"金瓶梅花"（春梅即其影写），也是"出污泥""六月大胜"的"无根之卉"莲花，初陷于淤泥，后被俗世所染，令人又怜爱又痛恨。我国古代文化有以自然物象之美来比附人格的传统，如提及君子人格，人们便会联想到梅兰竹菊等植物，以花比德在我国古代小说中也十分普遍，清代学者曾将红楼诸艳与花做过类比，黛玉有芙蓉之评，宝钗有牡丹之论，明显是传统比德文化的反映，且在点明女子们如花之貌的同时，评论者更为强调她们与花相比德的关系，张潮谓："花者美人之小影，美人者花之真身。"[1] 而兰陵笑笑生笔下的潘金莲既没有宝钗若牡丹般的豁达雍容之气，也缺乏黛玉如莲菊般婉转幽淡之质，她是复杂的美娇娘，媚致万方使其不逊众香，斑斑劣迹又使其乏德可比，作者在小说人物刻画上巧妙借助梅、莲之花期等自然特性，隐含自身褒贬态度，恰到好处地以花饰金莲、贬金莲、叹金莲。

另一方面，粉逗香压之形。潘金莲亦为粉嫩挑逗的桃花、火红明艳的榴花以及香压群芳的瑞香。小说中的西门庆本就是爱"花"之人，花园中有各等娇花，寝房中也有各色娇娘，其中人如花艳、集"淫""势""霸"于一身的便是潘金莲。

其一，拈花弄情娇淫面。金莲平日最喜簪花、玩花，张竹坡评："写淫妇迷人。"[2] 金莲所簪之花大多未交代花名，多为西门府花园所摘，如"惟金莲独自手摇着白团纱扇儿，往山子后芭蕉深处纳凉。因见墙角草地下一朵野紫花儿可爱，便走去要摘。"（第五十二回）[3] "只见潘金莲掀

[1] 张潮著《花底拾遗》，北京：人民文学出版社，1992年版，第15页。

[2] 兰陵笑笑生著，刘辉、吴敢辑校《会评会校〈金瓶梅〉》，香港：天地图书有限公司，1998年版，第253页。

[3] 兰陵笑笑生著，刘辉、吴敢辑校《会评会校〈金瓶梅〉》，香港：天地图书有限公司，1998年版，第1044页。

帘子走进来，银丝鬏髻上，戴着一头鲜花儿，笑嘻嘻道：'我说是谁，原来是陈姐夫在这里。'慌的（得）陈敬济扭颈回头，猛然一见，不觉心荡目摇，精魂已失。"（第十八回）[1] 即使是无名野花，金莲也能借其巧露媚态，竹坡有"媚甚"[2] 之评。据沈从文先生考证，女性簪花在两汉就已盛行，《金瓶梅》以北宋末年为故事背景，吴自牧《梦粱录》曾载其时花市鲜花四季不断、品种丰富的盛况，宋人簪花风俗亦浓。小说特别交代了金莲曾戏赠一枝粉嫩的桃花以逗弄私情："只见潘金莲独自从花园蓦地走来，手中拈着一枝桃花儿，看见迎春便道：'你原来这一日没在上边伺候。'迎春道：'有春梅、兰香、玉箫在上边哩，俺娘叫我下边来看哥儿，就拿了两碟下饭点心与如意儿吃。'……将那一枝桃花儿做了一个圈儿，悄悄套在敬济帽子上。"（第四十八回）[3] 有评曰："调处亦是常情，只一桃花圈出自金莲手，便饶风韵。"[4] 桃花花色极艳，先秦时期即已用桃花来形容美色之极，清人姚际恒论《诗经·桃夭》曰："桃花色最艳，故以取喻女子，开千古咏美人之祖。"[5] 作者巧借金莲拈桃花以惹敬济，推动故事发展，展现出金莲相当高超的调情手腕与淫荡至极的妖娆形象。

其二，簪花照人强势身。古人曾仿官秩等级，以"九品九命"品赏花卉，花分品阶亦如人有高下，而且"在明代有关插花的'主客'理论中，榴花总是列为瓶花花主之一，称为花盟主，辅以栀子花、蜀葵、孩儿菊、石竹、

---

[1] 兰陵笑笑生著，刘辉、吴敢辑校《会评会校〈金瓶梅〉》，香港：天地图书有限公司，1998 年版，第 396 页。

[2] 兰陵笑笑生著，刘辉、吴敢辑校《会评会校〈金瓶梅〉》，香港：天地图书有限公司，1998 年版，第 396 页。

[3] 兰陵笑笑生著，刘辉、吴敢辑校《会评会校〈金瓶梅〉》，香港：天地图书有限公司，1998 年版，第 946-947 页。

[4] 兰陵笑笑生著，刘辉、吴敢辑校《会评会校〈金瓶梅〉》，香港：天地图书有限公司，1998 年版，第 947 页。

[5] 姚际恒著《诗经通论》，北京：中华书局，1958 年版，第 25 页。

紫薇等，这些花则被称为花客卿或花使令，更有喻为妾、婢的，可见古人对石榴花的推崇了。"[1] 石榴花开红艳，独占一季鳌头，古人因其果实多籽，有多子多孙吉寓，紫薇、栀子等花，无论色泽还是寓意，其势弱于榴花，在《花经》中，石榴的品级同样高于紫薇，作者亦以花势暗喻，不着痕迹，尽收其妙。如或借烂漫的紫薇以示友好，巧讽花中妾婢："玉楼道：'桂姐，你还没到你爹新收拾书房里瞧瞧哩。'到花园内，金莲见紫薇花开得烂熳（漫），摘了两朵与桂姐戴。于是顺着松墙儿到翡翠轩，见里面摆设的床帐屏几、书画琴棋，极其潇洒。床上绡帐银钩，冰簟珊枕，西门庆倒在床上，睡思正浓。"（第五十二回）[2] 作者在交代金莲摘花与桂姐戴后，藉由游踪，顺势带出西门庆书房布置，不仅毕现一幅花团锦簇的富贵人家图景，而且摘戴紫薇看似闲笔，此一着墨，金莲心思实引人深思。或用红艳照人的榴花以讨欢心，实喻花中盟主："一壁弹着，见太湖石畔石榴花经雨盛开，戏折一枝，簪于云鬓之傍，（绣乙本评：媚致可想。）说道：'我老娘带个三日不吃饭，眼前花。'（绣乙本评：开口便娇。）被西门庆听见，走向前，把他（她）两只小金莲扛将起来……"（第二十七回）[3] 这一幕不仅反映传统簪花习俗，点出雨后榴花盛放的农历五月清芬时节，而且娇美的女儿花簪于美人鬓间，花面交相映，增强了行文的画面感，对于塑造艳压群芳、性格强势的潘金莲形象也起到很好的作用。光艳四射的金莲恰若一朵正享其时的榴花，入西门府后，她谄媚算计，合纵连横，气势一度压月胜瓶，其中，她极善于利用自己娇媚如花的身体，并以簪花、玩花为手

[1] 何小颜著《花与中国文化》，北京：人民文学出版社，1999年版，第186-187页。

[2] 兰陵笑笑生著，刘辉、吴敢辑校《会评会校〈金瓶梅〉》，香港：天地图书有限公司，1998年版，第1031页。

[3] 兰陵笑笑生著，刘辉、吴敢辑校《会评会校〈金瓶梅〉》，香港：天地图书有限公司，1998年版，第571页。

段展现女性魅力，也是她能长期获西门庆独宠的重要原因之一。金莲曾"鬓髻内安着许多玫瑰花瓣儿，露着四鬓，打扮的就是活观音"[1]，卖弄风情，也曾因西门庆夸瓶儿白净而较上劲，自己"就暗暗将茉莉花蕊儿搅酥油定粉，把身上都搽遍了。搽的（得）白腻光滑，异香可爱，欲夺其宠"[2]，金莲善于借花调情诮媚，用花粉饰扮靓，看似得时之花，实亦得势之人。

其三，弄花争宠称霸心。值得注意的是，作者反复涉笔瑞香花，以花喻人，突显了金莲欲称霸众花的形象。第二十七回，西门庆在花园中翡翠轩卷棚内，看着小厮每浇花："只见翡翠轩正面前，栽着一盆瑞香花，开得甚是烂熳（漫）"[3]。可随后，"金莲看见那瑞香花，就要摘来戴"[4]，而此时却被西门庆拦住："趁早休动手，我每人赏你一朵罢。"[5]金莲见瑞香便蠢蠢欲动，"就要"一词描其情之切，对此西门庆早已料到，备下几朵浸在一只翠磁胆瓶内。娇艳的鲜花簪在美人发髻间方显出其价值，而美人何尝不是供人赏玩的名花，潘金莲每每以花自饰，争为名花，从不甘居于人后。又如第十一回，出现金莲戏玩瑞香的场景，人花相戏为一：

（潘金莲）一直走到瑞香花下，侍着湖山，推掐花儿。西门

庆寻到那里，说道："好小油嘴儿，你输了棋子，却躲在这里。"

[1] 兰陵笑笑生著，刘辉、吴敢辑校《会评会校〈金瓶梅〉》，香港：天地图书有限公司，1998 年版，第 589 页。

[2] 兰陵笑笑生著，刘辉、吴敢辑校《会评会校〈金瓶梅〉》，香港：天地图书有限公司，1998 年版，第 612 页。

[3] 兰陵笑笑生著，刘辉、吴敢辑校《会评会校〈金瓶梅〉》，香港：天地图书有限公司，1998 年版，第 566 页。

[4] 兰陵笑笑生著，刘辉、吴敢辑校《会评会校〈金瓶梅〉》，香港：天地图书有限公司，1998 年版，第 566 页。

[5] 兰陵笑笑生著，刘辉、吴敢辑校《会评会校〈金瓶梅〉》，香港：天地图书有限公司，1998 年版，第 566 页。

那妇人见西门庆来，睨笑不止，说道："怪行货子，孟三儿输了，你不敢禁他，却来缠我。"将手中花撮成瓣儿，洒西门庆一身。被西门庆走向前，双关抱住，按在湖山畔，就口吐丁香，舌融甜唾，戏谑做一处。[1]

在妻妾成群的西门府，潘金莲前困于月娘，后泥于瓶儿，加之西门庆在外风流债台高筑，谄媚争宠成为金莲生活的主旋律，文中倚山掐花的媚态、撮花洒人的娇憨，无不显示出金莲厉害的争宠手腕。事实上，作者不止一处借用瑞香花的品性特点来暗指金莲之行止，推动故事情节发展。就瑞香本身而言，它可置于室内盆栽，然具有香味浓烈、气盖群花的特点，据载："相传庐山有比丘昼寝，梦中闻花香，寤而求得之，故名'睡香'。四方奇异，谓'花中祥瑞'，故又名'瑞香'，别名'麝囊'。又有一种金边者，人特重之。枝既粗俗，香复酷烈，能损群花，称为花贼，信不虚也。"[2] 古人认为瑞香产于庐山幽谷中，"瑞香"之名非虚，其花期在春节前后，瑞气临门，吉祥如意，还有如花色紫红的金边瑞香等一些变种。然而，瑞香花的香气过于浓烈，其他花闻到会枯萎而死，素有"花贼""花之小人"等称。作者以花喻人，潘金莲人比花娇，一心想在众卉中"出类拔萃"，文中的这朵怀有浓香的"小人之花"瑞香，本身就隐喻着霸道争宠的金莲，她欲以其娇媚体貌，跋扈气焰，精明算计，以及谄媚手腕，树立并不断巩固自己在西门家族的地位，使其他"花儿"黯然失色。作者此番描写令人称叹，乃是塑造人物形象的神来之笔。

观《金瓶梅》之叙事重心，可以说，明显地从以往小说以讲故事为主

[1]　兰陵笑笑生著，刘辉、吴敢辑校《会评会校〈金瓶梅〉》，香港：天地图书有限公司，1998 年版，第 252 页。

[2]　文震亨著《长物志》，南京：江苏凤凰文艺出版社，2015 年版，第 59 页。

转变为写人物，将先前小说人物描写过于刻板单一的弊病加以避免，在多方对比中揭示人物复杂的内心世界。尤其值得注意的是，作者对以花喻人传统创作手法的巧妙运用，使得这些美丽的花卉既以其姿色使得人花合一同艳，又以其特性喻指了人物性格，甚而一朝花落暗示其命运。笑笑生正是通过描绘潘金莲如花、簪花、玩花等情节，勾勒人物表里强烈反差，推动故事发展。同时，以花喻人，如以"花之小人"瑞香隐喻善妒争宠的金莲，使得人物塑造从平面转为立体，不仅摆脱了此前同类创作中经常出现的割裂作品本身而独立描写人物的弊端，而且经由以花喻人的高妙手段，细致刻画了人物面部表情、身体特征等内容，巧妙暗示人物性格及命运，使得一组组动静结合的肖像描写更好地为文学创作服务，达到了一定的艺术高度，生动刻画出潘金莲花貌毒行的典型人物形象，可谓导后世如《红楼梦》等同类小说人物塑造之先路。

结　语

　　本书概分上下编研究《金瓶梅》中的植物景观及其文化。上编是对小说植物统计、考证及其分类研究，打下研究的基础。统计崇祯本《金瓶梅》一百回中出现的 150 种植物，并按科、属对其归类，制作植物名录，分析部分植物出现的频率。同时查阅大量文献，考证了部分重要的植物，再将小说中的园林植物以其出现地点分为西门府花园植物与其他府院植物，然后以类相从，划分为草花、藤蔓、灌木和乔木四大类，分析小说环境中各大类植物的特色、景观及相应内涵，如木香、荼蘼等蔓木，在小说中占有很大比重，它们为故事情节发展搭建了一个舞台，许多围绕西门庆与其妻妾的悲喜闹剧，便以半隐秘的花架为背景展开。最后附论《金瓶梅》中的药用植物种类与特点。

　　下编是对小说植物景观、图文及其文化研究。根据原著和物候条件，研究小说中西门府花园等处的植物种植与景观布局情况。从现代植物景观设计的角度，划分西门府花园植物景观区域，并分析其季相特色等。同时直接或间接利用崇祯本《金瓶梅》中的多幅绣像，对比分析文本内容，图文相参，图史互证，解析诸如白杨、芭蕉景观与各类盆景瓶花等文化内涵等。在《金瓶梅》植物文化专题研究中，梳理小说涉及的植物典故与熟语，分类考索这些植物故事、传说、成语、谚语、惯用语和歇后语。最后选取"石榴"意象进行重点文化解读，并通过分析《金瓶梅》以花喻人的创作手法，进一步审视潘金莲花貌毒行的典型形象。

　　最后附表为"《金瓶梅》植物名录"，附论为"论晚明文学与植物——以小品文为考察中心"（并附表"晚明小品文名著植物名录"）。

附　表

《金瓶梅》植物名录

序号	古名	今名	拉丁名	科	属	出现回目（次数）
1	桃、碧桃	碧桃	*Amygdalus persica* var. *persica* f. *duplex*	蔷薇科	桃属	1、4 等回目，多次出现
2	状元红、牡丹	牡丹	*Paeonia suffruticosa*	毛茛科	芍药属	1；19；27；54（2）；60；65；76；84；94
3	松	油松	*Pinus tabuliformis*	松科	松属	1、20 等回目，多次出现
4	竹	毛竹	*Phyllostachys heterocycla* cv. 'Pub escens'	禾本科	刚竹属	1、20 等回目，多次出现
5	湘妃竹、斑竹	斑竹	*Phyllostachys bambusoides* f. *lacrima-deae*	禾本科	刚竹属	49；59；82（2）
6	紫竹	紫竹	*Phyllostachys nigra*	禾本科	刚竹属	82
7	芙蓉	木芙蓉	*Hibiscus mutabilis*	锦葵科	木槿属	2；13；15；31；35；41；43；58；59
8	红梅、白梅、梅花	梅	*Prunus mume*	蔷薇科	梅属	2、23 等回目，多次出现
9	葱	葱	*Allium fistulosum*	百合科	葱属	2；21；22；49；61；82；85；94
10	樱桃	樱桃	*Cerasus pseudocerasus*	蔷薇科	樱属	2；1
11	杨梅	杨梅	*Myrica rubra*	杨梅科	杨梅属	2；29（2）；67（2）；68
12	杏	杏	*Armeniaca vulgaris*	蔷薇科	杏属	4、10 等回目，多次出现

序号	古名	今名	拉丁名	科	属	出现回目（次数）
13	葫芦	葫芦	*Lagenaria siceraria*	葫芦科	葫芦属	4
14	木樨、桂	桂花	*Osmanthus fragrans*	木樨科	木樨属	4；21；34（3）；35；57（2）；59
15	柳、绿杨、金钱柳	垂柳	*Salix babylonica*	杨柳科	柳属	5、10等回目，多次出现
16	海榴、石榴	石榴	*Punica granatum*	石榴科	石榴属	6（2）；7；19；21；27（2）；53；73；77
17	桧、柏	圆柏	*Sabina chinensis*	柏科	圆柏属	6；48（2）；79；82（2）；93
18	芭蕉	芭蕉	*Musa basjoo*	芭蕉科	芭蕉属	6；19；29（2）；52（4）；83
19	山核桃	山核桃	*Carya cathayensis*	胡桃科	山核桃属	7
20	金橙	甜橙	*Citrus sinensis*	芸香科	柑橘属	7；21
21	藕、莲、荷、芙蕖	莲	*Nelumbo nucifera*	莲科	莲属	2、11等回目，多次出现
22	梨、雪梨	白梨	*Pyrus bretschneideri*	蔷薇科	梨属	4；9；10；19；21；31；42；67（2）；82；86
23	玉簪	玉簪	*Hosta plantaginea*	天门冬科	玉簪属	10
24	瑞香	瑞香	*Daphne odora*	瑞香科	瑞香属	11；27

《金瓶梅》植物景观及其文化研究

序号	古名	今名	拉丁名	科	属	出现回目（次数）
25	兰、蕙	蕙兰	*Cymbidium faberi*	兰科	兰属	14、24等回目，多次出现
26	苔	地钱	*Marchantia polymorpha*	地钱科	地钱属	12；28；43；96；57
27	木香	木香花	*Rosa banksiae*	蔷薇科	蔷薇属	12；19（2）；27；34；52（2）；82（2）
28	菊花、金丝菊	菊花	*Chrysanthemum morifolium*	菊科	菊属	13；19；23；24（2）；38（3）；42；43；67
29	瓜子	籽瓜	*Citrullus lanatus var. Megalaspermus*	葫芦科	西瓜属	15
30	艾叶	艾	*Artemisia argyi*	菊科	艾属	16
31	丁香	紫丁香	*Syringa oblata*	木樨科	丁香属	16；41；56；71；75；82
32	海棠	海棠花	*Malus spectabilis*	蔷薇科	苹果属	18；19（2）；21；52；89
33	李子	李	*Prunus salicina*	蔷薇科	李属	19；27（3）；32；49；75
34	白果、银杏	银杏	*Ginkgo biloba*	银杏科	银杏属	19
35	石笋	岩笋	*Thunia alba*	兰科	笋兰属	19
36	灯光花	石蒜、金灯花	*Lycoris radiata*	石蒜科	石蒜属	19
37	茶蘼、酴醾	悬钩子蔷薇	*Rosa rubus*	蔷薇科	蔷薇属	19；20；21；54；60；82（3）；83

序号	古名	今名	拉丁名	科	属	出现回目（次数）
38	棕	棕榈	*Trachycarpus fortunei*	棕榈科	棕榈属	19
39	葵	蜀葵	*Althaea rosea*	锦葵科	蜀葵属	19
40	芍药	芍药	*Paeonia lactiflora*	毛茛科	芍药属	19（2）；86；96
41	荔枝	荔枝	*Litchi chinensis*	无患子科	荔枝属	19
42	藻	聚藻、穗状狐尾藻	*Myriophyllum spicatum*	小二仙草科	狐尾藻属	19
43	红豆	相思子	*Abrus precatorius*	豆科	相思子属	19
44	蔷薇	蔷薇、野蔷薇	*Rosa multiflora*	蔷薇科	蔷薇属	19；24；29（2）
45	葡萄	葡萄	*Vitis vinifera*	葡萄科	葡萄属	19、28等回目，多次出现
46	核桃、胡桃	胡桃	*Juglans regia*	胡桃科	胡桃属	19；37
47	橄榄	橄榄	*Canarium album*	橄榄科	橄榄属	19；33
48	荆	黄荆	*Vitex negundo*	马鞭草科	牡荆属	20；64
49	萝卜	萝卜	*Raphanus sativus*	十字花科	萝卜属	20；51；76；91
50	茉莉	茉莉	*Jasminum sambac*	木樨科	茉莉属	21；23；27；29；72
51	水仙	水仙	*Narcissus tazetta* var. *chinensis*	石蒜科	水仙属	21；32
52	榛	榛	*Corylus heterophylla*	桦木科	榛属	22
53	西瓜	西瓜	*Citrullus lanatus*	葫芦科	西瓜属	19；27；42；

177

附表 《金瓶梅》植物名录

《金瓶梅》植物景观及其文化研究

序号	古名	今名	拉丁名	科	属	出现回目（次数）
54	菱	菱	*Trapa bispinosa*	菱科	菱属	27；52（2）；
55	芦花、芦苇	芦苇	*Phragmites australis*	禾本科	芦苇属	28；34；63；71；76；93
56	葫芦、瓢	葫芦	*Lagenaria siceraria*	葫芦科	葫芦属	12（3）；29；49
57	柑子	柑橘	*Citrus reticulata*	芸香科	柑橘属	31；73（3）
58	玉米	玉米	*Zea mays*	禾本科	玉蜀黍属	31
59	玫瑰	玫瑰	*Rosa rugosa*	蔷薇科	蔷薇属	31；39；46；67；71；74
60	梧桐	梧桐	*Firmiana platanifolia*	梧桐科	梧桐属	31；43；56；92
61	冬瓜	冬瓜	*Benincasa hispida*	葫芦科	冬瓜属	32
62	芝麻	芝麻	*Sesamum indicum*	胡麻科	胡麻属	34；84
63	荸荠	荸荠	*Heleocharis dulcis*	莎草科	荸荠属	35；52（2）
64	榧子	香榧	*Torreya grandis* cv. 'Merrillii'	红豆杉科	榧树属	35
65	芹	水芹	*Oenanthe javanica*	伞形科	水芹属	36；53
66	蒲	菖蒲	*Acorus calamus*	天南星科	菖蒲属	37
67	栗	栗	*Castanea mollissima*	壳斗科	栗属	42；75
68	米麦、菽麦	小麦、普通小麦	*Triticum aestivum*	禾本科	小麦属	20；48

序号	古名	今名	拉丁名	科	属	出现回目（次数）
69	粳粟	粟、粱、小米、谷子	*Setaria italica*	禾本科	狗尾草属	79
70	紫薇花	紫薇花	*Lagerstroemia indica*	千屈菜科	紫薇属	49；52
71	蒜	蒜	*Allium sativum*	百合科	葱属	52；82
72	枇杷	枇杷	*Eriobotrya japonica*	蔷薇科	枇杷属	52（2）
73	红枣	枣	*Ziziphus jujuba*	鼠李科	枣属	10；52；67；74
74	玉马缨、马缨花、合欢	合欢	*Albizia julibrissin*	豆科	合欢属	52
75	萱草	萱草	*Hemerocallis fulva*	阿福花科	萱草属	53
76	杜鹃花	杜鹃	*Rhododendron simsii*	杜鹃花科	杜鹃属	53；73（2）
77	乌药	乌药	*Lindera aggregata*	樟科	山胡椒属	54
78	白药	无距宾川乌头	*Aconitum duclouxii* var. *ecalcaratum*	毛茛科	乌头属	54
79	灵芝	灵芝、赤芝	*Ganoderma lucidum*	灵芝科	灵芝属	54
80	关黄柏	黄檗	*Phellodendron amurense*	芸香科	黄檗属	55
81	荨、知母	知母	*Anemarrhena asphodeloides*	百合科	知母属	55
82	琼花	琼花	*Viburnum macrocephalum* f. *Keteleeri*	忍冬科	荚蒾属	55

179

附表 《金瓶梅》植物名录

《金瓶梅》植物景观及其文化研究

序号	古名	今名	拉丁名	科	属	出现回目（次数）
83	昙花	昙花	*Epiphyllum oxypetalum*	仙人掌科	昙花属	55
84	佛桑花	朱槿、扶桑	*Hibiscus rosa-sinensis*	锦葵科	木槿属	55
85	槐	槐	*Sophora japonica*	豆科	槐属	57；62；89；98
86	月桂	月桂	*Laurus nobilis*	樟科	月桂属	58
87	紫荆树	紫荆	*Cercis chinensis*	豆科	紫荆属	58（2）
88	枫	枫香树	*Liquidambar formosana*	金缕梅科	枫香属	59；68；97；99
89	姜	华山姜	*Alpinia chinensis*	姜科	山姜属	59；61；71；86；90
90	灯心草	灯心草	*Juncus effusus*	灯心草科	灯心草属	59
91	薄荷	薄荷、野薄荷	*Mentha haplocalyx*	唇形科	薄荷属	59
92	金银花	忍冬	*Lonicera japonica*	忍冬科	忍冬属	59
93	黄豆	大豆	*Glycine max*	豆科	大豆属	60；77
94	棉花	棉	*Gossypium* spp.	锦葵科	棉属	60；67；75；81
95	满天星	圆锥石头花	*Gypsophila paniculata*	石竹科	石头花属	60
96	甘草	甘草	*Glycyrrhiza uralensis*	豆科	甘草属	61
97	甘遂	甘遂	*Euphorbia kansui*	大戟科	大戟属	61
98	藜芦	藜芦	*Veratrum nigrum*	百合科	藜芦属	61
99	巴豆	巴豆	*Croton tiglium*	大戟科	巴豆属	61
100	芫花	芫花	*Daphne genkwa*	瑞香科	瑞香属	61

序号	古名	今名	拉丁名	科	属	出现回目（次数）
101	半夏	半夏	*Pinellia ternata*	天南星科	半夏属	61
102	乌头（附子）	乌头	*Aconitum carmichaeli*	毛茛科	乌头属	61
103	天麻	天麻	*Gastrodia elata*	兰科	天麻属	61
104	蘼芜	川芎	*Ligusticum chuanxiong*	伞形科	藁本属	62
105	香瓜	甜瓜	*Cucumis melo*	胡芦科	黄瓜属	62
106	瓜茄	香瓜茄	*Solanum muricatum* Ait.	茄科	茄属	62（2）；75；79
107	桑	桑	*Morus alba*	桑科	桑属	62；76；77；78
108	三七	三七	*Panax notoginseng*	五加科	人参属	62
109	白鸡冠花	鸡冠花	*Celosia cristata*	苋科	青葙属	62
110	芸香	芸香	*Ruta graveolens*	芸香科	芸香属	62
111	苹婆	苹婆	*Sterculia nobilis*	梧桐科	苹婆属	62；73
112	百合	百合	*Lilium brownii* var. *viridulum*	百合科	百合属	62
113	杉	杉木	*Cunninghamia lanceolata*	杉科	杉木属	63
114	麻	苎麻	*Boehmeria nivea*	荨麻科	苎麻属	63；74
115	蓬	飞蓬	*Erigeron acer*	菊科	飞蓬属	90
116	雪柳	雪柳	*Fontanesia fortunei*	木樨科	雪柳属	65
117	紫茄	茄	*Solanum melongena*	茄科	茄属	79（2）

181

附表 《金瓶梅》植物名录

《金瓶梅》植物景观及其文化研究

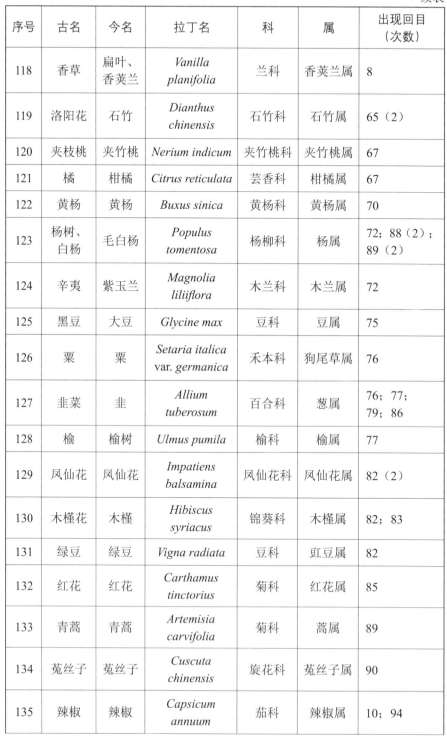

序号	古名	今名	拉丁名	科	属	出现回目（次数）
118	香草	扁叶、香荚兰	*Vanilla planifolia*	兰科	香荚兰属	8
119	洛阳花	石竹	*Dianthus chinensis*	石竹科	石竹属	65（2）
120	夹枝桃	夹竹桃	*Nerium indicum*	夹竹桃科	夹竹桃属	67
121	橘	柑橘	*Citrus reticulata*	芸香科	柑橘属	67
122	黄杨	黄杨	*Buxus sinica*	黄杨科	黄杨属	70
123	杨树、白杨	毛白杨	*Populus tomentosa*	杨柳科	杨属	72；88（2）；89（2）
124	辛夷	紫玉兰	*Magnolia liliiflora*	木兰科	木兰属	72
125	黑豆	大豆	*Glycine max*	豆科	豆属	75
126	粟	粟	*Setaria italica var. germanica*	禾本科	狗尾草属	76
127	韭菜	韭	*Allium tuberosum*	百合科	葱属	76；77；79；86
128	榆	榆树	*Ulmus pumila*	榆科	榆属	77
129	凤仙花	凤仙花	*Impatiens balsamina*	凤仙花科	凤仙花属	82（2）
130	木槿花	木槿	*Hibiscus syriacus*	锦葵科	木槿属	82；83
131	绿豆	绿豆	*Vigna radiata*	豆科	豇豆属	82
132	红花	红花	*Carthamus tinctorius*	菊科	红花属	85
133	青蒿	青蒿	*Artemisia carvifolia*	菊科	蒿属	89
134	菟丝子	菟丝子	*Cuscuta chinensis*	旋花科	菟丝子属	90
135	辣椒	辣椒	*Capsicum annuum*	茄科	辣椒属	10；94

序号	古名	今名	拉丁名	科	属	出现回目（次数）
136	芫荽	芫荽、香菜	*Coriandrum sativum*	伞形科	芫荽属	94
137	浮萍	浮萍	*Lemna minor*	浮萍科	浮萍属	99
138	黄芦	黄芦木	*Berberis amurensis*	小檗科	小檗属	100
139	生菜	生菜	*Lactuca sativa* var. *ramosa*	菊科	莴苣属	100
140	稻、白米、粳米	稻、水稻	*Oryza sativa*	禾本科	稻属	62；75；100（2）
141	藤、葛	葛藤	*Pueraria* spp.	豆科	葛藤属	84
142	茅	白茅	*Imperata cylindrica*	禾本科	白茅属	79
143	檀、檀香	白檀	*Santalum album*	檀香科	檀香属	9；35；37；39；51；53；54；55；61；64；74；75；78；80；86
144	胡椒	胡椒	*Piper nigrum* L.	胡椒科	胡椒属	10；16；52；61；76；94；
145	青浦、蒲草、香蒲	水烛	*Typha angustifolia*	香蒲科	香蒲属	37（5）；82（2）；96；
146	乌木	乌木	*Diospyros ebenum*	柿树科	柿树属	49
147	金钱花	金钱花、旋覆花	*Inula japonica*	菊科	旋覆花属	19
148	茜	茜草	*Rubia cordifolia*	茜草科	茜草属	16；18；59；83；94

183

附表 《金瓶梅》植物名录

《金瓶梅》植物景观及其文化研究

序号	古名	今名	拉丁名	科	属	出现回目（次数）
149	沉香	云南沉香	*Aquilaria yunnanensis*	瑞香科	沉香属	15；16；19；40；42；65；68；69；75
150	茶	茶	*Camellia sinensis*	山茶科	山茶属	2、7 等回目，多次出现

附　论

论晚明文学与植物
——以小品文为考察中心

小说与小品文是晚明文学中的两大重要的文学样式。明代俗文化的文学代表为《金瓶梅》，属于小说，但凡带有世俗铜臭的大俗之物，在其中皆可得见。雅文化的则推文震亨的《长物志》、张岱的《陶庵梦忆》等，乃是小品文，偏于雅洁的审美倾向，文震亨便推崇"宁古无时，宁朴无巧，宁俭无俗"（《长物志》），反映出文人士大夫的闲情逸致。这两类样式可以充分展现当时"俗"和"雅"的两种不同的生活状态，而有关《金瓶梅》与植物文化的相关论述已见前述，本章拟选择与植物关系密切的"园林游记""清言清赏"类小品文为主要研究对象[1]，探讨晚明小品文与植物的相关问题，以期进一步审视晚明文学与植物的密切关联。

第一章　晚明小品文及其植物书写概论

中国古代小品文历史悠久，但直到晚明，人们才真正把"小品"一词运用到文学之中，并把它作为某类作品的称呼。所谓"小品文"，不仅表现在篇幅短小，文辞简约上，而且在其审美特性上有独抒性灵、情味隽永的特征，晚明人形容其"幅短而神遥，墨希而旨永"。小品文可以包括许多具体文体，目前晚明小品集子中，诸如序跋、尺牍、辞赋、骈文，乃至

---

[1]　文本来源以文震亨《长物志》（"花木""蔬果""香茗"）中的"植物"章节，高濂《遵生八笺》（"四时调摄笺""燕闲清赏笺"），以及上海古籍出版社已校勘出版的"明清小品丛刊"中晚明小品书目（吕坤《呻吟语》，洪应明《菜根谭》，江盈科《雪涛小说》，陈继儒（亦入陆氏"十六家"）《小窗幽记》，张岱《陶庵梦忆》《西湖梦寻》，刘侗、于奕正《帝京景物略》）为主，并参考朱剑心《晚明小品选注》（浙江人民美术出版社 2015 年版）中涉及的若干篇目。——作者按

小说等，皆成"小品"[1]。小品文在晚明时期淡化了"道统"而增强了诗意，或显林泉之高致，或抒艺文之性灵，富有生活情调，包罗万象，拓展了广义的文学散文的表现疆域，成为晚明文人心态真实而形象的写照。有学者在研究明清之际士人交游与骈文的空间展开时，曾将园林雅集作为其时作家交往和撰文的重要方式，同时指出："园林乃天地之精华，骈文亦是文中之雅品，二者结合，呈现中国园林和骈文的共生互摄。"[2]植物作为园林的重要构成要素，它与晚明小品文亦当作如是观，二者辉映结合，呈现园林植物和小品文的共生互摄，纵观现存晚明小品文，其中与植物渊源颇深、关系密切的是园林游记类与清言清赏类，现分述之，以期窥得园之菁华（植物）与文之雅品（小品文）结合而展现的独特魅力之一斑。

---

[1]　晚明以"小品"命名的散文集子，既有"专集"：如陈继儒的《晚香堂小品》（包括文体有诗、诗余、序、传、记、祭文、疏、题跋、书、志林等）；王思任的《文饭小品》（包括尺牍、启、表、判、募疏、赞、铭、引、题词、跋、纪事、说、骚、赋、乐府、风雅颂、诗、诗余、歌行、记、传、序、行状、墓志铭、祭文等）；黄奂《黄云龙小品》（随笔札记，鬼神怪异）；陈仁锡的《无梦园集小品》、潘之恒的《鸾啸小品》；朱国桢的《涌幢小品》（录随笔杂记，间有考证）等。也有"选本"：如王纳谏的《苏长公小品》、陈天定《古今小品》等。同时，晚明不以小品命名，实则是小品的专集，更是不可胜数，如郑元勋辑《媚幽阁文娱》（包括赋、文、书、序、传、记、制辞、杂文等）；卫泳的《冰雪携》（包括序、记、赋、引、题辞、跋语、书、启、笺、拟、檄、碑、赞、传、记、文、词、辞、歌、疏、颂等）；蒋如奇的《明文致》等。值得注意的是，晚明出现一阵小品丛书出版热潮：编者题为晚明陈继儒（眉公）的《宝颜堂秘笈》规模宏大，分为正集、续集、广集、普集、汇集、秘集六大部分，收入唐宋元明各种杂著小品约二百五十种。而其中的"秘集"，则收录了陈眉公的小品十五种。华淑所辑的《闲情小品》收入二十八种小品，其中主要是明人小品。陆云龙《翠娱阁评选行笈必携》收诗文小品九种，并加评注。他在《皇明十六家小品》一书中，评选了屠隆、徐渭、李维桢、董其昌、汤显祖、虞淳熙、黄汝亨、王思任、袁宏道、文翔凤、曹学佺、陈继儒、袁中道、陈仁锡、钟惺、张鼐等十六家小品文（涵盖多种文体）。闵景贤、何伟然同编的《快书》，辑录诸家小品五十种。何伟然、吴从先又从明人说部中辑录《广快书》，收小品五十种。汪士贤辑《山居杂志》，沈津、茅一相辑《重订欣赏编》，则收入历代清赏清玩小品。卫泳《枕中秘》采明人杂说二十五种，曰闲赏、二六时令、国士谱、书宪、读书观、护书、悦容编、胜境、园史、瓶史、盆史、茶寮记、酒缘、香禅、棋经、诗诀、书谱、绘妙、琴旨、曲调等。——作者按

[2]　张明强著：《明清之际骈文研究》，北京：中华书局，2024年版，第215-216页。

第一节　晚明园林游记小品文与植物配置

一、园林游记类小品文与植物

中国古代小品文滥觞于先秦，源远流长，园林、游记类小品文作为其中独具魅力的分支，至晚明而繁盛。植物是构成山水园林景观的基本要素之一，无论是园林类，还是游记类，历来十分重视对自然草木的描写，植物景观及其配置与这两类散文可谓渊源颇深。

一方面，游记小品文与自然植物的渊源由来已久，不断发展。先秦时期的很多游记散文内容便是重在描述奇山秀水、人间草木。先秦时期，屈原曾云："朝饮木兰之坠露兮，夕餐秋菊之落英"[1]，这里明确提到木兰与菊花，它们早在古代就已成为观赏植物，而真正意义上的游记小品文始于南北朝，有文字可考的乃是南朝刘宋谢灵运的《游名山志》，惜仅存零章残简。游记文学在我国古代得到不断发展，"山水"也经历先秦两汉的"神化"而至"君子化"，受六朝玄虚隐逸之风和唐宋志向理想之求的洗礼，到了明清时期，山水明显变为士人们热衷于欣赏的一类艺术，并有着旅游化倾向。游记小品文中的自然山水及植物，从外在形式到内在表现方面得到不断发展，这为明代游记小品文的繁荣打下了基础。

另一方面，园林小品文与植物的关系就更为密切了，上溯至先秦，发展于汉晋。据台湾潘富俊先生统计，在十三经中，除《孝经》外，其余诸经皆有植物，黍、麦、竹、桑、粟、稻等几类更是频繁出现，[2]然而此类文中的植物基本与园林景观无关。事实上，殷商时期的"囿"是我国最早的园林形式，它将一定区域范围内的各类花果草木、鱼虫鸟兽等，以挖池筑台的方式圈占起来，供帝王贵族游猎玩乐，乃种植观赏花木为主的园苑

---

[1]　屈原著，林家骊译注：《楚辞》，北京：中华书局，2010 年版，第 8 页。

[2]　相关统计详见潘富俊著：《草木缘情：中国古典文学中的植物世界》，北京：商务印书馆，2016 年版，第 10 页。

前身。先秦文著中也有明确对园林植物进行描写的最早记载："穿沿凿池，构亭营桥，所植花木，类多茶与海棠。"（《管子》）其中所涉吴王夫差所造江浙"梧桐园""会景园"，其中的花木配置已具一定水平，同时可知植物择水土栽植传统发轫于先秦。秦汉阶段，园林植物品种增多，赋文中出现大量园林植物。汉代大赋多有大段对于植物的描写，作者们以汪洋恣肆的笔法纵情描摹上林苑植物，如："于是乎卢橘夏熟，黄甘橙楱；枇杷燃柿，亭奈厚朴；梬枣杨梅，樱桃蒲陶；隐夫薁棣，答沓离支。罗乎后宫，列乎北园；阤丘陵，下平原。扬翠叶，扤紫茎；发红华，垂朱荣。煌煌扈扈，照曜巨野；沙棠栎楮，华枫枰栌；留落胥邪，仁频并闾；欃檀木兰，豫章女贞。"（司马相如《上林赋》）此外，自先秦以来，我国就已经重视城市植树，甚至有了法律上的规定。秦代街道绿化处于起步阶段，有关汉代长安城绿化的记载资料虽少，但亦能窥见一斑。长安城内大街宽广，三途并列，据相关文献记载，夹道植有槐、榆、松、杨等行道树，如西晋陆机曾言："宫门及城中大道皆分作三……夹道种榆、槐树。"（《洛阳记》）南朝梁代何逊有语："长安九逵上，青槐荫道植。"（《拟轻薄篇》）长安御沟植杨："长安御沟谓之杨沟，谓植高杨于其上也。"（《古今注》）还植槐："（汉平帝）元始四年，起明堂辟雍，为博士舍三十区，为会市，但列槐树数百行，诸生朔望会此市，各持其郡所出物及经书，相与买卖，雍雍揖让，论议树下，侃侃訚訚。"[1] 会市虽在城外，但列槐树数百行，可见槐树是当时长安常用树种。这样一片行列式槐林下，或相与买卖，或高谈阔论，既是一个特殊会市，又是一个露天会堂。魏晋南北朝时期，伴随自然山水园林的出现，园林文赋不乏植物书写，其中所反映的植物配置也更加细致，如曹植述铜雀台："建高门之嵯峨兮，浮双阙乎太清。立中

---

[1] 欧阳询撰，汪绍楹校：《艺文类聚》注引《三辅黄图》，上海：上海古籍出版社，2007年版，第1517页。

天之华观兮，连飞阁乎西城。"（《登台赋》）又述西园："秋兰被长坂，朱华冒绿池。潜鱼跃清波，好鸟鸣高枝。"（《公宴诗》）六朝时，私家园林方兴未艾，文学家笔下常有园林的身影，石崇《金谷诗序》、王羲之《兰亭集序》、谢灵运《山居赋》等，皆为传世名篇，其描述园内树木繁茂，植物配置多以某一树种（如柏树）为主调，结合不同地貌，其他种属分别与之相配合，突出其成景作用，如前庭可配沙棠，后园植乌桕，榆柳梨桃间植，柏木林中梨花点缀等，如南朝庾信赋曰："有棠梨而无馆，足酸枣而无台。犹得欹侧八九丈，纵横数十步，榆柳三两行，梨桃百余树。"（《小园赋》）又如："当时四海晏清，八荒率职……于是帝族王侯、外戚公主，擅山海之富、居川林之饶，争修园宅，互相竞夸，崇门丰室，洞房连户，飞馆生风，重楼起雾，高台芸榭，家家而筑，花林曲池，园园而有，莫不桃李夏绿，竹柏冬青。"（《洛阳伽蓝记》）从这些园林小品文中可见此时园林中树木很多，配置上已比较讲究意境。

二、晚明园林小品文中的植物配置趋势

明代以来，尤其是晚明园林小品文的草木书写，很好地继承前代注重植物配置的传统，其内容更为凸显其时花木多样性配植的发展趋势，在继承中发展变革。

整体而言，明代园林小品文数量众多，且蕴含着丰富的造园经验、植物景观及文化，成为指导园林植物配置的重要资料。在明代集部、子部、方志中留存了数量巨大的园记，如王世贞《弇州山人四部稿》《弇州山人四部续稿》、汪道昆《太函集》、李维桢《大泌山房集》等集子中都有为数不少的园记，为明人园记之重要代表。其中尤以王世贞为最，文集中园记、游记达数十篇，有如《弇山园记》《离薋园记》等描述自家园林的作品，也有《游金陵诸园记》《太仓诸园小记》等记载亲身游览过的他人园

林的作品，并辑编《古今名园墅编》，惜未传世，仅存序言，文曰："若夫园墅不转盼而能易姓，不易世而能使其遗踪逸迹泯没于荒烟夕照间，亡但绿野、平泉而已，所谓上林、甘泉、昆明、太液者，今安在也？后之君子苟有谈园墅之胜，使人目营然而若有睹，足跃然而思欲陟者，何自得之？得之辞而已。甚哉！辞之不可已也。"（《古今名园墅编》）王氏道出前代园林借助文辞得以传世的事实，而幸得这些文辞，古之园林植物及其景观配置亦得以传世。黄省曾云："今吴中富豪，竞以湖石筑峙，奇峰阴洞，至诸贵占据名岛，以凿琢而嵌空妙绝，珍花异木，错映阑圃，虽闾阎下户亦饰小小盆岛为玩，以此务为饕贪，积金以克众欲。而朱勔子孙居虎丘之麓，尚以种艺垒山为业，游于王侯之门，俗呼为'花园子'。"（《吴风录》）造园活动的兴旺极大地推动了明代园林文化的发展，出现了一批造园家，如陆叠山、周秉忠、计成、张南阳、张涟等叠石名家皆声噪一时。计成《园冶》、文震亨《长物志》、李渔《闲情偶寄·居室部》等理论专著，总结丰富的造园经验，形成理论以指导实践，并在植物配置与文化阐释上，强调仿古与创新的统一。他们相关的造园理论以园林小品文的独特形式流传，而其中蕴含的植物景观及文化也因此得以为后人所知。

具体而论，晚明园林小品中花木多样性配置之趋势及植物景观之繁盛，主要反映在园林小品中有较多脍炙人口、精彩纷呈的植物书写片段，如晚明张京元《湖上小记十则》"九里松"篇："九里松者，仅见一株两株，如飞龙劈空，雄古奇伟。"[1] "苏堤"篇："苏堤度六桥，堤两旁尽种桃柳，萧萧摇落。想二三月柳叶桃花，游人阗塞，不若此时之为清胜。"[2] "石屋"篇：

附论 论晚明文学与植物——以小品文为考察中心

---

[1] 朱剑心选注：《晚明小品选注》，杭州：浙江人民美术出版社，2015 年版，第 108 页。

[2] 朱剑心选注：《晚明小品选注》，杭州：浙江人民美术出版社，2015 年版，第 109 页。

"出石屋西上下山坂，夹道皆丛桂，秋时着花，香闻数十里，堪称金粟世界。"[1]对奇松、桃柳、桂花等的描写皆与周边景观相配合，张京元《湖上小记》选取西湖最有特色的风景点，以简约传神之笔，勾勒西湖的风韵，以自己的审美感受为中心，所描写的景物都染上作者自己的意兴和感受，后张岱的《西湖梦寻》诸文，多采张京元的小品文作为附录。南朝刘勰在谈到作家的构思之妙时曾说："寂然凝虑，思接千载；悄焉动容，视通万里。"（《文心雕龙·神思》）张京元《九里松小记》正得此妙，他就眼前九里松的寥落，联想到当年"松声壮于钱塘潮"的景象，又推想到千百年后，将会发生沧海桑田的巨变，令人感慨系之。这样的小品，以高远的意境和深刻的历史感，开拓了园林山水小品文的写作途径与创作空间。此外，袁宏道《灵隐》："韬光在山之腰，出灵隐后一二里，路径甚可爱：古木婆娑，草香泉渍。"[2]刘士龙《乌有园记》："以灌树浇花，曲水行觞。""而其次在树木。秾桃疏柳，以装春妍；碧梧青槐，以垂夏荫；黄橙绿橘，以点秋澄；苍松翠柏，以华冬枯。或楚楚清圆，或落落扶疏（疏），或高而凌霄拂云，或怪如龙翔虎踞。叶栖明霞，枝坐好鸟，经行偃卧，悠然会心。此吾园树木之胜也。其次在花卉。高堂数楹，颜曰'四照'，合四时花卉俱在焉。五色相错，烂如锦城。四照堂而外，一为春芳轩，一为夏荣轩，一为秋馥轩，一为冬秀轩，分四时花卉各植焉。艳质清芬，地以时献；衔杯作赋，人以候乘。此吾园花卉之胜也……出水新荷，嫩绿刺眼，被亩清蔬，远翠浮空：则吾园之鲜也。积雨阶墀，苔藓斑驳，深秋霜露，蒹葭离披：则吾园之苍也。"[3]

────────────

[1] 朱剑心选注：《晚明小品选注》，杭州：浙江人民美术出版社，2015年版，第110页。

[2] 朱剑心选注：《晚明小品选注》，杭州：浙江人民美术出版社，2015年版，第115页。

[3] 朱剑心选注：《晚明小品选注》，杭州：浙江人民美术出版社，2015年版，第155-156页。

康范生《偶园记》："左右古刹邻园，多寿樟修竹、高梧深柳。竹柳之间，有小楼隐见者，芳草阁也……下临澄江，晴光映沼，从竹影柳阴中视之，如金碧铺地，目不周玩。""游舫直抵槛下，门前高柳，反露梢中流。西山百尺老樟，可攀枝直上。""开窗东向，芙蓉柏栗诸树，颇堪披对。""客有教余楼前凿池，池上安亭，栏内莳花，庭前叠石者，余唯唯否否。"[1]

叶小鸾《汾湖石记》："想其人之植此石也，必有花木隐映，池台依倚……荫之以茂树，披之以苍苔，杂红英之璀璨，纷素蕊之芬芳。细草春碧，明月秋朗，翠微缭绕于其颠，飞花点缀乎其岩。"[2]金俊明《纪兰四则》其一："短叶疏花，花出叶外，茎白如玉，亭亭自贵。又二花，出土才寸许，其色更白，幽意自赏。"[3]其四："此兰一茎二花，作合欢状，膝以水仙三四萼，娟秀特甚。又天竹子一株，赤簇簇如珊瑚。"[4]据知，明清私家园林走向鼎盛，士大夫筑园莳花之风十分盛行。尤其江南一带，更成为园林之薮，祁彪佳建园，不只为了享乐，他还在花草木石、楼阁亭榭、一丘一壑中，寄托自己某种幽愤之情和对人生的感慨，如祁所造之园不全是亭阁楼台，他也注意营造一种农村生活情调。《豳园》叙述他开垦土地以种桑、梨、桔、桃、李、杏、栗，在树下栽紫茄、白豆、甘瓜和红薯，故常咏东晋陶渊明"欢然酌春酒，摘我园中蔬"诗句，追求《诗经·豳风》所描绘农村生活的风致，故名之曰"豳园"。在豳园附近，他还修造"抱瓮小憩"，供仆人休息，"主人亦时于此摘蔬啖果实。倚徒听啼鸟声，大有村家况味。"（祁彪佳《寓

[1] 朱剑心选注：《晚明小品选注》，杭州：浙江人民美术出版社，2015年版，第158-159页。

[2] 朱剑心选注：《晚明小品选注》，杭州：浙江人民美术出版社，2015年版，第166页。

[3] 朱剑心选注：《晚明小品选注》，杭州：浙江人民美术出版社，2015年版，第178页。

[4] 朱剑心选注：《晚明小品选注》，杭州：浙江人民美术出版社，2015年版，第180页。

山注》）园林景色与一般的自然山水不同，它们是在有限的空间之中，以人工创造一个可居、可游、可赏的生活空间环境，其本身也就是一件体现古典人文理想的艺术小品。中国的传统园林是以自然山水为景观创作主题的。园林的空间有限，但在其笔下，意境却十分幽远，宛若山林，祁彪佳所采用的方法，与晚明造园理论大师计成《园冶》提出的"借景"理论是相通的，故小小的园林，使人有置身大自然的岩壑林泉之感。作者不但写出了景色之美，而且表现了对生活理想及情趣的追求。同时，其语言表现力高超，一丘一壑显人情，都别有风致和个性。即便是一处小景，在他的笔下也别有风韵。如《松径》一篇，写在园中造一条寻常松径，到了作者笔下，便有无限情趣。作者将古翠松树与红紫花草相伴，喻为"韦文女嫁骑驴老叟"，顿生谐趣，可见其文笔之活泼灵动。

在浩如烟海的晚明小品文中，最有名的当属张岱的《陶庵梦忆》，它的价值首先是对当时园林的现状有一定介绍，如谈及浙江宁波城南门内日月湖一带，"湖中栉比者，皆士夫园亭，台榭倾圮，而松石苍老"[1]。可见此前亦有不少园林，至晚明多已荒废矣。其次对造园技艺多有描述，如明末瓜州五里铺有于园，"奇在磊石"，并言当时"瓜州诸园亭，俱以假山显"[2]。可见明末江北园林中，叠山已有很高的艺术水平，可惜这些园林早已毁坏殆尽。同时，《陶庵梦忆》对园林中所涉植物多有交代，如"菊海""一尺雪"等篇，对菊花、芍药等花卉品种的繁殖和其园艺的发展多有涉及，反映出明代不仅贵族喜莳花木，筑园圃专门培植，地方缙绅也有专莳花卉的园子。最后，其时居住生活的园林化，已不限于有一定规模的园林，或在住宅中出现空间上相对独立的园林，而是在庭院组合的基础上，将院落加以庭园化，创造出人居环境的意境，如张岱《陶庵梦忆·不二斋》，

---

[1] 张岱著：《陶庵梦忆·日月湖》，上海：上海古籍出版社，2001年版，第10页。

[2] 张岱著：《陶庵梦忆·于园》，上海：上海古籍出版社，2001年版，第76页。

文字不足三百，空间上展现了由内至外、从天井到室内的陈设布置，时间上反映出由夏至秋、由冬到春的时节流转。其中尤其讲究植物配置，莳花植木，因时而异，景观亦不同。尤其是后窗的意匠，窗形如横披，窗外只数竿修篁，天光下射，竹影零乱，确是一幅生动美妙的图画。这种视窗如画的妙想，显然给后来李渔创"尺幅牖""无心画"之说以启迪。"绿暗侵纱，照面成碧"的室内，空间虽不大，但小斋卧听竹声，使张岱生出"如在隔世"之想。

三、晚明游记小品文中的自然审美表现

明代后期公安派以"独抒性灵，不拘格套"的文学主张对复古派发动猛烈的攻击，这时的游记小品文出现了重描述山水景色本身，而轻政治寄托、历史感慨的趋势，更多关注大自然本身之美，同时据自然地貌林木巧妙在纸上置景，这些都成为其时游记小品文的自然审美表现。

第一，晚明游记小品表现出了性灵化的审美，饱含自然野趣。事实上，从明初到嘉靖年间，游记小品文依旧徘徊于唐宋时期的寄情、说理、记游各体裁之间，既有清醒的忧虑与不满，也有盛世的期望与向往，这些思想都贯穿于作者对山水的描述和古迹的记叙中。到了晚明时期，王思任、张岱等的游记充分表现出了性灵化的审美趋势。王思任以愤世嫉俗的情绪游历山水，借自然而成的山水艺术之美来嘲弄现实之不美，抒其不平之气，如《钓台》一文，作者的眼光全在仰瞻东汉之初垂钓于此的严高士之高洁情操上，故文中所描绘之钓台，不仅以风景清幽秀丽而著称，更是一处重要的人文景观。《钓台》前半篇凡是写景处都映现高士为人，"老松古木，风冷骨脾"八字见出冷峻清苍，又说"一石笋横起幽涧，蹇仰恣傲，颇似先生手足"，更是传神写照。后半篇从所见祠中"俱为时官扁尽"[1]的恶

[1] 施蛰存编：《晚明二十家小品》，上海：上海人民出版社，2023年版，第371页。

劣世风，引起对官场矫饰假情的愤慨抨击。晚明游记小品对自然花草树木的描写细致，饱含灵性野趣。或古木苍劲，见如袁宏道《天池》："道旁青松，若老龙鳞，长林参天，苍岩蔽日，幽异不可名状。"[1] 吴承科《游洞庭述略》："一路蓁芜掩径，修林布幄……经薜萝，未登。历松径，看二罗松大合围，古枝如盘龙蹲豹，徘徊久之。"[2] 袁宏道《天目二》："山树大者几四十围，松形如盖，高不逾数尺，一株直万馀（余）钱，六绝也。头茶之香者，远胜龙井，笋味类绍兴破塘，而清远过之，七绝也。"[3] 李流芳《游西山小记》："折而北，有平堤十里，夹道皆古柳，参差掩映，澄湖百顷，一望渺然。""青林翠嶂，互相缀发。湖中菰蒲零乱，鸥鹭翩翩，如在江南画图中。"[4] 可见，作者们纷纷将古木老树置于幽深朴质的草木掩映中；或修竹苍翠，见如王思任《游敬亭山记》："一径千绕，绿霞翳染，不知几千万竹树，党结寒阴，使人骨面之血，皆为蒨碧。"[5] 梁云构《艾园志游》："竹木荫蓊，卉草妖妍。""童子煮酒竹下，灶烟袅袅林薄间。出而摘瓣嗅花，促汲灌树。或令园丁荷锄从之，诛淫草，筑菊畦，封兰畹。"[6] 这些创作普遍围绕着荫蓊竹木展开，各式花草星罗棋布，别有一番自然野趣。

第二，晚明游记小品巧借草木烘托环境氛围，片言只语，境界全出，

[1] 朱剑心选注：《晚明小品选注》，杭州：浙江人民美术出版社，2015 年版，第 119 页。

[2] 朱剑心选注：《晚明小品选注》，杭州：浙江人民美术出版社，2015 年版，第 141 页。

[3] 朱剑心选注：《晚明小品选注》，杭州：浙江人民美术出版社，2015 年版，第 118 页。

[4] 朱剑心选注：《晚明小品选注》，杭州：浙江人民美术出版社，2015 年版，第 127 页。

[5] 朱剑心选注：《晚明小品选注》，杭州：浙江人民美术出版社，2015 年版，第 131 页。

[6] 朱剑心选注：《晚明小品选注》，杭州：浙江人民美术出版社，2015 年版，第 145 页。

并带有游览向导之倾向。如袁宏道《天池》："时方春仲，晚梅未尽谢，花片沾衣，香雾霏霏，弥漫十馀（余）里，一望皓白，若残雪在枝，奇石艳卉，间一点缀，青篁翠柏，参差而出。"[1]谭元春《三游乌龙潭记》："芦苇成洲……又见城端柳穷为竹，竹穷皆芦，芦青青达于园林。""潭以北，莲叶未败，方作秋香气，令筏先就之。又观隔岸林木，有朱垣点深翠中，令筏泊之。"[2]陈仁锡《记游》："春时，花未发，先课数诗，商拟开时景色。及烂缦（漫），离花数百武，择危楼杰构，置酒凭栏，与客指点霞封绮错之奇。"[3]吴承科《游洞庭述略》："萧萧风雨，墙角芭蕉声，亦复作恶，终夕少睡，醒而山容树色，忽落枕上。""隔畦为平田若干顷，远山修林障之。晚霁，步天王寺，松萝夹道，初疑为鬼宫。"[4]袁宏道《晚游六桥待月记》："今岁春雪甚盛，梅花为寒所勒，与杏桃相次开发，尤为奇观。……余时为桃花所恋，竟不忍去湖上。由断桥至苏堤一带，绿烟红雾，弥漫二十余里。歌吹为风，粉汗为雨，罗纨之盛，多于堤畔之草，艳冶极矣……月景尤不可言，花态柳情……"[5]尤其是王叔承《富春武林游记》记叙了作者游览西湖、严滩、钓台等景观的所见所闻所感，在他的笔下，西湖胜似人间天堂，美不胜收。文中一行人还相约八月去看钱塘潮。随后，作者从七里滩出发，目睹了七里滩山泉迅疾、两峰相逼的景势："或

[1] 朱剑心选注：《晚明小品选注》，杭州：浙江人民美术出版社，2015年版，第119页。

[2] 朱剑心选注：《晚明小品选注》，杭州：浙江人民美术出版社，2015年版，第137页。

[3] 朱剑心选注：《晚明小品选注》，杭州：浙江人民美术出版社，2015年版，第138页。

[4] 朱剑心选注：《晚明小品选注》，杭州：浙江人民美术出版社，2015年版，第140页。

[5] 施蛰存等编：《古代小品文鉴赏辞典》，上海：上海辞书出版社，2011年版，第612页。

高壁峭立，或崖石陡垂欲堕，或瀑布垂白壁。树多藤萝，野花丛挂，披拂行舟；或洼壑曲藏水村，或山村隐隐巅崖，鸡犬声如闻天上。"[1] 游记数句排比而下，一幅曲深奇伟的山中图景生动地展现在读者的眼前。

第三，作者据自然地貌及林木巧妙在纸上置景。以明代的《徐霞客游记》为例，它是具有高度文学性的地理专著，对于名山大川、地形地貌的描述，详尽具体，对花草树木也有精彩的描写，有学者指出："书中对大自然植物景观的描述是真实的记录，但在他的笔下又渗透着他的艺术审美观，因而提升了自然景观……"[2] 并对徐氏游记中的植物景观做了分类介绍。结合上述研究，我们考察《徐霞客游记》不难发现，书中对追求自然审美为主的古典园林植物景观配置有着很好的启迪与借鉴，举要如下。

其一，古树与周遭石块、植物等能相互因借成景，蔚为壮观："盖古木一株，自根横卧丈余，始直耸而起，横卧处不圆而扁，若侧石偃路旁，高三尺，而厚不及尺，余初疑以为石也，至是循视其端，乃信以为树。盖石借草为色，木借石为形，皆非故质也"[3] 奇妙的树桥景观："崖忽中断，架木连之，上有松一株，可攀引而度，所谓接引崖也"[4] "坞半一峰突起，上有一松裂石而出，巨干高不及二尺，而斜拖曲结，蟠翠三丈余，其根穿石上下，几与峰等，所谓'扰龙松'是也。"[5] 这些"接引松"都是单株树木景观中的树桥形式，具有引人注目的景观视觉及实用效果。

---

[1] 陈梦雷辑：《钦定古今图书集成·方舆汇编·山川典》，雍正内府铜活字本。

[2] 朱钧珍著：《园林植物景观艺术》，北京：中国建筑工业出版社，2014年版，第254-257页。

[3] 徐弘祖著，朱惠荣校注：《徐霞客游记校注》，北京：中华书局，2017年版，第1031页。

[4] 徐弘祖著，朱惠荣校注：《徐霞客游记校注》，北京：中华书局，2017年版，第22页。

[5] 徐弘祖著，朱惠荣校注：《徐霞客游记校注》，北京：中华书局，2017年版，第23页。

其二，水边的植物景观，灵动多姿。徐霞客对自然界丰富多彩的沿水生长的植物景观也有细致观察。云南蝴蝶之泉："抵山麓。有树大合抱，倚崖而耸立，下有泉，东向漱根窍而出，清冽可鉴。稍东，其下又有一小树，仍有一小泉，亦漱根而出。二泉汇为方丈之沼，即所溯之上流也。泉上大树，当四月初即发花如蛱蝶，须翅栩然，与生蝶无异。又有真蝶千万，连须钩足，自树巅倒悬而下，及于泉面，缤纷络绎，五色焕然。"[1] 广东西村之涧："山回谷转，夹坞成塘，溪木连云，堤篁夹翠……"[2] 峡口三级之瀑："峡口下流悬级为三瀑布，皆在深箐回崖间，虽相距咫尺，但闻其声，而树石拥蔽，不能见其形，况可至其处耶？坐玛瑙崖洞间，有覆若堂皇，有深若曲房，其上皆垂干虬枝，倒交横络，但有氤氲之气，已无斧凿之痕……"[3] "小溪西来注之，其上有堰可涉……遂循溪而东。"[4] 一般而言，瀑布流速快、冲击力强，乔灌木难以临瀑布生长，而藤蔓耐水湿植物，小灌木以及竹类则可围绕其旁，造成隐约曼妙的景观效果。

其三，径路、岩洞的植物景观，奇绝缤纷。自然中有山径、石径、樵径等，这些径路周遭有许多植物存在，或"大道两傍（旁）俱分植乔松……松之夹道者七十里"[5]，或"路东石峰耸秀，亦南向排列，而乔松荫之。取道于中，三里一亭，可卧可憩，不知行役之苦也"[6]，或"夹径藤树密荫，

---

[1] 徐弘祖著，朱惠荣校注：《徐霞客游记校注》，北京：中华书局，2017 年版，第 1123-1124 页。

[2] 徐弘祖著，朱惠荣校注：《徐霞客游记校注》，北京：中华书局，2017 年版，第 511 页。

[3] 徐弘祖著，朱惠荣校注：《徐霞客游记校注》，北京：中华书局，2017 年版，第 1263 页。

[4] 徐弘祖著，朱惠荣校注：《徐霞客游记校注》，北京：中华书局，2017 年版，第 490 页。

[5] 徐弘祖著，朱惠荣校注：《徐霞客游记校注》，北京：中华书局，2017 年版，第 294 页。

[6] 徐弘祖著，朱惠荣校注：《徐霞客游记校注》，北京：中华书局，2017 年版，第 320 页。

深绿空濛，径东涧声唧唧，如寒蛩私语；径西飞崖千尺，轰影流空，隔绝天地"[1]，或"自此连逾山岭，桃李缤纷，山花夹道，幽艳异常"[2]。路径旁有成丛的植物群落，有掩人的花境幽木。野外的洞与岩往往相连，洞口多有攀缘的藤蔓植物："崖间多修藤垂蔓，各采而携之。当石削不受树，树尽不受履处，辄垂藤下。"[3] 还有芭蕉、松竹等，岩壁间挺立松树，景色奇绝："一洞高悬崖足，斜石倚门。门分为二，轩豁透爽，飞泉中洒。内多芭蕉，颇似闽之美人蕉；外则新箨高下，渐已成林"[4] "（天台山）青松紫蕊，蓊苁于上，恰与左岩相对，可称奇绝"[5]。

其四，寺庙、村落的植物景观，人境异趣。寺庙植物种类丰富，包括乔灌木、藤蔓植物、草本花卉和竹蕉等数十种，其景观的重要特色反映在生产性上，既是自然大地之馈赠，又有人间耕植之汗水，贵州白云庵中："庐前艺地种蔬，有蓬蒿菜，黄花满畦；罂粟花殷红千叶，簇朵甚巨而密，丰艳不减丹药也。四望乔木环翳，如在深壑，不知为众山之顶。"[6] 民居村落，植物有临川的"竹树扶疏，缀以夭桃素李，光景甚异"[7]，有倚山

[1] 徐弘祖著，朱惠荣校注：《徐霞客游记校注》，北京：中华书局，2017 年版，第 532 页。

[2] 徐弘祖著，朱惠荣校注：《徐霞客游记校注》，北京：中华书局，2017 年版，第 79 页。

[3] 徐弘祖著，朱惠荣校注：《徐霞客游记校注》，北京：中华书局，2017 年版，第 123 页。

[4] 徐弘祖著，朱惠荣校注：《徐霞客游记校注》，北京：中华书局，2017 年版，第 120 页。

[5] 徐弘祖著，朱惠荣校注：《徐霞客游记校注》，北京：中华书局，2017 年版，第 5 页。

[6] 徐弘祖著，朱惠荣校注：《徐霞客游记校注》，北京：中华书局，2017 年版，第 763 页。

[7] 徐弘祖著，朱惠荣校注：《徐霞客游记校注》，北京：中华书局，2017 年版，第 1091 页。

的"桃花夹村，嫣然若笑"[1]，还有"庐舍甚整，桃花流水，环错其间"[2]。作者描写云南村庄"芹菜塘"："村庐不多，而皆有杜鹃灿烂，血艳夺目。若以为家植者，岂深山野人，有此异趣？若以为山土所宜，何他冈别陇，杳然无遗也？"[3]植物仿佛也有灵性，造成一方人境异趣之景，大自然间的村落植物使得整个环境生机盎然。

第二节　晚明清言清赏小品文与植物赏用

一、清言清赏小品文与植物

清言，原意是清谈，指清雅、玄妙的言谈、议论。晚明"清言"乃是一种精致而优美的格言式小品，与日常生活关系密切，如吕坤《呻吟语》、洪应明《菜根谭》、吴从先《小窗自纪》、陈继儒《小窗幽记》等，妙语连珠，发人深省。清言之清，当然首先是指清雅的生活，表现了晚明文人的生活情趣。清言小品内容大多表现晚明文人的闲情逸致和庄禅幽尚，而植物作为触发情思的媒介，成为文人书写其存在境遇与感受的重要环节。同时，所谓清赏，本质是把每个生活细节艺术化，随时随地都能发现、营造与欣赏古雅和有情趣的文化意味。晚明文人的清赏，往往与衣食住行中的养生相联系，而植物在这类清赏小品中占有很大比重，四时有食疗养生，四季有花草可赏。在晚明清赏小品文中，除高濂《遵生八笺》中提及的四时食疗养生、四季幽赏花草外，还有很多植物类的清玩之具之法，如文震

---

[1]　徐弘祖著，朱惠荣校注：《徐霞客游记校注》，北京：中华书局，2017年版，第1057页。

[2]　徐弘祖著，朱惠荣校注：《徐霞客游记校注》，北京：中华书局，2017年版，第1060页。

[3]　徐弘祖著，朱惠荣校注：《徐霞客游记校注》，北京：中华书局，2017年版，第1174-1175页。

亨《长物志》中所占比重仅次于室庐几榻器具的"花木""蔬果"卷，便载有植物约百种。"蔬果"卷讲"蔬菜园艺学"与"果树园艺学"，实含园林艺术中之植物配植美学，非唯取其味美，亦取其色美、形美，以及嗅觉之美，从而获得愉悦。如谓樱桃，"色味俱绝"[1]；谓枇杷，"株叶皆可爱"[2]；谓柿有"七绝"，其五为"霜叶可爱"[3]。又描述银杏："株叶扶疏，新绿时最可爱。吴中刹宇及旧家名园，大有合抱者，新植似不必。"[4]在讲说知识的同时，也写给人带来的美感，"可爱"一词屡见卷中，与"器具"诸卷正同。而论植物植配美学则以"花木"卷最为集中，作者认为花木种植所据甚多，如要根据植物的品格、习性、形状、色彩、嗅味，以至枝叶相触的声响，和景观美学要求选择适当的地点、方式，如杜鹃花"性喜阴畏热，宜置树下阴处"[5]；李子"如女道士，宜置烟霞泉石间，但不必多种耳"[6]；梅是"幽人花伴""取苔护藓封，枝稍古者，移植石岩或庭际"[7]；柳须"临池种之"[8]；槐榆"宜植门庭"[9]，山松"宜植土冈之上，龙鳞既成，涛水相应，何减五株九里哉？"[10]如此等等，同一植物，品种习性风致不同，所植所置之地亦异。各种植物之间，植物与堂室亭台、水石溪岩诸景都要配置得宜。比如，种植方式有疏有密，"或一望成林"[11]

[1] 文震亨著：《长物志》，南京：江苏凤凰文艺出版社，2015年版，第348页。

[2] 文震亨著：《长物志》，南京：江苏凤凰文艺出版社，2015年版，第354页。

[3] 文震亨著：《长物志》，南京：江苏凤凰文艺出版社，2015年版，第363页。

[4] 文震亨著：《长物志》，南京：江苏凤凰文艺出版社，2015年版，第99页。

[5] 文震亨著：《长物志》，南京：江苏凤凰文艺出版社，2015年版，第84页。

[6] 文震亨著：《长物志》，南京：江苏凤凰文艺出版社，2015年版，第54页。

[7] 文震亨著：《长物志》，南京：江苏凤凰文艺出版社，2015年版，第57页。

[8] 文震亨著：《长物志》，南京：江苏凤凰文艺出版社，2015年版，第91页。

[9] 文震亨著：《长物志》，南京：江苏凤凰文艺出版社，2015年版，第94页。

[10] 文震亨著：《长物志》，南京：江苏凤凰文艺出版社，2015年版，第86页。

[11] 文震亨著：《长物志》，南京：江苏凤凰文艺出版社，2015年版，第42页。

（丛植），"或孤枝独秀"[1]（孤植），或不同树种花品成片种植，"繁华杂木，宜以亩计"，或同种花木"种之成林"[2]，桃花则"如入武陵桃源"[3]，梅花数亩，"花时坐卧其中，令神骨俱清"[4]。要之，植物景观画面妍鲜，四季可赏，即所谓"四时不断，皆入图画"[5]。

二、晚明清言小品文中的植物"赋比兴"

晚明文人善长运用清言的形式，描写自然景致与意趣，以草木为赋、比、兴的主要媒介表现艺术美，这也是其时清言创作比较普遍的趋势，试以陈继儒《小窗幽记》为例，列述如下。

其一，草木为赋。所谓"赋"者，指平铺直叙，铺陈排比，这里谓直接将草木作为叙述背景或描写对象加以铺写。据笔者统计，《小窗幽记》中作者纂辑的以植物为铺叙主体，且存在前后关照，即非单句出现植物的句子有六十三则之多，出现较多的是柳、竹、松、梅，以及泛称的"花""草"等。以草木为赋，对植物外观上有精妙描写，情感上有细致对比，通过大自然植物色、香、味、姿等细致铺排描写，反映人类细腻的情感特征，敏锐捕捉人类情感的细微变化，可见陈氏辑录之妙，如抓取植物特性，灵活运用通感："清文满篋，非惟芍药之花；新制连篇，宁止葡萄之树"[6]，以芍药花之清新动人来描述文章之"清"，以葡萄树之枝繁叶茂来刻画新制的连续篇什。

其二，草木为比。所谓"比"者，即类比、比喻，如以彼物比此物，

[1] 文震亨著：《长物志》，南京：江苏凤凰文艺出版社，2015 年版，第 42 页。

[2] 文震亨著：《长物志》，南京：江苏凤凰文艺出版社，2015 年版，第 52 页。

[3] 文震亨著：《长物志》，南京：江苏凤凰文艺出版社，2015 年版，第 52 页。

[4] 文震亨著：《长物志》，南京：江苏凤凰文艺出版社，2015 年版，第 57 页。

[5] 文震亨著：《长物志》，南京：江苏凤凰文艺出版社，2015 年版，第 42 页。

[6] 陈继儒著：《小窗幽记》，北京：中华书局，2008 年版，第 69 页。

在本体或情感方面借一个事物作类比。在此处，用草木这一日常生活常见意象来作比，便于人们联想，形象生动。《小窗幽记》中有比较常见的比喻，如"蒲柳之姿，望秋而零；松柏之质，经霜弥茂"[1]，蒲柳，即旱柳，杨柳科，性耐旱耐湿，易栽植，各地都有大面积造林。落叶性，可长成乔木。旱柳枝条劲韧，北方民族或华北居民常砍取制作箭身，常栽植在住宅旁，也常种植在河岸，供作固沙及水土保持之用。蒲柳除旱柳外，尚有一说，崔豹《古今三生》云"水杨即蒲柳"，水杨亦属柳类，今名细柱柳，分布在东北及华北溪流沿岸，枝条供作编织。又如松柏，孔子曰："岁寒，然后知松柏之后凋也。"（《论语·子罕》）荀子云："岁不寒无以知松柏，事不难无以知君子。"（《荀子·大略》）这里很清楚地把松、柏的耐寒特性，比德于君子的坚强性格，松柏为子孙兴旺和长寿的象征。有将花木美好品质比附于人的，如"幽心人似梅花，韵心士同杨柳"[2]，更多的是将花木拟人化，花有喜怒哀乐之容，寤寐梦醒之态，与人无二，如："花有喜、怒、寤、寐、晓、夕……"[3]"红颜未老，早随桃李嫁春风；黄卷将残，莫向桑榆怜暮景。"[4]李，与桃同为蔷薇科李属植物，自古桃李不分家，栽桃自必种李。李树原产中国，是中国最早栽培的果树之一，花小而繁白，二月开放，先花后叶。自《诗经》之"华如桃李"以下，历代咏李诗很多，如西晋张华的"朱李生东苑，甘瓜出西郊"句，南朝谢朓的"夏李沉朱实"句以及唐代白居易的《嘉庆李》、宋代王十朋的《咏李》等，多为颂果，少见咏花。还有些十分生动形象的譬喻，如《小窗幽记》："东风开柳眼，黄鸟骂桃奴。"[5]《镜花缘》第七十七回中谢文锦道："桃枭一名'桃奴'。"

[1] 陈继儒著：《小窗幽记》，北京：中华书局，2008 年版，第 18 页。

[2] 陈继儒著：《小窗幽记》，北京：中华书局，2008 年版，第 192 页。

[3] 陈继儒著：《小窗幽记》，北京：中华书局，2008 年版，第 179 页。

[4] 陈继儒著：《小窗幽记》，北京：中华书局，2008 年版，第 242 页。

[5] 陈继儒著：《小窗幽记》，北京：中华书局，2008 年版，第 181 页。

褚月芳道："我出'蝴蝶花'。"[1]"桃奴"，即在桃树上过冬不掉，正月采下来的桃。"柳眼"，早春初生的柳叶有着如人般睡眼惺忪之态，三月中旬，还包在一层皮里的柳树叶芽逐渐鼓胀起来了。这柳芽的外形，像人的眼睛，所以自古就为诗人墨客称之为"柳眼"。

其三，草木为兴。所谓"兴"者，先谈他物形貌以引起真正要咏之言，一般起兴在篇头居多，有直接起兴，也有兴中含比。这类形式也同样容易激发联想，增强艺术效果。陈继儒纂辑清言中用以起兴的植物大多是常见的，如桃花、杨柳，杨柳有时也会和蘼芜搭配，如："亭前杨柳，送尽到处游人；山下蘼芜，知是何时归路。"[2]用典起兴，如："风起思莼，张季鹰之胸怀落落；春回到柳，陶渊明之兴致翩翩。然此二人，薄宦投簪，吾犹嗟其太晚。"[3]这里用到了晋代张翰、陶渊明的典故，起首"风起思莼"与"春回到柳"分别是所用典故中的重要植物莼菜与柳树。此外，起兴句中的植物往往有颜色、方位等上的对比："翠竹碧梧，高僧对弈；苍苔红叶，童子煎茶。"[4]"小窗下修篁萧瑟，野鸟悲啼；峭壁间醉墨淋漓，山灵呵护。"[5]

以草木为赋、比、兴，这在以陈继儒《小窗幽记》为代表的清言小品中运用十分广泛，作品中出现的植物大致有以下诸种：

豆蔻，丁香，桐叶，桃花，桃叶，柳丝，柳絮，梨花，芍药花，葡萄树，林花，乔木，杏子，丛著，秋菊，松，竹，瑶草，芳兰，

[1] 李汝珍著：《镜花缘》，北京：华夏出版社，2013年版，第376页。
[2] 陈继儒著：《小窗幽记》，北京：中华书局，2008年版，第65页。
[3] 陈继儒著：《小窗幽记》，北京：中华书局，2008年版，第162页。
[4] 陈继儒著：《小窗幽记》，北京：中华书局，2008年版，第137页。
[5] 陈继儒著：《小窗幽记》，北京：中华书局，2008年版，第181页。

古柏，松柏，藤萝，梅，潇湘竹，桑林，麦陇，红桃，白（绿）李，古木，垂萝，绿蕉，黄葵，老少叶，鸡冠花，垂萝，草根，长林，丰草，蒲根，柳，新秧，杏花，青萝，白莲，碧梧，花果，蔬菜，红蓼，白苹，芰荷，笋、茶、豆、梧桐、蕙草，莓苔，桂，莲，海棠，茶蘼，瑞香，腊梅，栀子，芭蕉，海棠，芍药，碧荷，绿柳，黄梅，绿李，槐阴，芦花，梨花，梅花，桃花，杏花，水仙，牡丹，芍药，萱草，莲花，葵花，海棠，桂花，菊花，兰花，酴醾，腊梅，薛荔，蔷薇。

其中，竹有竹树、竹林、修竹、翠竹、竹叶等之分，柳有翠柳、蒲柳、杨柳、绿柳、疏柳等之别，松有松枝、苍松、松子、乔松、泰岱松等之异。

值得注意的是，晚明文人擅长以清言的形式，在描写景致时突显其生活意趣，还呈现出不经意间转出的一份从容，如"芳菲林圃看蜂忙，觑破几多尘情世态；寂寞衡茆观燕寝，发起一种冷趣幽思。"[1]除《小窗幽记》外，又如吴从先的《小窗自纪》："石上藤萝，墙头薛荔，小窗幽致，绝胜深山。加以明月照映，秋色相侵，物外之情，尽堪闲适。"[2]"论声之韵者，曰：'溪声、涧声、竹声、松声、山禽声、幽壑声、芭蕉雨声、落花声、落叶声，皆天地之清籁，诗肠之鼓吹也。'然销魂之听，当以卖花声为第一。"[3]"清斋幽闭，时时暮雨掩梨花；冷句忽来，字字秋风吹木叶。"[4]这本《小窗自纪》是晚明另一部规模较大的清言小品集子，上述清言，或骈体，或散体，建构诗一般的意境与植物天地，给人以无尽的审美愉悦。

---

[1] 陈继儒著：《小窗幽记》，北京：中华书局，2008 年版，第 156-157 页。

[2] 吴从先著：《小窗自纪》，北京：中华书局，2008 年版，第 119 页。

[3] 吴从先著：《小窗自纪》，北京：中华书局，2008 年版，第 150 页。

[4] 吴从先著：《小窗自纪》，北京：中华书局，2008 年版，第 75 页。

三、晚明清赏小品文中的植物"益身心"

晚明文人的清赏行为是与平时衣食住行中的养生活动相关联的，植物也在相应的清赏小品之作中占有很大比重，以高濂《遵生八笺》而言，四时有食疗养生，四季有花草可赏，在很大程度上，正是通过植物起到养生修心的功效。

一方面，四时食疗养生。高濂所著《遵生八笺》是一部医学、养生学著作，总结了大量方药治病养生的经验，共有"精修妙论笺""四时调摄笺""起居安乐笺""延年却病笺""燕闲清赏笺""饮馔服食笺""灵秘丹药笺""尘外遐举笺"八目，十九卷。高濂认为"修养德行"为养生的第一要旨，应根据四季的不同而施以不同的调养方法，遵循"慎起居、节嗜欲、远祸患、得安乐"的原则来调节养生，并倡导饮食"五味养五脏"的食疗思想。

第一，《遵生八笺》中茶是寄情助兴、修心养性之物，日常以茶调节膳食，以茶入饮食，即入汤入药入食，达到去疾健体的目的。在《饮馔服食笺》上卷《茶泉类》中对茶叶的产地、种类、采茶、藏茶、煎茶、试茶、茶效、茶具以及贮茶用器作了系统论述和总结，特别是从养生的角度，对茶这种植物的药用保健功能进行了有益的探讨。高濂将饮茶提高到了"不可一日无茶"的高度，这并非完全是其出于文人对茶之特殊感情生出的偏爱，也是出于养生的考虑。明代人饮茶主张清饮雅赏，一般不在茶中添加花果香料，以品出茶之自然真味。高濂也不例外，他认为试茶择果时："茶有真香，有佳味，有正色。烹点之际，不宜以珍果香草杂之……凡饮佳茶，去果方觉清绝，杂之则无辨矣。若欲用之，所宜核桃、榛子、瓜仁、杏仁、榄仁、栗子、鸡头、银杏之类，或可用也。"[1] 但出于养生考虑，作者也

---

[1] 高濂著：《遵生八笺》，北京：人民卫生出版社，2007年版，第331页。

认为茶中可入一些药材，以增加去疾保健的功效，如野蔷薇花："采花拌茶，疟病烹食即愈。"[1] 又如决明子："采豆汤焯，可供茶料，香美甘口。"[2] 高濂在《遵生八笺》中还记载了一些保健茶的制作配方，如"暗香汤"："梅花将开时，清旦摘取半开花头连蒂，置磁瓶（瓷瓶）内，每一两重，用炒盐一两洒之，不可用手瀌坏。以厚纸数重，密封置阴处。次年春夏取开，先置蜜少许于盏内，然后用花二三朵置于中，滚汤一泡，花头自开，如生可爱，冲茶香甚。（一云蜡点花蕊阴干，如上加汤亦可。）"[3] 又如"枸杞茶"："于深秋摘红熟枸杞子，同干面拌和成剂，擀作饼样，晒干，研为细末。每江茶一两，枸杞子末二两，同和匀，入炼化酥油三两，或香油亦可。旋添汤搅成膏子，用盐少许，入锅煎熟饮之，甚有益及明目。"[4] 江苏、浙江、广东等省的百姓历来在饮茶时，有佐以食料的习惯。明代茶点、茶果因季因时各不相同，品种繁多。据书中记载，茶点有馎饦、火烧、寿桃、蒸角儿、冰角儿、项皮酥、果馅饼儿、玫瑰擦禾卷儿、艾窝窝、芝米面枣糕、荷花饼、乳饼、玫瑰元宵饼、檀香饼等约四十余种，茶果则有柑子、金橙、红菱、荔枝、马菱、橄榄、雪藕、雪梨、大枣、荸荠、石榴、李子等，这些茶点、茶果虽然味美，能满足人的口腹之欲，但存在着偏甜、偏油腻特点，在高濂看来并不符合养生之道。故而高濂的茶点颇具匠心，既可在清谈品茗时佐味，又有益于人体健康，如用天茄儿"盐焯供茶"[5]；用寒豆芽"汤焯，入茶供"[6]，又如黄连头，"采头，盐腌晒干，入茶最佳"[7]，再如香茶饼子，

[1] 高濂著：《遵生八笺》，北京：人民卫生出版社，2007年版，第517页。

[2] 高濂著：《遵生八笺》，北京：人民卫生出版社，2007年版，第374页。

[3] 高濂著：《遵生八笺》，北京：人民卫生出版社，2007年版，第337-338页。

[4] 高濂著：《遵生八笺》，北京：人民卫生出版社，2007年版，第411页。

[5] 高濂著：《遵生八笺》，北京：人民卫生出版社，2007年版，第376页。

[6] 高濂著：《遵生八笺》，北京：人民卫生出版社，2007年版，第383页。

[7] 高濂著：《遵生八笺》，北京：人民卫生出版社，2007年版，第373页。

用"孩儿茶、芽茶四钱，檀香一钱二分，白豆蔻一钱半，麝香一分，砂仁五钱，沉香二分半，片脑四分，甘草膏和糯米糊搜饼"[1]。以这些茶点佐茶，既不会侵夺茶的天然清香，又保证了食疗的效果，可谓一举两得。

第二，植物食疗养生。以植物入汤，在"汤品类"中共记录三十二种植物汤品，分别是："青脆梅汤""黄梅汤""凤池汤""橘汤""杏汤""茴香汤""梅苏汤""天香汤""暗香汤""须问汤""杏酪汤""凤髓汤""醍醐汤""水芝汤""茉莉汤""香橙汤""橄榄汤""豆蔻汤""解醒汤""木瓜汤""无尘汤""绿云汤""柏叶汤""三妙汤""干荔枝汤""清韵汤""橙汤""桂花汤""洞庭汤""木瓜汤""参麦汤""绿豆汤"。一系列的养生对症食补配方，如"凤髓汤"具"润肺，疗咳嗽"[2]之效，"橄榄汤"有"止渴生津"[3]之功，"醍醐汤"则"止渴生津"[4]，"水芝汤"可"通心气，益精髓"[5]，"香橙汤"能"宽中，快气，消酒"[6]，"豆蔻汤"用肉豆蔻仁、甘草、丁香枝梗[7]等制成，可"治一切冷气，心腹胀满，胸膈痞滞，哕逆呕吐，泄泻虚滑，水谷不消，困倦少力，不思饮食"[8]。滋补养生的同时，标明禁忌事项，如"绿云汤"是"食鱼不可饮此汤"[9]等。配料以及制作步骤讲究，如"天香汤"："白木樨盛开时，清晨带露，用杖打下花，以布被盛之，拣去蒂萼，顿在净器内，新盆捣烂如泥，榨干甚，收起。每一斤，加甘草一两，盐梅十个，捣为饼，入磁坛（瓷坛）封固。用沸汤点

---

[1] 高濂著：《遵生八笺》，北京：人民卫生出版社，2007年版，第402页。

[2] 高濂著：《遵生八笺》，北京：人民卫生出版社，2007年版，第338页。

[3] 高濂著：《遵生八笺》，北京：人民卫生出版社，2007年版，第339页。

[4] 高濂著：《遵生八笺》，北京：人民卫生出版社，2007年版，第338页。

[5] 高濂著：《遵生八笺》，北京：人民卫生出版社，2007年版，第338页。

[6] 高濂著：《遵生八笺》，北京：人民卫生出版社，2007年版，第339页。

[7] 高濂著：《遵生八笺》，北京：人民卫生出版社，2007年版，第339页。

[8] 高濂著：《遵生八笺》，北京：人民卫生出版社，2007年版，第339页。

[9] 高濂著：《遵生八笺》，北京：人民卫生出版社，2007年版，第340页。

服。"[1]"柏叶汤":"采嫩柏叶,线系垂挂一大瓮中,纸糊其口,经月取用。如未甚干,更闭之,至干,取为末,如嫩草色。不用瓮,只密室中亦可,但不及瓮中者青翠。若见风则黄矣。此汤可以代茶夜话,饮之尤醒睡。饮茶多则伤人,耗精气,害脾胃,柏叶汤甚有益。又不如新采洗净,点更为上。"[2]

以植物入水。在"熟水类"中共记录十二种泡饮:"稻叶熟水""橘叶熟水""桂叶熟水""紫苏熟水""沉香熟水""丁香熟水""砂仁熟水""花香熟水""檀香熟水""豆蔻熟水""桂浆""香橼汤"。《遵生八笺》保存了一些独特的食疗秘法,如"妙不可言"的"香橼汤":"用大香橼不拘多少,以二十个为规,切开,将内瓤以竹刀刮出,去囊袋并筋收起。将皮刮去白,细细切碎,笊篱热滚汤中焯一二次,榨干收起,入前瓤内。加炒盐四两,甘草末一两,檀香末三钱,沉香末一钱,不用亦可,白豆仁末二钱和匀,用瓶密封,可久藏。每用以箸挑一二匙,冲白滚汤服。胸膈胀满、膨气,醒酒化食,导痰开郁,妙不可言。不可多服,恐伤元气。"[3]这种饮品虽名"汤",却是一种泡饮,具有特殊的养生之效。

以植物入粥。在"粥糜类"中计有三十八种粥食,依次为:"芡实粥""莲子粥""竹叶粥""蔓菁粥""牛乳粥""甘蔗粥""山药粥""枸杞粥""紫苏粥""地黄粥""胡麻粥""山栗粥""菊苗粥""杞叶粥""薏苡粥""沙谷米粥""芜蒌粥""梅粥""荼蘼粥""河祇粥""山药粥""羊肾粥""麋角粥""鹿肾粥""猪肾粥""羊肉粥""扁豆粥""茯苓粥""苏麻粥""竹沥粥""门冬粥""萝卜粥""百合粥""仙人粥""山茱萸粥""乳粥""枸杞子粥""肉米粥""绿豆粥""口数粥"。除了"牛乳粥""河祇粥""麋角粥""乳粥"四种不涉及植物配料外,其余皆与花果密切相

[1] 高濂著:《遵生八笺》,北京:人民卫生出版社,2007 年版,第 338 页。
[2] 高濂著:《遵生八笺》,北京:人民卫生出版社,2007 年版,第 340 页。
[3] 高濂著:《遵生八笺》,北京:人民卫生出版社,2007 年版,第 344 页。

关，甚至于某几类荤粥中也杂有不少素菜，如"羊肾粥"："枸杞叶半斤，米三合，羊肾两个碎切，葱头五个，干者亦可。同煮粥，加些盐味食之，大治腰脚疼痛。"[1]"鹿肾粥"："用鹿肾二个，去脂膜，切细，入少盐，先煮烂，入米三合煮粥，治气虚耳聋。一方，加苁蓉一两，酒洗去皮，同肾入粥煮，亦妙。"[2]"猪肾粥"："用人参二分，葱白些少，防风一分，俱捣作末，同粳米三合，入锅煮半熟。将猪肾一对去膜，预切薄片，淡盐腌顷刻，放粥锅中，投入再莫搅动，慢火更煮良久。食之能治耳聋。"[3]"羊肉粥"："用烂羊肉四两，细切，加人参末一钱，白茯苓末一钱，大枣二个，切细黄芪五分，入粳米三合，入好盐三二分，煮粥食之，治羸弱，壮阳。"[4]"肉米粥"："用白米先煮成软饭。将鸡汁，或肉汁，虾汁汤调和清过。用熟肉碎切如豆，再加茭笋，香蕈，或松穰等物，细切，同饭下汤内，一滚即起，入供以咸菜为过，味甚佳。"[5]

以植物入菜。高濂谓："余所选者，与王西楼远甚，皆人所知可食者，方敢录存，非王所择，有所为而然也。"[6]作者共选录九十一类植物入菜，分别为："黄香萱""甘菊苗""枸杞头""蒌蒿""莼菜""野苋菜""野白荠""野萝卜""蒌蒿""黄连头""水芹菜""茉莉叶""鹅脚花""栀子花（薝卜）""金豆儿（决明子）""金雀花""紫花儿""香椿芽""蓬蒿""灰苋菜""桑菌柳菌""鹅肠草""鸡肠草""绵絮头""荞麦叶""西洋太紫""蘑菇""竹菇""金莲花""天茄儿""看麦娘""狗脚迹""斜蒿""眼子菜""地踏叶""窝螺荠""马齿苋""马兰头""茵陈蒿（青

---

[1] 高濂著：《遵生八笺》，北京：人民卫生出版社，2007 年版，第 347 页。

[2] 高濂著：《遵生八笺》，北京：人民卫生出版社，2007 年版，第 347 页。

[3] 高濂著：《遵生八笺》，北京：人民卫生出版社，2007 年版，第 347 页。

[4] 高濂著：《遵生八笺》，北京：人民卫生出版社，2007 年版，第 347 页。

[5] 高濂著：《遵生八笺》，北京：人民卫生出版社，2007 年版，第 349 页。

[6] 高濂著：《遵生八笺》，北京：人民卫生出版社，2007 年版，第 372 页。

蒿儿）""雁儿肠""野荬白菜""倒灌荠""苦麻苔""黄花儿""野荸荠""野绿豆""油灼灼""板荞荞""碎米荠""天藕儿""蚕豆苗""苍耳菜""芙蓉花""葵菜""丹桂花""莴苣菜""牛蒡子""槐角叶""椿树根""百合根""栝蒌根""雕菰米""锦带花""菖蒲""李子""山芋头""东风荠（荠菜）""玉簪花""栀子花""木菌""藤花""江荠""商陆""牛膝""湖藕""防风""芭蕉""水菜""莲房""苦益菜（胡麻）""松花蕊""白芷""防风芽""天门冬芽""水苔""蒲芦芽""凤仙花梗""红花子""金雀花""寒豆芽""黄豆芽"。其中，或用以"作糕，清香满颊"[1]，或"采花作羹，柔脆可食"[2]，或"可充茶料拌料，亦可供馔"[3]。此外，高濂还记录用山芋、葡萄、黄精、白术、地黄、菖蒲、天门冬、菊花、五加皮等植物酿酒，并言："此皆山人家养生之酒，非甜即药，与常品迥异，豪饮者勿共语也。"[4]

另一方面，四季花草幽赏。高濂《遵生八笺》中有大量闲适消遣的小品文，其中"四时调摄笺"以四时幽赏作为养生之道，这些都是在特定的季节、时段、风景点进行的某种幽赏活动。作者用优美的语言，详列四时种种幽赏的方式、方法、内容及其特点，每一则都是清雅的小品文，其中涉及了四季美好的花草树木。一年四季都有可幽赏的良辰美景，关键是要有发现美的眼光和悠闲的心境，如《遵生八笺》中有四时幽赏篇目"保俶塔看晓山""步山径野花幽鸟""三塔基听落雁""山窗听雪敲竹"四则，分别是春、夏、秋、冬四季幽赏。具体而言：

第一，幽赏春时花草。春季万物复苏，城内郭外，皆有可赏，《孤山

---

[1] 高濂著：《遵生八笺》，北京：人民卫生出版社，2007 年版，第 379 页。

[2] 高濂著：《遵生八笺》，北京：人民卫生出版社，2007 年版，第 380 页。

[3] 高濂著：《遵生八笺》，北京：人民卫生出版社，2007 年版，第 374 页。

[4] 高濂著：《遵生八笺》，北京：人民卫生出版社，2007 年版，第 383 页。

月下看梅花》："春初玉树参差，冰花错落，琼台倚望，恍坐玄圃罗浮。"[1]

《八卦田看菜花》："春时，菜花丛开，自天真高岭遥望，黄金作埒，碧玉为畦，江波摇动，恍自《河洛图》中，分布阴阳爻象。海天空阔，极目了然，更多象外意念。"[2]《虎跑泉试新茶》："谷雨前采茶旋焙，时激虎跑泉烹享，香清味冽，凉沁诗脾。"[3]《登东城望桑麦》："春时，桑林麦陇，高下竞秀，风摇碧浪层层，雨过绿云绕绕……竹篱茅舍，间以红桃白李，燕紫莺黄。"[4]《三塔基看春草》："春时草长平湖，茸茸翠色，浮动波心。"[5]《初阳台望春树》："登台四眺，浅深青碧，色态间呈，高下参差，面面回出。或苒苒浮烟，或依依带雨，或丛簇山村，或掩映楼阁，或就日向荣，或临水漾碧。"[6]《山满楼观柳》："堤上柳色，自正月上旬，柔弄鹅黄，二月，娇拖鸭绿，依依一望，色最撩人，故诗有'忽见陌头杨柳'之想。又若截雾横烟，隐约万树；欹风障雨，潇洒长堤。"[7]

第二，幽赏夏时花鸟。夏季缤纷馨香，景点旗布，皆有可观，《苏堤看新绿》："堤上桃柳新叶，黯黯成阴，浅翠娇青，笼烟惹湿。一望上下，碧云蔽空。寂寂撩人，绿侵衣袂。落花在地，步躔残红。"[8]《三生石谈月》："山僻景幽，云深境寂，松阴树色，蔽日张空，人罕游赏。"[9]《压堤桥夜宿》："桥据湖中，下种红白莲花，方广数亩，夏日清芬，隐隐袭

[1] 高濂著：《遵生八笺》，北京：人民卫生出版社，2007年版，第88-89页。

[2] 高濂著：《遵生八笺》，北京：人民卫生出版社，2007年版，第89页。

[3] 高濂著：《遵生八笺》，北京：人民卫生出版社，2007年版，第89页。

[4] 高濂著：《遵生八笺》，北京：人民卫生出版社，2007年版，第89页。

[5] 高濂著：《遵生八笺》，北京：人民卫生出版社，2007年版，第90页。

[6] 高濂著：《遵生八笺》，北京：人民卫生出版社，2007年版，第90页。

[7] 高濂著：《遵生八笺》，北京：人民卫生出版社，2007年版，第90页。

[8] 高濂著：《遵生八笺》，北京：人民卫生出版社，2007年版，第128页。

[9] 高濂著：《遵生八笺》，北京：人民卫生出版社，2007年版，第129页。

人。霞标云彩，弄雨欹风，芳华与四围山色交映。"[1]《湖心亭採莼》："旧闻莼生越之湘湖，初夏思莼，每每往彼採食。今西湖三塔基旁，莼生既多且美。菱之小者，俗谓野菱，亦生基畔，夏日剖食，鲜甘异常，人少知其味者。余每采莼剥菱，作野人芹荐，此诚金波玉液，清津碧荻之味，岂与世之羔烹兔炙较椒馨哉？供以水薪，啜以松醪，咏《思莼》之诗，歌《采菱》之曲，更得乌乌牧笛数声，渔舟欸乃相答，使我狂态陡作，两腋风生。若彼饱膏腴者，应笑我辈寒淡。"[2]《乘露剖莲雪藕》："莲实之味，美在清晨，水气夜浮，斯时正足。若日出露晞，鲜美已去过半。当夜宿岳王祠侧，湖莲最多。晓剖百房，饱啖足味。藕以出水为佳，色绿为美，旋抱西子一湾，起我中山久渴，快赏旨哉！口之于味何甘哉？况莲德中通外直，藕洁秽不可污，此正幽人素心，能不日茹佳味？"[3]《步山径野花幽鸟》："山深幽境，夏趣颇多。当残春初夏之时，步入林峦，松枝交映。遐观远眺，曲径通幽。野花隐隐生香，而嗅味恬淡，非檀麝之香浓。"[4]

第三，幽赏秋时花树。秋季枫红桂雨，桥畔街边，皆有可览，《西泠桥畔醉红树》："西泠在湖之西，桥侧为唐一庵公墓，中有枫柏数株，秋来霜红雾紫，点缀成林，影醉夕阳，鲜艳夺目。时携小艇，扶尊登桥吟赏，或得一二新句，出携囊红叶笺书之，临风掷水，泛泛随流，不知飘泊（漂泊）何所，幽情耿耿撩人。更于月夜相对，露湿红新，朝烟凝望，明霞艳日，岂直胜于二月花也？西风起处，一叶飞向尊前，意似秋色怜人，令我腾欢豪举，兴薄云霄，翩翩然神爽哉！何红叶之得我邪？所患一朝枯朽，摧为爨桐，使西泠秋色，色即是空，重惜不住色相，终为毕竟空也。谁能为彼

---

[1] 高濂著：《遵生八笺》，北京：人民卫生出版社，2007年版，第129页。

[2] 高濂著：《遵生八笺》，北京：人民卫生出版社，2007年版，第129-130页。

[3] 高濂著：《遵生八笺》，北京：人民卫生出版社，2007年版，第130页。

[4] 高濂著：《遵生八笺》，北京：人民卫生出版社，2007年版，第154-155页。

破却生死大劫哉？他日因果，我当作伤时命以吊。"[1]《满家巷赏桂花》：
"桂花最盛处，惟两山龙井为多，而地名满家巷者，其林若墉若枨，一村以市花为业，各省取给于此。秋时策蹇入山看花，从数里外便触清馥。入径，珠英琼树，香满空山，快赏幽深，恍入灵鹫金粟世界。就龙井汲水煮茶，更得僧厨山蔬野蕨作供，对仙友大嚼，令人五内芬馥。归携数枝，作斋头伴寝，心清神逸，虽梦中之我，尚在花境……"[2]《策杖林园访菊》："菊为花之隐者，惟隐君子山人家能艺之，故不多见，见亦难于丰美。秋来扶杖，遍访城市林园，山村篱落。更挈茗奴从事，投谒花主，相与对花谈胜，或评花品，或较栽培，或赋诗相酬，介（借）酒相劝，擎怀坐月，烧灯醉花，宾主称欢，不忍执别……"[3]《乘舟风雨听芦》："秋来风雨怜人，独芦中声最凄黯。余自河桥望芦，过处一碧无际，归枕故丘，每怀拍拍。武林唯独山王江泾百脚村多芦。时乎风雨连朝，能独乘舟卧听，秋声远近，瑟瑟离离，芦苇萧森，苍苍蕨蕨，或雁落哑哑，或鹭飞濯濯，风逢逢而雨沥沥，耳洒洒而心于于，寄兴幽深，放怀闲逸。舟中之人谓非第一出尘阿罗汉耶？避嚣炎而甘寥寂者，当如是降伏其心。"[4]

第四，幽赏冬时花竹。冬季清逸萧瑟，室外屋内，皆有可探，《雪霁策蹇寻梅》："画中春郊走马，秋溪把钓，策蹇寻梅，莫不以朱为衣色，岂果无为哉？似欲妆点景象，与时相宜，有超然出俗之趣。且衣朱而游者，亦非常客，故三冬披红毡衫，裹以毡笠，跨一黑驴，秃发童子挈尊相随。踏雪溪山，寻梅林壑，忽得梅花数株，便欲傍梅席地，浮觞剧饮，沉醉酣然，梅香扑袂，不知身为花中之我，亦忘花为目中景也。然寻梅之蹇，扣角之

[1] 高濂著：《遵生八笺》，北京：人民卫生出版社，2007年版，第154-155页。

[2] 高濂著：《遵生八笺》，北京：人民卫生出版社，2007年版，第155页。

[3] 高濂著：《遵生八笺》，北京：人民卫生出版社，2007年版，第157页。

[4] 高濂著：《遵生八笺》，北京：人民卫生出版社，2007年版，第157页。

犊，去长安车马，何凉凉卑哉？且为众嗤，究竟幸免覆辙。"[1]《山头玩赏茗花》："两山种茶颇蕃，仲冬花发，若月笼万树，每每入山寻茶胜处，对花默共色笑，忽生一种幽香，深可人意。且花白若剪云绡，心黄俨抱檀屑，归折数枝，插觚为供，枝梢苞萼，颗颗俱开，足可一月清玩。更喜香沁枯肠，色怜青眼，素艳寒芳，自与春风姿态迥隔。幽闲佳客，孰过于君？"[2]《登眺天目绝顶》："武林万山，皆自天目分发，故《地钤》有'天目生来两乳长'偈。冬日木落，作天目看山之游。时得天气清朗，烟云净尽，扶策蹑巅，四望无际。"[3]《山窗听雪敲竹》："飞雪有声，惟在竹间最雅，山窗寒夜，时听雪洒竹林，淅沥萧萧，连翻瑟瑟，声韵悠然，逸我清听。忽尔回风交急，折竹一声，使我寒毡增冷。暗想金屋人欢，玉笙声醉，恐此非尔所欢。"[4]

高濂用优美的语言，详列四时种种幽赏的方式、方法、内容及其特点，每一则都是清雅的小品文，其四时清赏只是开列了游赏的内容和地点，而明人程羽文则连时间表都排出来了，不仅一年四季的享受不同，便是一日十二时辰，也须是"随方作课，使生气流行"，作者描写在一年四季中如何品味自然所赋予的美景，如"秋时"的清课："晌午，用莲房，洗砚，理茶具，拭新酿，醉弄洞箫数声""薄暮，倚柴扉，听樵歌牧唱，焚伴月香，壅菊。""冬时"的清课："午后，携都统笼，向古松，悬崖间，敲冰煮建茗。""日晡，布衣皮帽装，嘶风镫，策蹇驴，问寒梅消息。"（《清闲供》）[5] 在作者看来，凭借发现美的眼光和悠闲的心境，一年四季，一

[1] 高濂著：《遵生八笺》，北京：人民卫生出版社，2007 年版，第 181 页。

[2] 高濂著：《遵生八笺》，北京：人民卫生出版社，2007 年版，第 182 页。

[3] 高濂著：《遵生八笺》，北京：人民卫生出版社，2007 年版，第 182 页。

[4] 高濂著：《遵生八笺》，北京：人民卫生出版社，2007 年版，第 183 页。

[5] 周光培编：《历代笔记小说集成·明代笔记小说》第十三册程羽文《清闲供》，石家庄：河北教育出版社，1995 年版。

日昼夜，都有可以幽赏的良辰美景，而其中的"植物"便是"益身心"的重要媒介。

第二章　晚明小品文植物景观及文化内涵解析——以张岱《陶庵梦忆》为例

明清笔记蕴涵文学园林中丰富的植物造景及文化，如明人张岱的小品散文集《陶庵梦忆》，该书鲜明地反映出晚明江南民俗以及时人对花草植物的喜爱。张岱一生喜好游历，除山东兖州、泰安外，其足迹集中在绍兴、杭州、南京、镇江、苏州、扬州、宁波、嘉兴等南方城市，这其中几乎涉及绍兴、杭州的所有名园。《陶庵梦忆》中刻画的江南植物景观，秀色可餐，从中我们不仅可以看到晚明山林名胜与私家园墅中的植物品种特征、栽培状况、景观配置等特点，还可从植物与文化角度，初步解读诸如文化象征、游赏风俗、饮食文化、民间工艺等内涵。

第一节　《陶庵梦忆》与植物景观

张岱一生与锦绣山川结缘，曾梦想其百年之后依然逍遥于绿水青山，与花草作伴，那里既有"以橘、以梅、以梨、以枣，枸菊围之"的果香四溢之景，又有"上有灌木，可坐、可风、可月"[1]的风致盎然之趣。植物及其景观在《陶庵梦忆》中占有不小的比重，有的直接以植物为篇名，如《天台牡丹》《兰雪茶》《闵老子茶》《朱文懿家桂》《樊江陈氏桔》《一尺雪》《菊海》；有的围绕人与植物展开，如《金乳生草花》《范与兰》；

---

[1]　张岱著：《陶庵梦忆·琅嬛福地》，上海：上海古籍出版社，2001年版，第139页。

还有许多篇目涉及人文、建筑与植物景观，如《梅花书屋》《岣嵝山房》《逍遥楼》《天镜园》《包涵所》《于园》《悬杪亭》《品山堂鱼宕》《愚公谷》《阿育王寺舍利》《巘花阁》《瑞草溪亭》等。以下按其出现的场所，分别从山林名胜与私家园墅中的植物入手，分析品种特征，归纳植物景观配置特点。

第一，山林名胜中的植物及景观。张岱《陶庵梦忆》中提及许多山林名胜，如烟雨楼、日月湖、燕子矶、巘花阁、雷殿、品山堂鱼宕等，它们山环水绕，或幽美，或雄壮，自然界的花花草草不仅是这些名胜古迹的背景、点缀，有些植物更是景观中的焦点、亮点。

张岱向来很有山林情怀，于水村乡野体味植物百态。鱼米之乡河湖遍布，江南水中可以养鱼、菱角与荷花等，水下还可产莲藕。张岱年轻时候曾住在"众香国"，文中描述："品山堂，孤松箕踞，岸帻入水，池广三亩。莲花起岸，莲房以百以千，鲜磊可喜。新雨过，收叶上荷珠煮酒，香扑烈。门外鱼宕，横亘三百馀（余）亩，多种菱芡。小菱如姜牙，辄采食之，嫩如莲实，香似建兰，无味可匹。深秋，橘奴饱霜，非个个红绽不轻下剪。"[1]作者所居之处门外是三百多亩的水乡鱼塘，主要种植着菱角和芡实。小菱角恰如生姜芽般细小，即摘即食，味道鲜嫩，气味芬芳。而深秋的橘子，待成熟采摘时也是红澄皮绽。与此同时，张岱曾北上赏芍药、观菊海，在山东兖州看见一种芍药的特殊品种，名曰"一尺雪"，其"花瓣纯白，无须萼，无檀心，无星星红紫，洁如羊脂，细如鹤翮，结楼吐舌，粉艳雪腴。上下四旁方三尺，干小而弱，力不能支，蕊大如芙蓉，辄缚一小架扶之。"[2]因为没有合适的栽种土壤，一般在江南地区很难见到"一尺雪"，而在适

[1] 张岱著：《陶庵梦忆·品山堂鱼宕》，上海：上海古籍出版社，2001年版，第117页。

[2] 张岱著：《陶庵梦忆·一尺雪》，上海：上海古籍出版社，2001年版，第106页。

合它生长的兖州，这类植物却是常见："兖州种芍药者如种麦，以邻以亩。花时宴客，棚于路、彩于门、衣于壁、障于屏、缀于帘、簪于席、茵于阶者，毕用之，日费数千勿惜。"[1] 人们种植"一尺雪"这种花，像种麦子一样普遍。张岱还在兖州看到蔚为壮观的大菊海："厂三面，砌坛三层，以菊之高下高下之。花大如瓷瓯，无不球，无不甲，无不金银荷花瓣，色鲜艳异凡本，而翠叶层层，无一早脱者。"[2] 三面的棚子都砌着花坛，按照菊花的高度设置花坛的高度。菊花盛放，大如瓷碗，每朵菊花皆球形金甲，有着或金或银的荷花瓣，这里的菊花色泽鲜艳，与普通的菊花不同，而它们的叶子层层叠叠，没有一片提前脱落，如张岱所言，这样的菊海景观："此是天道，是土力，缺一不可焉。"[3] 张岱笔下的天台牡丹不是一般红白单瓣的牡丹，它们不仅"一株三干""三间满焉""花时数十朵"[4]，数量多，而且形态上"大如拱把""大如小斗""枝叶离披，错出檐甍之上""蕚楼穰吐，淋漓簇沓"[5]，十分有特点，尤其颜色还很丰富。如有"鹅黄牡丹""鹅子、黄鹂、松花、蒸栗"[6]，或像嫩鹅之毛色，或似黄鹂之羽色，或近松花之色，或如熟栗之色，作者运用通感手法描绘出具有色、香、味的诸种黄色，生命活力跃然纸上。

此外，张岱也曾遨游在南方名胜中，体验自然式园林植物配置。浙江嘉兴烟雨楼，烟雨空濛，游船画舫，桃花坞里，长芦高柳："柳湾桃坞，痴迷伫想，若遇仙缘，洒然言别，不落姓氏。"[7] 这里桃红柳绿的典型水

[1] 张岱著：《陶庵梦忆·一尺雪》，上海：上海古籍出版社，2001年版，第106页。
[2] 张岱著：《陶庵梦忆·菊海》，上海：上海古籍出版社，2001年版，第106页。
[3] 张岱著：《陶庵梦忆·菊海》，上海：上海古籍出版社，2001年版，第106页。
[4] 张岱著：《陶庵梦忆·天台牡丹》，上海：上海古籍出版社，2001年版，第8页。
[5] 张岱著：《陶庵梦忆·天台牡丹》，上海：上海古籍出版社，2001年版，第8页。
[6] 张岱著：《陶庵梦忆·天台牡丹》，上海：上海古籍出版社，2001年版，第8页。
[7] 张岱著：《陶庵梦忆·烟雨楼》，上海：上海古籍出版社，2001年版，第101页。

边空间植物景观配置，进一步烘托出邂逅相欢的浪漫气氛，让人不禁感叹。浙江宁波日月湖花果树木环绕："城下密密植桃柳，四围湖岸，亦间植名花果木以萦带之。湖中栉比者，皆士夫园亭，台榭倾圮，而松石苍老。石上凌霄藤有斗大者，率百年以上物也……屠赤水娑罗馆，亦仅存娑罗而已……城墙下址稍广，桃柳烂漫……"[1]日月湖周遭不乏名贵植物，湖边园林亭台间盘踞松树和岩石，石头上覆盖着斗大古老的凌霄藤，屠隆的娑罗馆仅存着娑罗树，城墙下桃花吐蕊，柳树参差，既有植物色彩、形体以及质感的对比，也有植物大小、排列上的协调。江苏南京燕子矶被称为"万里长江第一矶"，峭壁悬崖，滔滔江水："阁旁僧院，有峭壁千寻，碚礌如铁。大枫数株，蓊以他树，森森冷绿。小楼痴对，便可十年面壁。"[2]闵老子、王月生送张岱到燕子矶，并在石壁下饮酒践行，佛阁殿宇，冷绿森然，上以数株大枫，下以他树搭配，使得不同树种的色彩、体形之美得到很好地呈现，且有起伏韵律。

第二，私家园墅中的植物及景观。张岱在绍兴城中自家的梅花书屋种满了各式花卉，不二斋亦有四时不谢之花，天镜园则绿意迎面，生机盎然。张岱的书房别具一格，四周栽满四时鲜花，草木蓊郁，文中描绘："前后空地，后墙坛其趾，西瓜瓤大牡丹三株，花出墙上，岁满三百余朵。坛前西府二树，花时积三尺香雪。前四壁稍高，对面砌石台，插太湖石数峰。西溪梅骨古劲，滇茶数茎，妩媚其旁。梅根种西番莲，缠绕如缨络。窗外竹棚，密宝襄盖之。阶下翠草深三尺，秋海棠疏疏杂入。前后明窗，宝襄西府，渐作绿暗。"[3]张岱在书屋周遭布局上巧用心思，前后留了空地，

[1] 张岱著：《陶庵梦忆·日月湖》，上海：上海古籍出版社，2001年版，第10-11页。

[2] 张岱著：《陶庵梦忆·燕子矶》，上海：上海古籍出版社，2001年版，第24页。

[3] 张岱著：《陶庵梦忆·梅花书屋》，上海：上海古籍出版社，2001年版，第32-33页。

在后围墙地基处建起花坛，在此栽植了三株西瓜瓢大牡丹，红艳艳的花儿一年多达三百余朵，且借墙势，"花出墙上"，花开时牡丹伸到墙上。除了国色牡丹外，还有两株西府海棠，一树繁花如积聚了三尺香雪一样。坛前四壁稍高，对面砌着石台，其上所插太湖石，状如耸立山峰。西溪梅、滇茶花各自妖娆，西番莲依傍梅树根下。窗外搭竹棚，宝襄花覆盖其上，台阶下草深三尺，秋海棠夹杂其间，浓密的花丛甚至将前后明亮的窗户都遮蔽幽暗下来。梅花书屋宛若人间仙境，不二斋更胜蓬莱仙府："高梧三丈，翠樾千重。墙西稍空，蜡梅补之，但有绿天，暑气不到。后窗墙高于槛，方竹数竿，潇潇洒洒……绿暗侵纱，照面成碧。夏日，建兰、茉莉，芬泽浸人，沁入衣裾。重阳前后，移菊北窗下，菊盆五层，高下列之，颜色空明，天光晶映，如沈（沉）秋水。冬则梧叶落，蜡梅开，暖日晒窗，红炉氍毹；以昆山石种水仙，列阶趾。春时，四壁下皆山兰，槛前芍药半亩，多有异本。"[1] 在植物的时空配置上，不二斋特色鲜明。院中有三丈高的梧桐树，裹挟着千重青翠而来，书斋西墙较空阔，园主栽若干株蜡梅（一般指"腊梅"）以补空缺，夏天的炎热暑气因这些浓荫而被隔绝在外，后窗的墙则高出门槛，窗外有着几竿潇洒翠竹，绿色的暗影侵入纱帐，照在帐子上仿若碧玉。夏日的建兰和茉莉，清香沁脾。重阳时节，张岱移菊花至北窗下，高低排列五层，颜色错杂，光耀夺目，像是沉入秋水中一般。冬季，梧桐叶落，蜡梅绽放，和煦的阳光洒在窗户上，屋内有红色火炉、细密毛毯。台阶上摆放着用昆山石磨制的花盆，其中种植着水仙。春时，墙壁四面皆为山兰，门槛前的半亩芍药多为稀罕品种。天镜园里建有浴凫堂，园中生活充满了意趣："高槐深竹，樾暗千层。坐对兰荡，一泓漾之，水木明瑟，鱼鸟藻荇，类若乘空。余读书其中，扑面临头，受用一绿，幽窗开卷，字

---

[1]　张岱著：《陶庵梦忆·不二斋》，上海：上海古籍出版社，2001年版，第33页。

俱碧鲜。每岁春老，破塘笋必道此。轻舠飞出，牙人择顶大笋一株掷水面，呼园中人曰：'捞笋！'鼓枻飞去。园丁划小舟拾之，形如象牙，白如雪，嫩如花藕，甜如蔗霜。煮食之，无可名言，但有惭愧。"[1] 作者曾在天镜园中读书，伴着高槐幽竹、绿波鱼鸟，绿意盈盈扑面而来，在幽窗下观览书卷，不禁觉得字亦鲜绿。每逢暮春就有采挖破塘笋的小船驶来，挖笋之人精挑大笋掷于水面，并呼喊人们捞笋，随即划桨离去。园丁便划船去捞笋，这些笋形貌如象牙，颜色纯白如雪，如花藕般鲜嫩、蔗霜般甘甜，鲜美滋味令人啧啧赞叹。

此外，张岱在《金乳生草花》中还描述金乳生喜莳草花，其私家庭园花团锦簇："草木百馀（余）本，错杂莳之，浓淡疏密，俱有情致。春以罂粟、虞美人为主，而山兰、素馨、决明佐之；春老，以芍药为主，而西番莲、土萱、紫兰、山矾佐之。夏以洛阳花、建兰为主，而蜀葵、乌斯菊、望江南、茉莉、杜若、珍珠兰佐之。秋以菊为主，而剪秋纱、秋葵、僧鞋菊、万寿芙蓉、老少年、秋海棠、雁来红、矮鸡冠佐之。冬以水仙为主，而长春佐之。其木本，如紫白丁香、绿萼玉蝶蜡梅、西府、滇茶，日丹、白梨花，种之墙头屋角，以遮烈日。"[2] 金乳生庭园花木逾百种，纵横错植，颜色不一，疏密有致，四季有花，特色分明。植物不但具有净化空气、调节气候等改善和保护环境的生态效益，其优美的形态、绚丽的色彩、多样的质感和浓厚的文化内涵更是创造出丰富多彩而蕴涵迥异的景观，张岱凭借诗意的笔触，使书中的植物景观配置和谐优美。

其一，栽植季相之层次。金家花园一年四季都有可赏之花，园主据季节依次种植，时令之花主次分明，如上已引："春以罂粟……夏以洛阳花……

---

[1] 张岱著：《陶庵梦忆·天镜园》，上海：上海古籍出版社，2001 年版，第 52 页。

[2] 张岱著：《陶庵梦忆·金乳生草花》，上海：上海古籍出版社，2001 年版，第 9 页。

秋以菊为主……冬以水仙为主……"[1]花园植物有一百多个种类，数量众多，春天主要是罂粟花和虞美人，而以山兰、素馨、决明为辅；夏天主要是洛阳花和建兰，而以蜀葵、乌斯菊、望江南、茉莉、杜若、珍珠兰为辅；秋天主要是菊花为主，而以剪秋纱、秋葵、僧鞋菊、万寿芙蓉、老少年、秋海棠、雁来红、矮鸡冠为辅；冬天主要是水仙，而以常春藤为辅。木本之花有紫白丁香、白梨花等，将它们种植在墙头屋角，可起到遮阳防晒的效果。园中花团锦簇、群芳争艳，一年四季俱是赏花时节。

其二，篱墙设计之画意。张岱在《金乳生草花》中描述："金乳生喜莳草花。住宅前有空地，小河界之。乳生濒河构小轩三间，纵其趾于北，不方而长，设竹篱经其左。北临街，筑土墙，墙内砌花栏护其趾。再前，又砌石花栏，长丈馀（余）而稍狭。栏前以螺山石垒山披数折，有画意。"[2]金乳生爱好种植花草，他在宅前空地上以小河为界，临河一处造了三间小轩榭，呈现向北狭长延伸之状，轩榭之左插上竹篱笆。在宅北临街处筑造土墙，并砌以护基的雕花栏杆。再往前还砌了长一丈有余的石花栏杆，栏前有用螺山石堆叠的假山，蜿蜒了好几折，很有诗情画意。作为一处私人宅院，金氏庭院亦遵循古典园林的建筑传统，注重空间布局与意境营造，在濒河临街处采用不同的建筑技巧，尤其篱墙设计讲求画意，使得庭院建筑与花草相映成趣。

其三，曲水流觞之雅态。水是构成景观的重要因素，园林水体给人以明净、清澈、近人、开怀的感受。《林泉高致·山水训》曰："水，活物也。其形欲深静，欲柔滑，欲汪洋，欲回环，欲肥腻，欲喷薄，欲激射，欲多泉，

---

[1] 张岱著：《陶庵梦忆·金乳生草花》，上海：上海古籍出版社，2001年版，第9页。

[2] 张岱著：《陶庵梦忆·金乳生草花》，上海：上海古籍出版社，2001年版，第8-9页。

欲远流，欲瀑布插天，欲溅扑入池，欲渔钓怡怡，欲草木欣欣，欲挟烟云而秀媚，欲照溪谷而光辉。此水之活体也。"[1] 这段文字堪称对水体绝妙的刻画，古今中外的园林都非常重视对于水体的运用。张岱描述砎园中四处有水，园中风景因水的巧妙利用，而更显得生动，同时园中水体布置浑然一体："寿花堂，界以堤，以小眉山，以天问台，以竹径，则曲而长，则水之……临池，截以舻香亭、梅花禅，则静而远，则水之。缘城，护以贞六居，以无漏庵，以菜园，以邻居小户，则闷而安，则水之用尽。而水之意色，指归乎庞公池之水。庞公池，人弃我取，一意向园……龙山蟫蜿，三折就之，而水不之顾。人称砎园能用水，而卒得水力焉。"[2] 砎园的水景很妙，园中景色最终都因水而得到展示，园内建筑、植物等在水的衬托下，或悠远深邃，或宁静安详，或娴雅安宁。此外，水边采用垂直绿屏的植物配置手法，可作分隔、屏障、背景、衬托，尤其适用于栽植过多水生植物的水面，营造雅态。筠芝亭前铺有石制台阶，诸小山石皆盘曲于山脚，溪水沟壑曲折，那水流仿佛是从松叶间流淌出来的："溪壑萦回，水出松叶之上。台下右旋，曲磴三折，老松偻背而立。顶垂一干，倒下如小幢；小枝盘郁，曲出辅之，旋盖如曲柄葆羽。"[3] 还有张岱笔下桃源、孤山之麓，潺潺而流的溪水与修竹茂林、山间桃花、梅树自然互动："山之左为桃源，峭壁回湍，桃花片片流出。右孤山，种梅千树。渡涧为小兰亭，茂林修竹，曲水流觞，件件有之。"[4] 山左桃源之地，石壁峭拔，水流回旋湍急，桃花漂在水面上，顺着水流片片流出，流觞的回旋之水再现了《兰亭序》里的场景，可谓："桃花流水杳然去，别有天地非人间。"（李白《山中问答》）

[1] 郭熙著：《林泉高致·山水训》，南京：江苏凤凰文艺出版社，2015年版，第69页。

[2] 张岱著：《陶庵梦忆·砎园》，上海：上海古籍出版社，2001年版，第13页。

[3] 张岱著：《陶庵梦忆·筠芝亭》，上海：上海古籍出版社，2001年版，第12页。

[4] 张岱著：《陶庵梦忆·范长白》，上海：上海古籍出版社，2001年版，第75页。

其四，山石相映之意趣。叠石假山是中国所独有的园林设计方法，而山石与植物的协调配置更可以增加整体的美感。张岱在描述镇江于园的碐石（垒石）时云："（于园）前堂石坡高二丈，上植果子松数棵，缘坡植牡丹、芍药，人不得上，以实奇。后厅临大池，池中奇峰绝壑，陡上陡下，人走池底，仰视莲花反在天上，以空奇。"[1] 于园前堂石坡高二丈长，坡上种果子松以及牡丹和芍药，人无法攀爬上去，其妙在于简质实用。园后大厅边上凿一大池，池中假山峰壁林立陡峭，人在池底行走，抬头仰视荷花，荷花就像是长在天空上一样，其妙在空灵意境。于园既有石坡上满植的花木，也有行走于莲花池底的奇妙感受。这类出奇的石头在江南的园林中较为常见，山石与植物配置在视觉给人刚柔对比的美感。范长白的园子在太平山脚下："万石都焉。龙性难驯，石皆笏起，旁为范文正墓。"[2] 山脚堆积众多石头，就如难以驯服的龙一般，周遭耸立着笏板似的石头，旁边是范仲淹的墓。在山石嶙峋的背景环境中，园外有长堤，桃树与柳树掩映其中，愈发突显花草的柔美。植物和堆叠山石烦琐的景点可以通过简与繁的对比，起到简化景物、统一景观的作用。《花石纲遗石》篇提及董文简把石头竖立在庭院的台阶上，在石后种了一棵剔牙松，与石头相互映衬，相得益彰："文简竖之庭除，石后种剔牙松一株，辟咡负剑，与石意相得。"[3] 剔牙松，又名栝子松，常绿乔木，叶三四针为一簇，树皮白色。古人对奇石情有独钟，董文简书斋里的这块石头，外观磊落爽朗，并且是爱国诗人陆游的遗物，以其配松树，既有意境又能观石怀古，实乃雅事一桩。张岱《山艇子》篇笔下的竹子和石头相间之意态，全在疏淡深远间表现出来："山艇子石，意尤孤子，壁立霞剥，义不受土。大樟徙其上，

[1]　张岱著：《陶庵梦忆·于园》，上海：上海古籍出版社，2001年版，第76页。

[2]　张岱著：《陶庵梦忆·范长白》，上海：上海古籍出版社，2001年版，第75页。

[3]　张岱著：《陶庵梦忆·花石纲遗石》，上海：上海古籍出版社，2001年版，第28页。

石不容也，然不恨石，屈而下，与石相亲疏。石方广三丈，右坳而凹，非竹则尽矣，何以浅深乎石。然竹怪甚，能孤行，实不藉石……山艇子樟，始之石，中之竹，终之楼，意长楼不得竟其长，故艇之。然伤于贪，特特向石，石意反不之属，使去丈而楼，壁出樟出，竹亦尽出。竹石间意，在以淡远取之。"[1] 山艇子石孤子之意态给人留下深刻印象，樟树根伸到石上，石却不容树根，树根则与石盘曲紧挨着。作者对"山艇子樟"的评价是"始之石，中之竹，终之楼"，实为妙评，云其"意长楼不得竟其长，故艇之"，意为大樟树一味强势生长并向着石头，却被石头疏远，假如树离楼有一丈之远，那么石壁、樟树、竹子就都会显露出来，故用"淡远"来形容竹石最佳的景观配置效果十分恰切，颇具哲思和雅意。

第二节　《陶庵梦忆》与植物文化

　　植物文化不仅是文人们赋予植物的象征性与拟人化，也是经由历史沉淀下来、包含衣食住行等广泛领域在内的社会现象。张岱《陶庵梦忆》中的园林景观设计经常综合利用某些植物的特性，通过人们的联想、知觉等来传达作者所要表达的人文内涵。

　　先论《陶庵梦忆》植物书写与文化象征。首先，松之茂。松，与竹、梅并称为"岁寒三友"，因其青葱耐寒，遒劲坚挺，被人寄寓着坚贞不移的精神品格，而在道教中松树更被赋予长寿的象征，经常与鹤一起被画进图卷中，带有松鹤延年的美好寓意。《陶庵梦忆》的《鲁府松棚》篇中提及的两棵松树，长得茂盛巨大，枝干虬扎："鲁府旧邸二松，高丈五，上及檐甍，劲竿如蛇脊，屈曲撑距，意色酣怒，鳞爪拿攫，义不受制，鬣起针针，怒张如戟。旧府呼'松棚'，故松之意态情理无不棚之。便殿三楹

[1]　张岱著：《陶庵梦忆·山艇子》，上海：上海古籍出版社，2001年版，第114页。

盘郁殆遍，暗不通天，密不通雨。"[1]自古以来，松树就被拿来祝福人们像它一样繁茂长寿，鲁宪王崇奉道教，对这两棵松树十分珍视，晚年甚至还要抱着它入睡，使其"久则滑泽酣酡，似有血气"[2]，松树仿佛通了人性。

其次，竹之节。前述张岱笔下《山艇子》篇中的竹子非常奇怪，能够不借助石头而独自生长："然竹怪甚，能孤行，实不藉石。竹节促而虬叶毵毵，如猬毛，如松狗尾，离离矗矗，捎掠攒挤，若有所惊者。竹不可一世，不敢以竹二之。"[3]文中描写的细长竹叶如刺猬的针刺，又像松狗尾，一簇簇挤在一起，形貌仿若受惊。竹子茂密坚挺，不可一世，没人敢看低它，正如清代郑板桥诗云："咬定青山不放松，立根原在破岩中。千磨万击还坚劲，任尔东西南北风。"（《竹石》）扎根于石头的树木或者竹子看得让人都心生敬佩，即使生长的条件非常艰苦，它们仍能保持节操，并坚持不懈地生长下去。

再次，兰之质。君子爱兰，张岱笔下的范与兰便喜欢种植兰花以及盆池小景，家中有三十多缸建兰，一株有簸箕那么大："（范与兰）喜种兰，及盆池小景。建兰三十余缸，大如簸箕。早舁而入，夜舁而出者，夏也；早舁而出，夜舁而入者，冬也。长年辛苦，不减农事。花时香出里外，客至坐一时，香袭衣裾，三五日不散。"[4]一般而言，兰花喜阴湿，长于高山，有的兰花被移植到盆缸后，便不复开花。范与兰对建兰珍爱有加，养护得宜，夏天早晨抬进屋里，晚上又搬到屋外，冬日早晨置于屋外，晚上又放进屋里。建兰香飘较远，香气染服，多日不散。兰花秀洁清香，象征着正

---

[1] 张岱著：《陶庵梦忆·鲁府松棚》，上海：上海古籍出版社，2001年版，第105页。

[2] 张岱著：《陶庵梦忆·鲁府松棚》，上海：上海古籍出版社，2001年版，第105页。

[3] 张岱著：《陶庵梦忆·山艇子》，上海：上海古籍出版社，2001年版，第114页。

[4] 张岱著：《陶庵梦忆·范与兰》，上海：上海古籍出版社，2001年版，第131页。

人君子的高洁品质，古人有佩兰的习俗，并逐渐发展成人工种植兰花，文中的范与兰善于种植兰花，对兰花的精心呵护，才使其花开时节"香出里外""香袭衣裾"，更因爱兰，不舍丢弃花瓣，竟将它们全都收集起来吃掉，成就一桩君子爱兰的佳话。

最后，瑞之显。牡丹一直被人们当作富贵的象征，甚至祥瑞之花。《天台牡丹》篇中记述了浙江天台当地人把牡丹当成花神来供奉之事："土人于其外搭棚演戏四五台，婆娑乐神。有侵花至漂发者，立致奇祟。土人戒勿犯，故花得蔽芾而寿。"[1]牡丹开花时搭台唱戏，如庆佳节，当地竟然还有对牡丹稍有损毁便惹上灾祸的神秘传闻。花与人一荣俱荣，一毁俱毁，传得神乎其神，当然这其中不乏巧合，但也颇觉奇妙。《金乳生草花》篇也呈现出植物祥瑞之兆，张岱谓金乳生事事亲力亲为，尤其对花园草木情感尤深，杀虫除草，修枝裁叶，浇灌培护，毫不懈怠。青帝赞叹于他的勤劳，便使他的花园长出三棵灵芝，作为奖励他的祥瑞："青帝喜其勤，近产芝三本，以祥瑞之。"[2]这里的"芝"也是古来祥瑞植物的重要代表之一。还有孔子手植桧，《孔庙桧》篇载："枝叶俱焚，仅存其干，高二丈有奇。后八十一年，元世祖三十一年再发。至洪武二十二年己巳，发数枝，蓊郁。后十余年又落。摩其干，滑泽坚润，纹皆左纽，扣（叩）之作金石声。孔氏子孙恒视其荣枯，以占世运焉。"[3]这棵树是孔子亲手栽种，因孔子被尊为圣人，它就有了千年不毁的命运，即使枯死，其枝干也不会被毁掉，孔氏子孙一直都用这棵桧树的荣枯来卜测世运的兴衰荣辱。

除了植物祥瑞的显现外，还有植物妖孽的出现，如后世对《陶庵梦忆》的补遗篇中有关"草妖"的记载："祖墓有野葡萄，草蔓延长丈许，今夏

[1] 张岱著：《陶庵梦忆·天台牡丹》，上海：上海古籍出版社，2001年版，第8页。

[2] 张岱著：《陶庵梦忆·金乳生草花》，上海：上海古籍出版社，2001年版，第9页。

[3] 张岱著：《陶庵梦忆·孔庙桧》，上海：上海古籍出版社，2001年版，第21页。

枝桠间忽抽新条，有似美人者，似达官者，有似龙、似凤、似麟、似龟、似雀、似鱼、似蝉、似蛇、似孔雀，有似鼠伏于枝者，有似鹦鹉栖于架者，架上有盏，盏中有粒，凤则苞羽具五彩，美人上下衣裳，裳白衣黄，面上依稀似粉黛，人间物象，种种具备……余谓此草木之妖。适晤史云岫，言汉灵帝中平元年，东郡有草如鸠雀、蛇龙、鸟兽之状……"[1] 传说中的野葡萄等草木之妖也是天地之气幻化的物象，甚至具备种种人间物象的各异特征，乃应人世的变化兴替而生。

复探《陶庵梦忆》植物书写与游赏风俗。张岱悠闲自得、清淡高雅的悠游赏玩生活，大致代表了江南一带文人雅士的生活风貌。经济的富庶、山水的温软、格调的高雅，使得他们能用各种方式打发四时闲散时光，展现自己的志趣，也反映了江南主要城市的风情俗韵。

春日和暖，张岱曾去天台山看枝叶离披、大如小斗的牡丹（如前述《天台牡丹》），曾在西湖边游赏，目睹西湖香市的热闹非凡："此时春暖，桃柳明媚，鼓吹清和，岸无留船，寓无留客，肆无留酿……而此以香客杂来，光景又别：士女闲都，不胜其村妆野妇之乔画；芳兰芧泽，不胜其合香荒荽之薰蒸……"[2] 桃花吐蕊，柳树生绿，游人泛舟湖上，穿梭于集市中，男女老少都打扮得整齐肃爽，花枝招展。人来人往，货物琳琅满目，叫卖声不绝于耳，一派热闹之景。

消暑度夏，张岱和秦一生、张平子等人爬龙山雷殿前的高台："乘凉风，携肴核，饮香雪酒，剥鸡豆，啜乌龙井水，水凉冽激齿。下午着人投西瓜浸之，夜剖食，寒栗逼人，可敌三伏。"（《雷殿》）[3]《葑门荷宕》篇描绘了在农历六月二十四，即传说中的荷花生日这天，苏州民众去荷花

[1] 张岱著：《陶庵梦忆·草妖》，上海：上海古籍出版社，2001年版，第142页。

[2] 张岱著：《陶庵梦忆·西湖香市》，上海：上海古籍出版社，2001年版，第109页。

[3] 张岱著：《陶庵梦忆·雷殿》，上海：上海古籍出版社，2001年版，第115页。

宕里游玩赏花的热闹场面："见士女倾城而出,毕集于荇门外之荷花宕……荷花宕经岁无人迹,是日,士女以鞋靸不至为耻。"[1]人群拥挤,摩肩接踵,船只往来,密织如网,歌管繁弦,热闹非凡,反映了晚明江南一带的民情习俗。张岱虽然在个人生活方面非常高雅脱俗,但写到民间游乐时,对这些或世俗功利、或商业化色彩浓厚的活动也往往表现出欣赏的态度。

秋日是游湖的好时节,张岱甚至喜欢直接豪爽放舟于荷花丛中:"吾辈纵舟,酣睡于十里荷花之中,香气拍人,清梦甚惬。"[2]作者闻着荷香入睡,连做的梦都是清新香甜的。十月,张岱带着朱楚生住在不系园观赏红叶:"携楚生住不系园看红叶。至定香桥,客不期而至者八人……与民复出寸许界尺,据小梧,用北调说《金瓶梅》一剧,使人绝倒。"[3]等他们到达定香桥之时,又有八位客人不期而至。杨与民身怀才艺,他拿出一寸多长的界尺,靠在小几上,用北方腔调演说了《金瓶梅》,听得大家都笑倒了,古人集会通常都非常热闹且趣味横生,此番游赏活动也使作者收获颇丰,本是来赏红叶的,结果遇到怀有"绝技"的人物。

冬天一片萧条之景,张岱的生活却并不乏味,或约朋友、携名妓到牛首山打猎,"极驰骤纵送之乐",次日午后"出鹿麂以飨士,复纵饮于隆平家"[4];或登龙山赏雪景,《龙山雪》篇写作者于天启六年携家中声伎五人登山赏雪,只见"万山载雪,明月薄之,月不能光,雪皆呆白"[5],张岱饮酒唱曲,尽兴而归。六年后,他自绍兴渡河到杭州,大雪纷飞,三

[1] 张岱著:《陶庵梦忆·荇门荷宕》,上海:上海古籍出版社,2001年版,第14页。

[2] 张岱著:《陶庵梦忆·西湖七月半》,上海:上海古籍出版社,2001年版,第112页。

[3] 张岱著:《陶庵梦忆·不系园》,上海:上海古籍出版社,2001年版,第58页。

[4] 张岱著:《陶庵梦忆·牛首山打猎》,上海:上海古籍出版社,2001年版,第61页。

[5] 张岱著:《陶庵梦忆·龙山雪》,上海:上海古籍出版社,2001年版,第116页。

日不绝，张岱与朋友划船往湖心亭，只见"湖上影子，惟长堤一痕，湖心亭一点，与余舟一芥，舟中人两三粒而已"（《湖心亭看雪》）[1]，冬日的悠哉游赏生活让张岱感到十分满足。

末论《陶庵梦忆》植物书写与饮食文化。据《陶庵梦忆》诸多篇章介绍，张岱精于茶道，他不仅熟悉制茶的各道工序，善于辨别茶的品种、产地、高下，而且对于泡茶泉水、茶具等，都深有讲究，诸如《奶酪》《露兄》《王月生》《兰雪茶》《闵老子茶》等相当数量篇目是关于茶的小品文，从中可见张岱于此道之精通与修养，如："崇祯癸酉，有好事者开茶馆，泉实玉带，茶实兰雪，汤以旋煮，无老汤；器以时涤，无秽器。其火候、汤候，亦时有天合之者。余喜之，名其馆曰'露兄'，取米颠'茶甘露有兄'句也。为之作《斗茶檄》。"[2]崇祯癸酉年（1633），有好事之人开了一家茶馆，用的水是玉带泉的泉水，用的茶是兰雪茶。店中的茶水皆为刚煮的，故无老汤，茶器经常清洗，故无脏器。同时，泡茶的火候、水温也总是把握到位。作者很喜欢这款茶，名之曰"露兄"，取自米芾"茶甘露有兄"之句，并给它作了一篇《斗茶檄》。张岱喜好品茗，精通制茶工艺，曾将日铸品质优良的茶草，用松萝茶的烘焙方法嫁接在一起，遂成闻名遐迩的"兰雪茶"，该茶还影响、主导了市场，一时奇货可居，世人皆争相一品，甚至连当时名贵的松萝茶都无法与之比肩。张岱选用的日铸草茶是其家乡山阴之茶，是浙茶中的佼佼者，且传承已久："日铸者，越王铸剑地也。茶味棱棱，有金石之气……京师茶客，有茶则至，意不在雪芽也。而雪芽利之，一如京茶式，不敢独异。"[3]明末时，安徽的松萝茶名气比日铸茶高，于是张岱就把传统的日铸茶改良成新品种"兰雪茶"，张岱招募歙州人来日铸制茶，

---

[1] 张岱著：《陶庵梦忆·湖心亭看雪》，上海：上海古籍出版社，2001年版，第56页。

[2] 张岱著：《陶庵梦忆·露兄》，上海：上海古籍出版社，2001年版，第133页。

[3] 张岱著：《陶庵梦忆·兰雪茶》，上海：上海古籍出版社，2001年版，第44页。

其中抅法、掐法、挪法、撒法、扇法、炒法、焙法、藏法等，皆按松萝茶的制作之法。兰雪茶制成后，又经过茉莉等再三调配，使用敞口瓷瓯将茶叶摊开放置，等候茶叶冷却，由此"雪芽得其色矣，未得其气，余戏呼之'兰雪'"[1]，张岱将此茶戏称为"兰雪"。《王月生》篇（卷八）记载沦落风尘的名妓王月生"寒淡如孤梅冷月，含冰傲霜，不喜与俗子交接"[2]，然其"好茶，善闵老子，虽大风雨、大宴会，必至老子家啜茶数壶始去"[3]，王月生爱好喝茶，与闵老子交好，即使是在刮大风下大雨、出席盛大宴会等情况下，也定会去闵老子家里，啜饮几壶茶才心满意足地离开。继而照应到前面《闵老子茶》篇（卷三），茶艺专家闵老子，曾经故意试探张岱是否为行家，张岱却能精确地判断出茶的产地、制法、季节等，并对泉水的质地表示质疑，引起闵老子大谈自己甚为得意的运输泉水之法，连这样的茶艺专家都感慨，并欣然与之定交。

同时，张岱也是一位美食家。张氏家族很讲究饮食，他曾说自家父叔一辈"家常宴会，但留心烹饪，庖厨之精，遂甲江左"（《张东谷好酒》）[4]，他本人也爱好美食，喜欢各种地方的土特产，称"越中清馋，无过余者"[5]，吃的品种丰富，且有不少是植物，例如：

北京则（有）苹婆果、黄䑕、马牙松；山东则羊肚菜、秋白梨、文官果、甜子；福建则福桔、福桔饼、牛皮糖、红腐乳；江西则青根、丰城脯；山西则天花菜；苏州则带骨鲍螺、山查（山

[1] 张岱著：《陶庵梦忆·兰雪茶》，上海：上海古籍出版社，2001年版，第44页。

[2] 张岱著：《陶庵梦忆·王月生》，上海：上海古籍出版社，2001年版，第128页。

[3] 张岱著：《陶庵梦忆·王月生》，上海：上海古籍出版社，2001年版，第127页。

[4] 张岱著：《陶庵梦忆·张东谷好酒》，上海：上海古籍出版社，2001年版，第128页。

[5] 张岱著：《陶庵梦忆·方物》，上海：上海古籍出版社，2001年版，第71页。

楂）丁、山查（山楂）糕、松子糖、白圆、橄榄脯；嘉兴则马交
鱼脯、陶庄黄雀；南京则套樱桃、桃门枣、地栗团、窝笋（莴笋）
团、山查（山楂）糖；杭州则西瓜、鸡豆子、花下藕、韭芽、玄
笋、塘栖蜜桔；萧山则杨梅、莼菜、鸠鸟、青鲫、方柿；诸暨则
香狸、樱桃、虎栗；嵊则蕨粉、细榧、龙游糖；临海则枕头瓜；
台州则瓦楞蚶、江瑶柱；浦江则火肉；东阳则南枣；山阴则破塘笋、
谢桔（橘）、独山菱、河蟹、三江屯蛏、白蛤、江鱼、鲥鱼、里
河鲰。[1]

张岱是名副其实的美食家，列举的南北美食达 58 种之多，并且吃的
东西还有不少是非常特别的，甚至是我们今天再也吃不到或禁止吃的东西，
比如"陶庄黄雀""香狸"。作为"吃货"还不挑食，从瓜果蔬菜、干果
蜜饯到肉食海鲜，但凡有滋味，都愿意亲口尝试。在《陶庵梦忆》中，张
岱总是洒脱自由地展现自己的口腹之欲，这些食物或美味可口，或营养丰
富，《鹿苑寺方柿》篇对萧山方柿品评一番后，又说绍兴鹿苑寺夏方柿"柿
大如瓜，生脆如咀冰嚼雪，目为之明"[2]，作者不仅爱吃，而且会吃。《品
山堂鱼宕》篇写张岱曾居父亲所建的众香国，新雨后命人收集荷叶上的雨
水用来煮酒，秋天采摘香嫩的菱角，深秋品尝美味的柑橘，冬季观鱼烹鲜，
痛快饮酒，虽写口腹之欲，却真实而不俗，反而处处透出洒脱高雅，见出
主人家生活之雅、品位之高。《蟹会》篇更写出作者饮食上的讲究，蟹会
一般在十月的午后举行，吃蟹时不加盐醋以保持原味，每人分到六只，迭
番煮之以防腥冷，使其每个部分都独具风味，并配以腊鸭、乳酪、醉蚶、

---

[1]　张岱著：《陶庵梦忆·方物》，上海：上海古籍出版社，2001 年版，第 71-72 页。
[2]　张岱著：《陶庵梦忆·鹿苑寺方柿》，上海：上海古籍出版社，2001 年版，
第 111 页。

白菜、谢橘、风栗、风菱等动植物，连作者自己回忆起来都垂涎欲滴："由今思之，真如天厨仙供，酒醉饭饱，惭愧惭愧！"[1]张岱在饮食上很善于创新，想尽办法尝试新奇的口味，他曾研究奶酪的各种做法，取乳静置一夜，灌以兰雪茶，用铜铛煮之，气味和味道皆为上品。张岱甚至还曾尝试或掺入好酒"入甑蒸之"，或掺入豆粉发酵，或"煎酥""作皮""缚饼""酒凝""盐腌""醋捉"，或和以蔗浆霜"熬之""滤之""钻之""掇之""印之"[2]，不一而足，皆为佳妙至味。

除了以上植物文化象征、游赏风俗、饮食文化外，在《陶庵梦忆》中还有关于以植物为原材料的工艺品，如嘉兴的腊竹器物、王二的漆竹器物、苏州姜华雨的篆竹器、嘉兴洪漆匠的漆器等，这些人都是靠手艺技巧出名和起家的，且所出器物精巧耐用。其中，沈梅冈先生曾因忤逆得罪了当朝权相严嵩，在狱长达十八年之久，他在读书的空闲之余钻研工艺："得香楠尺许，琢为文具一，大匣三、小匣七、壁锁二；棕竹数片，为篦一，为骨十八。以笋，以缝，以键。坚密肉好，巧匠谢不能事。"[3]沈先生将得到的香楠木分别雕琢成一件文具、三个大匣子、七个小匣子，以及两个壁锁，还用几片棕竹做成一把带有十八个扇骨的扇子，他所制之物，榫眼、接缝、钮键皆十分结实紧密，甚至连能工巧匠都望尘莫及、自愧不如。癸卯年（1603），作者二叔葆生路过淮上，看到一张天然铁梨木几案："长丈六，阔三尺，滑泽坚润，非常理"[4]，这件几案可谓坚实润泽、做工精良。南京人濮仲谦技艺巧妙，所制竹器堪称艺术品，刻竹的刀子扫刷间，寸许长的竹子上便勾勒出惟妙惟肖的图案，他最喜欢在竹子盘根错节的部

[1] 张岱著：《陶庵梦忆·蟹会》，上海：上海古籍出版社，2001年版，第133页。

[2] 张岱著：《陶庵梦忆·乳酪》，上海：上海古籍出版社，2001年版，第65-66页。

[3] 张岱著：《陶庵梦忆·沈梅冈》，上海：上海古籍出版社，2001年版，第35页。

[4] 张岱著：《陶庵梦忆·仲叔古董》，上海：上海古籍出版社，2001年版，第103页。

分进行雕刻："其竹器，一帚一刷，竹寸耳，勾勒数刀，价以两计。然其所以自喜者，又必用竹之盘根错节，以不事刀斧为奇。"[1] 明代中期以后，社会开始走向全面繁荣，市民阶层空前活跃，各地城市尤其是江南的一些都市，呈现出繁荣富庶的景象，而各类蕴含丰富传统文化内涵的植物工艺品也在匠人手中发扬光大。

综上，晚明小品文《陶庵梦忆》蕴含丰富的植物景观及文化内涵，从中我们看到了山林名胜与私家园墅中的植物品种、栽培状况、景观配置等特点，还从植物书写与文化角度，解读出诸如文化象征、游赏风俗、饮食文化、民间工艺等植物文化内涵。

---

[1] 张岱著：《陶庵梦忆·濮仲谦雕刻》，上海：上海古籍出版社，2001年版，第20页。

附　表

晚明小品文名著植物名录

表一　张岱《陶庵梦忆》主要植物名录

序号	植物名	学名	科名	属名
01	牡丹	*Paeonia suffruticosa*	毛茛科	芍药属
02	罂粟	*Papaver somniferum*	罂粟科	罂粟属
03	虞美人	*Papaver rhoeas*	罂粟科	罂粟属
04	山兰	*Oreorchis patens*	兰科	兰属
05	素馨花	*Jasminum grandiflorum*	木樨科	素馨属
06	决明	*Cassia tora*	豆科	决明属
07	芍药	*Paeonia lactiflora*	芍药科	芍药属
08	西番莲	*Passiflora caerulea*	西番莲科	西番莲属
09	萱草	*Hemerocallis fulva*	百合科	萱草属
10	紫兰	*Bletilla striata*	兰科	白芨属
11	山矾	*Symplocos sumuntia*	山矾科	山矾属
12	洛阳花	*Dianthus chinensis*	石竹科	石竹属
13	建兰	*Cymbidium ensifolium*	兰科	兰属
14	蜀葵	*Althaea rosea*	锦葵科	蜀葵属
15	望江南	*Cassia occidentalis*	豆科	决明属
16	茉莉花	*Jasminum sambac*	木樨科	素馨属
17	杜若	*Pollia japonica*	鸭跖草科	杜若属
18	珍珠兰（金粟兰）	*Chlorantus Spicatus*	金粟兰科	金粟兰属
19	剪红纱花	*Lychnis senno*	石竹科	剪秋罗属
20	秋葵（咖啡黄葵）	*Abelmoschus esculentus*	锦葵科	秋葵属
21	僧鞋菊（乌头）	*Aconitum carmichaeli*	毛茛科	乌头属
22	万寿芙蓉	*Tagetes erecta*	菊科	万寿菊属
23	老少年（苋）	*Amaranthus tricolor*	苋科	苋属
24	秋海棠	*Begonia grandis*	秋海棠科	秋海棠属
25	鸡冠花（矮鸡冠）	*Celosia cristata*	苋科	青葙属
26	水仙	*Narcissus tazetta var. chinensis*	石蒜科	水仙属
27	长春（花）	*Catharanthus roseus*	夹竹桃科	长春花属

序号	植物名	学名	科名	属名
28	绿萼（绿萼梅）	*Armeniaca mume* var. *mume* f. *viridicalyx*	蔷薇科	杏属
29	玉碟	*Echeveria secunda* var. *glauca*	景天科	拟石莲花属
30	蜡梅	*Chimonanthus praecox*	蜡梅科	蜡梅属
31	西府（西府海棠）	*Malus micromalus*	蔷薇科	苹果属
32	滇茶（滇山茶）	*Camellia reticulata*	山茶科	山茶属
33	凌霄藤（凌霄）	*Campsis grandiflora*	紫葳科	凌霄属
34	桧（圆柏）	*Sabina chinensis*	柏科	圆柏属
35	楷（黄连木）	*Pistacia chinensis*	漆树科	黄连木属
36	方竹	*Chimonobambusa quadrangularis*	禾本科	寒竹属
37	香楠	*Aidia canthioides*	茜草科	茜树属
38	棕竹	*Rhapis excelsa*	棕榈科	棕竹属
39	荔枝	*Litchi chinensis*	无患子科	荔枝属
40	圆眼（龙眼）	*Dimocarpus longan*	无患子科	龙眼属
41	苹婆	*Sterculia nobilis*	梧桐科	苹婆属
42	沙果（花红）	*Malus asiatica*	蔷薇科	苹果属
43	文冠果	*Xanthoceras sorbifolium*	无患子科	文冠果属
44	枇杷	*Eriobotrya japonica*	蔷薇科	枇杷属
45	羊肚菜	*Morehella esculenta*	羊肚菌科	羊肚菌属
46	杨梅	*Myrica rubra*	杨梅科	杨梅属
47	莼菜	*Brasenia schreberi*	睡莲科	莼属
48	樱桃	*Cerasus pseudocerasus*	蔷薇科	樱属
49	果子松（红松）	*Pinus koraiensis*	松科	松属
50	樟	*Cinnamomum camphora*	樟科	樟属
51	西瓜	*Citrullus lanatus*	葫芦科	西瓜属
52	芡（芡实）	*Euryale ferox*	睡莲科	芡属
53	豆板黄杨（黄杨）	*Buxus sinica*	黄杨科	黄杨科
54	建兰	*Cymbidium ensifolium*	兰科	兰属

239

附表　晚明小品文名著植物名录

《金瓶梅》植物景观及其文化研究

序号	植物名	学名	科名	属名
55	黄山松	*Pinus taiwanensis*	松科	松属
56	娑罗（娑罗双）	*Shorea robusta*	龙脑香科	娑罗双属
57	枣	*Ziziphus jujuba*	鼠李科	枣属
58	芍药	*Paeonia lactiflora*	芍药科	芍药属
59	葡萄	*Vitis vinifera*	葡萄科	葡萄属

表二 文震亨《长物志》主要植物名录

序号	植物名	学名	科名	属名
01	贴梗海棠（皱皮木瓜）	*Chaenomeles speciosa*	蔷薇科	木瓜属
02	垂丝海棠	*Malus halliana*	蔷薇科	苹果属
03	木瓜海棠（毛叶木瓜）	*Chaenomeles cathayensis*	蔷薇科	木瓜属
04	蟠桃	*Amygdalus persica* var. *compressa*	蔷薇科	桃属
05	瑞香	*Daphne odora*	瑞香科	瑞香属
06	蔷薇木香（木香花）	*Rosa banksiae*	蔷薇科	蔷薇属
07	黄蔷薇	*Rosa hugonis*	蔷薇科	蔷薇属
08	野蔷薇	*Rosa multiflora*	蔷薇科	蔷薇属
09	金钵盂（大吴风草）	*Farfugium japonicum*	菊科	大吴风草属
10	佛见笑（重瓣空心泡）	*Rubus rosaefolius* var. *coronarius*	蔷薇科	悬钩子属
11	七（十）姊妹	*Rosa multiflora* var. *carnea*	蔷薇科	蔷薇属
12	刺桐	*Erythrina variegata*	豆科	刺桐属
13	月桂	*Laurus nobilis*	樟科	月桂属
14	玫瑰	*Rosa rugosa*	蔷薇科	蔷薇属
15	葵花（向日葵）	*Helianthus annuus*	菊科	向日葵属
16	锦葵	*Malva sinensis*	锦葵科	锦葵属

序号	植物名	学名	科名	属名
17	紫薇	*Lagerstroemia indica*	千屈菜科	紫薇属
18	白薇	*Cynanchum atratum*	萝藦科	鹅绒藤属
19	红薇（紫薇）	*Lagerstroemia indica*	千屈菜科	紫薇属
20	翠薇	*Lagerstroemia indica*	千屈菜科	紫薇属
21	鹿葱	*Lycoris squamigera*	石蒜科	石蒜属
22	栀子	*Gardenia jasminoides*	茜草科	栀子属
23	玉簪花（玉簪）	*Hosta plantaginea*	百合科	玉簪属
24	紫萼	*Hosta ventricosa*	百合科	玉簪属
25	凤仙花	*Impatiens balsamina*	凤仙花科	凤仙花属
26	夜合花（夜香木兰）	*Magnolia coco*	木兰科	木兰属
27	羊踯躅	*Rhododendron molle*	杜鹃花科	杜鹃花属
28	木槿花	*Hibisci syriacus*	锦葵科	木槿属
29	蒲柳（红皮柳）	*Salix sinopurpurea*	杨柳科	柳属
30	白杨（毛白杨）	*Populus tomentosa*	杨柳科	杨属
31	棕榈	*Trachycarpus fortunei*	棕榈科	棕榈属
32	榆树	*Ulmus pumila*	榆科	榆属
33	冬青	*Ilex chinensis*	冬青科	冬青属
34	杉树	*Taxodiaceae*	杉科	落羽杉属
35	冈桐（毛泡桐）	*Paulownia tomentosa*	玄参科	泡桐属
36	香椿树	*Toona sinensis*	楝科	香椿属
37	银杏	*Ginkgo biloba*	银杏科	银杏属
38	燕竹	*Phyllostachys praecox*	禾本科	刚竹属
39	木竹	*Bambusa rutila*	禾本科	箣竹属
40	黄菰竹（黄古竹）	*Phyllostachys angusta*	禾本科	刚竹属
41	箬竹	*Indocalamus tessellatus*	禾本科	箬竹属
42	凤尾（草）	*Pteris multifda*	凤尾蕨科	凤尾蕨属
43	金银（花）（忍冬）	*Lonicera japonica*	忍冬科	忍冬属

241

附表　晚明小品文名著植物名录

序号	植物名	学名	科名	属名
44	箬兰（白及）	*Bletilla striata*	兰科	白芨属
45	赛兰（金粟兰）	*Chloranthus spicatus*	金粟兰科	金粟兰属
46	香蒲	*Typha orientalis*	香蒲科	香蒲属
47	白扁豆	*Lablab purpureus*	豆科	扁豆属
48	茄子（茄）	*Solanum melongena*	茄科	茄属
49	芋头（芋）	*Colocasia esculenta*	天南星科	芋属
50	茭白（菰）	*Zizania latifolia*	禾本科	菰属
51	山药	*Dioscorea opposita*	薯蓣科	薯蓣属
52	香芋（芋）	*Colocasia esculenta*	天南星科	芋属
53	乌芋（荸荠）	*Eleocharis dulcis*	莎草科	荸荠属
54	芜菁	*Brassica rapa*	十字花科	芸薹属
55	萝卜	*Raphanus sativus*	十字花科	萝卜属

表三 高濂《遵生八笺》主要植物名录

序号	植物名	学名	科名	属名
01	甘菊	*Chrysanthemum lavandulifolium*	菊科	菊属
02	鹅脚花（红鹅掌）	*Anthurium*	天南星科	花烛属
03	金雀花（紫雀花）	*Parochetus communis*	豆科	紫雀花属
04	锦带花	*Weigela florida*	忍冬科	锦带花属
05	山矾花（山矾）	*Symplocos caudata*	山矾科	山矾属
06	笑靥花（李叶绣线菊）	*Spiraea prunifolia*	蔷薇科	绣线菊属
07	蝴蝶花（三色堇）	*Viola tricolor*	堇菜科	堇菜属
08	紫荆花（红花羊蹄甲）	*Bauhinia blakeana*	豆科	羊蹄甲属
09	莴苣花（莴苣）	*Lactuca sativa*	菊科	莴苣属
10	粉团花（粉团）	*Viburnum plicatum*	忍冬科	荚蒾属
11	木香花	*Rosa banksiae*	蔷薇科	蔷薇属

《金瓶梅》植物景观及其文化研究

序号	植物名	学名	科名	属名
12	棠棣花	*Kerria japonica*	蔷薇科	棠棣花属
13	辛夷花（玉兰）	*Magnolia denudata*	木兰科	木兰属
14	紫丁香花（紫丁香）	*Syringa oblata*	木樨科	丁香属
15	缫丝花	*Rosa roxburghii*	蔷薇科	蔷薇属
16	结香花（结香）	*Edgeworthia chrysantha*	瑞香科	结香属
17	枳壳花（酸橙）	*Citrus aurantium*	芸香科	柑桔属
18	红蕉花（红蕉）	*Musa coccinea*	芭蕉科	芭蕉属
19	金钱花（旋覆花）	*Inula japonica*	菊科	旋覆花属
20	史君子花（使君子花）	*Quisqualis indica*	使君子科	使君子属
21	吉祥草花（吉祥草）	*Reineckia carnea*	百合科	吉祥草属
22	剪秋罗花（剪秋罗）	*Lychnis fulgens*	石竹科	剪秋罗属
23	秋牡丹花	*Anemone hupehensis* var. *japonica*	毛茛科	银莲花属
24	朱兰	*Pogonia japonica*	兰科	朱兰属
25	惠兰	*Cymbidium faberi*	兰科	兰属
26	苦楝树（楝）	*Melia azedarach*	楝科	楝属
27	挂兰（吊兰）	*Chlorophytum comosum*	百合科	吊兰属
28	淡竹花（宝铎草）	*Disporum sessile*	百合科	万寿竹属
29	金灯花（忽地笑）	*Lycoris aurea*	石蒜科	石蒜属
30	紫罗兰花（紫罗兰）	*Matthiola incana*	十字花科	紫罗兰属
31	四季花（月季花）	*Rosa chinensis*	蔷薇科	蔷薇属
32	含笑花	*Michelia figo*	木兰科	含笑属
33	佛桑花（朱槿）	*Hibiscus rosa-sinensis*	锦葵科	木槿属
34	孩儿菊（紫菊）	*Notoseris psilolepis*	菊科	紫菊属
35	戎葵（蜀葵）	*Althaea rosea*	锦葵科	蜀葵属

附表 晚明小品文名著植物名录

《金瓶梅》植物景观及其文化研究

序号	植物名	学名	科名	属名
36	钱葵（锦葵）	*Malva sinensis*	锦葵科	锦葵属
37	山丹花	*Lilium pumilum*	百合科	百合属
38	双鸾菊（乌头）	*Aconitum carmichaelii*	毛茛科	乌头属
39	金凤花	*Caesalpinia pulcherrima*	豆科	云实属
40	十样锦（唐菖蒲）	*Gladiolus gandavensis*	鸢尾科	唐菖蒲属
41	鸡冠花	*Celosia cristata*	苋科	青葙属
42	槿花（木槿）	*Hibisci* spp.	锦葵科	木槿属
43	茶梅	*Camellia sasanqua*	山茶科	山茶属
44	雪下红	*Ardisia villosa*	紫金牛科	紫金牛属
45	无花果	*Ficus carica*	桑科	榕属
46	阑天竹（南天竹）	*Nandina domestica*	小檗科	南天竹属
47	金弹橘（金橘）	*Fortunella margarita*	芸香科	金橘属
48	平地木（紫金牛）	*Ardisiae Japonicae*	紫金牛科	紫金牛属
49	霸王树（非洲霸王树）	*Pachypodium lamerei*	夹竹桃科	棒锤树属
50	铁树（苏铁）	*Cycas revoluta*	苏铁科	苏铁属

参考文献

《金瓶梅》植物景观及其文化研究

著　作

B

《本草纲目》（〔明〕李时珍著），天津：天津科学技术出版社，2019 年版。

C

《楚辞》（〔战国〕屈原著，林家骊译注），北京：中华书局，2010 年版。

《茶经》（〔唐〕陆羽著），南京：江苏凤凰文艺出版社，2016 年版。

《长物志》（〔明〕文震亨著），南京：江苏凤凰文艺出版社，2015 年版。

《长物志校注》（〔明〕文震亨著，陈植校注），南京：江苏科学技术出版社，
　1984 年版。

《楚辞植物图鉴》（潘富俊著），上海：上海书店出版社，2003 年版。

《草木缘情：中国古典文学中的植物世界》（潘富俊著），北京：商务印书馆，
　2016 年版。

《成语典故植物学》（潘富俊著），台北：猫头鹰出版社，2017 年版。

D

《大宋宣和遗事》（〔宋〕无名氏著），士礼居丛书本。

《帝京景物略》（〔明〕刘侗、于奕正著），上海：上海古籍出版社，2001 年版。

E

《尔雅注释》（〔晋〕郭璞注，〔宋〕邢昺疏），北京：北京大学出版社，
　1999 年版。

F

《浮生六记》（〔清〕沈复著），上海：上海古籍出版社，2000 年版。

G

《皋鹤堂批评第一奇书金瓶梅》（〔明〕兰陵笑笑生著，张竹坡批点，王汝梅校点），济南：齐鲁书社，1987年版。

《广阳杂记》（〔清〕刘献廷著，汪北平、夏志和标点），北京：中华书局，1957年版。

《古典园林植物景观配置》（徐德嘉著），北京：中国环境科学出版社，1997年版。

《古代小品文鉴赏辞典》（施蛰存等编），上海：上海辞书出版社，2011年版。

H

《会评会校金瓶梅》（〔明〕兰陵笑笑生著，刘辉、吴敢辑校），香港：天地图书有限公司，1998年版。

《会评会校本金瓶梅》（〔明〕兰陵笑笑生著，秦修容校点），北京：中华书局，1998年版。

《花镜》（〔明〕陈淏子辑，伊钦恒校注），北京：农业出版社，1962年版。

《红楼梦》（〔清〕曹雪芹著），北京：人民出版社，2006年版。

《花底拾遗》（〔清〕张潮著），北京：人民文学出版社，1992年版。

《花与中国文化》（何小颜著），北京：人民文学出版社，1999年版。

《红楼梦植物图鉴》（潘富俊著），上海：上海书店出版社，2005年版。

J

《景德传灯录》（〔宋〕释道原著），大正藏本。

《居家必用事类全集》（〔元〕无名氏著），明司礼监刊本。

《金瓶梅词话》（〔明〕兰陵笑笑生著，戴鸿森校点），北京：人民文学出版社，1985年版。

《金瓶梅词话校注》（〔明〕兰陵笑笑生著，白维国、卜键校注），长沙：岳麓书社，1995年版。

《镜花缘》（〔清〕李汝珍著），北京：华夏出版社，2013年版。

《江南园林论》（杨洪勋著），上海：上海人民出版社，1994年版。

参考文献

《〈金瓶梅词话〉〈醒世姻缘传〉〈聊斋俚曲集〉语言词典》（徐复岭著），
上海：上海辞书出版社，2018 年版。

K

《快雪堂漫录》（〔明〕冯梦祯著），清乾隆平湖陆氏刻奇晋斋丛书本。

《考槃馀事》（〔明〕屠隆著，赵菁编），北京：金城出版社，2011 年版。

L

《论衡》（〔汉〕王充著），北京：中华书局，1990 年版。

《洛阳伽蓝记》（〔北魏〕杨衒之著），北京：中华书局，2020 年版。

《庐陵周益国文忠公集》（〔宋〕周必大著），道光二十八年刻本。

《林泉高致》（〔宋〕郭熙著），南京：江苏凤凰文艺出版社，2015 年版。

《老残游记》（〔清〕刘鹗著），西安：三秦出版社，2016 年版。

《历代笔记小说集成》（周光培著），石家庄：河北教育出版社，1995 年版。

M

《牧斋初学集》（〔清〕钱谦益著），上海：上海古籍出版社，2009 年版。

《明清之际骈文研究》（张明强著），北京：中华书局，2024 年版。

P

《瓶花谱·瓶史》（〔明〕张谦德、袁宏道著），南京：江苏凤凰文艺出版社，
2016 年版。

Q

《齐民要术》（〔北魏〕贾思勰著，石声汉译注，石定、谭光万补注），北京：
中华书局，2022 年版。

《钦定古今图书集成》（〔清〕陈梦雷辑），雍正内府铜活字本。

《全彩图解〈本草纲目〉》（〔明〕李时珍著，任犀然编著），北京：北京联
合出版公司，2015 年版。

R

《儒林外史》（〔清〕吴敬梓著），北京：人民文学出版社，2000 年版。

S

《神仙传》（〔晋〕葛洪著，谢青云译注），北京：中华书局，2022 年版。

《十三经注疏》（〔魏〕王弼注，〔唐〕孔颖达疏，李学勤主编），北京：北京大学出版社，1999 年版。

《尚书正义》（〔唐〕孔颖达疏，〔清〕阮元校刻），北京：中华书局，1980 年版。

《水浒传》（〔明〕施耐庵、罗贯中著），北京：人民文学出版社，2019 年版。

《诗经通论》（〔清〕姚际恒著），北京：中华书局，1958 年版。

《诗经注析》（程俊英、蒋见元著），北京：中华书局，1991 年版。

《诗经植物图鉴》（潘富俊著），上海：上海书店出版社，2003 年版。

《实用本草纲目彩色图鉴》（高学敏、张德芹、张建军主编），北京：外文出版社，2006 年版。

《三辅黄图校释（何清谷撰），北京：中华书局，2020 年版。

T

《陶庵梦忆·西湖梦寻》（〔明〕张岱著）上海：上海古籍出版社，2001 年版。

《唐诗植物图鉴》（潘富俊、吕胜由著），上海：上海书店出版社，2003 年版。

W

《五灯会元校注》（〔宋〕普济著，曾琦云校注），北京：华龄出版社，2023 年版。

《吴氏中馈录》（〔元〕浦江吴氏著），北京：中国商业出版社，1987 年版。

《五杂俎》（〔明〕谢肇淛著），吴航宝树堂藏明刊本。

《吴风录》（〔明〕黄省曾），北京：中华书局，1991 年版。

《惟有园林》（陈从周著），天津：百花文艺出版社，2007 年版。

《晚明小品选注》（朱剑心著），杭州：浙江人民美术出版社，2015 年版。

参考文献

《晚明小品研究》（吴承学著），北京：北京大学出版社，2017 年版。

《晚明二十家小品》（施蛰存编），上海：上海人民出版社，2023 年版。

X

《徐霞客游记校注》（〔明〕徐弘祖著，朱惠荣校注），北京：中华书局，
2017 年版。

《小窗幽记》（〔明〕陈继儒著），北京：中华书局，2008 年版。

《小窗自纪》（〔明〕吴从先著），北京：中华书局，2008 年版。

《闲情偶寄》（〔清〕李渔著），天津：天津古籍出版社，1996 年版。

《先秦汉魏晋南北朝诗》（逯钦立辑校），北京：中华书局，1983 年版。

《小说之物：晚明至清中叶中国文学中的物象》（袁书菲著），纽约：哥伦比
亚大学出版社，2022 年版。

Y

《艺文类聚》（〔唐〕欧阳询撰，汪绍楹校），上海：上海古籍出版社，2007
年版。

《夷坚志》（〔宋〕洪迈著），嘉靖二十五年序钱塘洪清平山堂刊本。

《园冶》（〔明〕计成著），南京：江苏凤凰文艺出版社，2015 年版。

《袁宏道集笺校》（〔明〕袁宏道著，钱伯城笺校），上海：上海古籍出版社，
2008 年版。

《御定广群芳谱群芳谱》（〔明〕王象晋纂辑），钦定四库全书荟要。

《元明小说发展研究：以人物描写为中心》（张勇著），上海：复旦大学出版
社，2007 年版。

《园林树木学》（陈有民编），北京：中国林业出版社，2011 年版。

《园林植物学》（董丽、包志毅著），北京：中国建筑工业出版社，2012 年版。

《〈园冶〉论丛》（中国风景园林学会等主编），北京：中国建筑工业出版社，
2016 年版。

《燕京岁时记》（富察敦崇著，王碧滢、张勃标点），北京：北京出版社，
2018 年版。

《摇落的风情：第一奇书〈金瓶梅〉绎解》（卜键著），台北：三民书局，
　2019年版。

《药用植物图鉴》（尚云青编），南京：江苏凤凰科学技术出版社，2022年版。

Z

《左传》（〔春秋〕左丘明著，李梦生译注），上海：上海古籍出版社，2016
　年版。

《枣林杂俎》（〔明〕谈迁著，罗仲辉、胡明校点校），北京：中华书局，
　2006年版。

《遵生八笺》（〔明〕高濂著），北京：人民卫生出版社，2016年版。

《庄子》（〔清〕郭庆藩撰，王孝鱼点校），北京：中华书局，2004年版。

《植物名实图考》（〔清〕吴其濬著），上海：商务印书馆，1957年版。

《中国历代咏花诗词鉴赏辞典》（孙映逵主编），南京：江苏科学技术出版社，
　1989年版。

《植物造景》（苏雪痕著），北京：中国林业出版社，1994年版。

《中国古典园林史》（周维权著），北京：清华大学出版社，1999年版。

《中国园林植物景观艺术》（朱钧珍著），北京：中国建筑工业出版社，2003
　年版。

《中国植物志》（中国科学院中国植物志编辑委员会编），北京：科学出版社，
　2004年版。

《植物古汉名图考》（高明乾著），郑州：大象出版社，2006年版。

《中国风景园林学会2013年会议论文集》（中国风景园林学会编），北京：
　中国建筑工业出版社，2013年版。

单篇论文

陈建生：《初论〈金瓶梅〉的人物性格系统》，《明清小说研究》，1991年第3期。

孙小力：《从〈金瓶梅〉看明季城镇私园》，《广西师院学报》，1992年第2期。

刘桂秋：《由〈金瓶梅〉的"斗草"习俗谈其源流——〈金瓶梅〉风俗漫谈之
　三》，《无锡教育学院学报（社会科学版）》，1994年第3期。

陈巍：《中国古典园林文化内涵的美学研究》，《北京建筑工程学院学报》，
　　2001 年第 1 期。

章国超：《饮食场面描写在〈金瓶梅〉中的作用》，《明清小说研究》，2002
　　年第 2 期。

汤珏、包志毅：《植物专类园的类别和应用》，《风景园林》，2005 年第 1 期。

苏文珠：《〈金瓶梅〉中的西门府住宅建筑初探》，《河北经贸大学学报》，
　　2007 年第 2 期。

莫敏洁：《植物配置在园林绿化中的作用》，《安徽农学院通报》，2008 年第 7 期。

邓克尼：《从〈金瓶梅〉论饮茶民俗》，《茶叶通讯》，2009 年第 1 期。

李丹：《〈陶庵梦忆〉中的江南城市生活》，《华中学术》，2012 年第 2 期。

李昕升、丁晓蕾：《再谈〈金瓶梅〉〈红楼梦〉之瓜子》，《云南农业大学学
　　报》，2014 年第 4 期。

王美仙：《〈园冶〉〈长物志〉中的植物景观及其思想表达研究》，《建筑与
　　文化》，2015 年第 9 期。

杜波、谷健辉：《从〈陶庵梦忆〉看张岱的园林思想》，《兰台世界》，2015
　　年第 12 期。

刘文佼、李树华：《〈金瓶梅〉中"西门府庭园"模型之建立（上）》，《华
　　中建筑》，2016 年第 5 期。

刘文佼、李树华：《〈金瓶梅〉中"西门府庭园"模型之建立（下）》，《华
　　中建筑》，2016 年第 6 期。

文韬：《从"以文存园"到"纸上造园"——明清园林的特殊文学形态》，《文
　　学遗产》，2019 年第 4 期。

仲秋融：《〈金瓶梅〉中西门府花园植物景观艺术管窥》，《名作欣赏》，
　　2023 年第 21 期。

学位论文

张兰：《山水画与中国古典园林植物配置关系之探讨》，浙江大学 2004 年硕
　　士学位论文。

吕文博：《中国古典园林植物景观的意境空间初探》，北京林业大学 2007 年硕
　　士学位论文。

徐谷丹：《森林公园最佳观赏点控制性研究》，东北林业大学2008年硕士学位论文。

陈琦：《植物的文化内涵及其在园林中的应用》，浙江农林大学2010年硕士学位论文。

曾钰婷：《说图——崇祯本〈金瓶梅〉绣像研究》，台湾师范大学2010年硕士学位论文。

张军：《〈红楼梦〉中的植物与植物景观研究》，浙江农林大学2012年硕士学位论文。

范姜玉芬：《明代茶文化之研究——以〈金瓶梅词话〉为中心之探讨》，台湾中央大学历史研究所2012年硕士学位论文。

蔡文：《清代小说植物描写研究——以〈红楼梦〉〈聊斋志异〉〈镜花缘〉为例》，中国海洋大学2013年硕士学位论文。

翟琼慧：《〈全唐诗〉植物及植物景观意象研究》，浙江农林大学2015年硕士学位论文。

王佩琴：《说园：从〈金瓶梅〉到〈红楼梦〉》，台湾清华大学2004年博士学位论文。

王欣：《传统园林种植设计理论研究》，北京林业大学2005年博士学位论文。

唐甜甜：《〈金瓶梅词话〉颜色词计量研究》，苏州大学2014年博士学位论文。

毛杰：《中国古代小说绣像研究》，华东师范大学2014年博士学位论文。

参考文献

致　谢

　　本书选取笔者博士后出站报告内容，并在此基础上修改完成。"流光容易把人抛，红了樱桃，绿了芭蕉"，时光飞逝而去，回想六、七年前完成本课题时的点点滴滴，感慨良多！一路走来，衷心感谢我的林学博士后合作导师，尊敬的浙江农林大学包志毅教授的悉心指导、传道授业，还有园林学院工作室老师们的勉励与帮助，这些引领对于甫入交叉学科研究的我而言，带来了动力，也指明了方向。此外，书稿的出版离不开中国大百科全书出版社三版内容中心相关老师的细心审读、质检、校改、排版、设计等辛勤工作，他们的认真态度给我留下尤为深刻的印象。感谢中国计量大学人文与外语学院对本书的出版提供了一定的经费支持，以及学院系所领导和同事们的热心协助，共同保障了本书的顺利出版。

　　风景园林专业涉及面甚广，属于融合艺术与工程的综合性学科，对于园林植物与古典文学、文化的交叉研究又是其中的一小部分。由于本人学力有限，在此跨学科领域的研究中虽略有所悟，亦常觉不足，深知对一些相关问题的探讨才刚开了个头，尚待进一步探索与深入挖掘。长路漫漫，任重道远，"冀以尘雾之微补益山海，萤烛末光增辉日月"。期以本书抛砖引玉，望各位师友多多批评指正。

　　在此，谨一并致以衷心的感谢！

仲秋融

2024 年 11 月 28 日于杭州